운수좋은 날

"오늘은 나가지 말아요.
제발 덕분에 집에 붙어 있어요.
내가 이렇게 아픈데……"

"아따, 젠장맞을 년, 별 빌어먹을 소리를 다하네.
맞붙들고 앉았으면 누가 먹여살릴 줄 알아?"

베스트셀러한국문학선 5

운수 좋은 날

현진건

소담출판사

발 간 사

우리는 물질적 가치를 중시하는 산업시대의 큰 풍조 속에서 경제적 부 (富)만을 추구하는 열병을 앓고 있는 것 같다. 물질적 가치와 똑같은 비중으로 또는 경우에 따라서는 그보다도 더 귀중한 정신적 가치에 관한 소중함을 몰각한 것이 오늘날의 풍조가 아닌가 한다.

따라서 역사적으로 면면히 이어오고 있는 우리 문화의 한 중심인 문예의 가치를 인식하고, 널리 보급시키는 것은 매우 중요한 의미를 지닌다고 할 수 있다.

우리가 어진 사람을 인격의 표본으로 삼을 때 근대 문학 작품에서는 이광수의 「흙」에 등장하는 허숭을 생각할 수 있고, 옛 문학에서는 흥부를 생각할 수 있다. 이러한 문예작품 속의 인물들은 우리 민족성원 한 사람한 사람의 마음속에 인격의 한 표본으로 존중되어 사람답게 사는 실천적 지혜로 이어진다.

여기서 문예작품은 그 작품을 창작한 개인의 재능에 의한 것이지만, 그 내용에 담긴 인물의 심성과 인격의 아름다움은 바로 그 작품을 읽는 독자들의 자아를 성숙게 하는 길잡이가 된다. 즉 작품에 실현된 정신적 가치는 우리 민족의 창조적 지혜로서 이어지고 이해되어 민족의 정신적 지향의 전통이 됨을 깨닫게 된다.

특히 젊은 세대에게 역사의식과 전통적 가치를 학습할 자료로서 우리 문학의 선집은 필수적인 의미를 지니고 있다.

오늘날의 상업적 풍조에서 탈피하여 한국의 전통을 이해하고 새 시대의 창조적 전진을 위한 밑거름으로서 베스트셀러 한국문학선은 기여할 것이다.

새 시대의 새 독자들에게 가장 뜻깊은 선물이 될 것을 자부하며, 작품의 선정에 있어서도 그 뛰어난 예술성은 물론 내용의 심화된 것을 중시하여 엄정히 선택한 것임을 밝혀두는 바이다.

신 동 욱

차례

〔현진건〕

〈일러두기〉

1. 선정된 작품은 1920-1970년대 한국 현대 소설사의 대표적 작품들로서 현행 고등
   학교 검인정 문학 8종 교과서에 실린 작품 외 개별 작가의 대표적 작품을 중심으로
   엮었다.

2. 표기는 원문의 효과를 고려하여 발표 당시의 표기를 중시했으나, 방언은 살리되 의미
   전달을 위해 되도록 현대표기법을 따랐다.

3. 띄어쓰기는 개정된 한글맞춤법에 따랐다.

4. 외래어는 외래어 표기법을 따랐다.

5. 대화나 인용은 " "로, 생각이나 독백 및 강조하는 말은 ' '로 표시하였다.

6. 본 도서는 대입수능시험은 물론 중-고교생의 문학적 소양 및 교양의 함양을 위해
   참고서식 발췌 수록이 아닌 모든 작품의 전문을 수록하였음을 밝혀둔다.

빈 처

1

"그것이 어째 없을까?"

아내가 장문을 열고 무엇을 찾더니 입안말로 중얼거린다.

"무엇이 없어?"

나는 우두커니 책상머리에 앉아서 책장만 뒤적뒤적하다가 물어 보았다.

"모본단 저고리가 하나 남았는데."

"⋯⋯."

나는 그만 묵묵하였다.

아내가 그것을 찾아 무엇을 하려는 것을 앎이라. 오늘 밤에 옆집 할멈을 시켜 잡히려 하는 것이다.

이 2년 동안에 돈 한푼 나는 데 없고 그대로 주리면 시장할 줄 알아 기구와 의복을 전당국 창고(典當局 倉庫)에 들여밀거나 고물상 한구석에 세워 두고 돈을 얻어 오는 수밖에 없었다. 지금 아내가 하나 남은 모본단 저고리를 찾는 것도 아침거리를 장만하려 함이다. 나는 입맛을 쩍쩍 다시고 폈던 책을 덮으며 후우 한숨을 내쉬었다.

봄은 벌써 반이나 지났건마는 이슬을 실은 듯한 밤기운이 방구석으로부터 슬금슬금 기어나와 사람에게 안기고, 비가 오는 까닭인지 밤은 아직 깊지 않건만 인적조차 끊어지고 온 천지가 비인 듯이 고요한데 투닥투닥 떨어지는 빗소리가 한없는 구슬픈 생각을 자아낸다.

"빌어먹을 것 되는 대로 되어라."

나는 점점 견딜 수 없어 두 손으로 흐트러진 머리카락을 쓰다듬어 올리며 중얼거려 보았다. 이 말이 더욱 처량한 생각을 일으킨다. 나는 또 한번,

"후……."

한숨을 내쉬며 왼팔을 베고 책상에 쓰러지며 눈을 감았다.

이 순간에 오늘 지낸 일이 불현듯 생각이 난다.

늦게야 점심을 마치고 내가 막 궐련(卷煙) 한 개를 피워 물 적에 한성 은행 다니는 T가 공일이라고 찾아왔다.

친척은 다 멀지않게 살아도 가난한 꼴을 보이기도 싫고 찾아갈 적마다 무엇을 꾸어 내라고 조르지도 아니하였건만 행여나 무슨 구차한 소리를 할까 봐서 미리 방패막이를 하고 눈살을 찌푸리는 듯하여 나는 발을 끊고 따라서 찾아오는 이도 없었다.

다만 이 T는 촌수가 가까운 까닭인지 자주 우리를 방문하였다.

그는 성실하고 공순하여 소소한 소사(小事)에 슬퍼하고 기뻐하는 인물이었다. 동년배(同年輩)인 우리들은 늘 친척간에 비교 거리가 되었었다.

그리고 나의 평판이 항상 좋지 못했다.

"T는 돈을 알고 위인이 진실해서 그애는 돈푼이나 모을 것이야! 그러나 K(내 이름)는 아무짝에도 못 쓸 놈이야. 그 잘난 언문 섞어서 무어라가 끄적거려 놓고 제 주제에 무슨 조선에 유명한 문학가가 된다니! 시러베 아들놈!"

이것이 그네들의 평판이었다.

내가 문학인지 무엇인지 하는 소리가 까닭없이 그네들의 비위에 틀린 것이다.

더군다나 나는 그네들의 생일이나 혹은 대사 때에 돈 한푼 이렇다는 일이 없고 T는 소위 착실히 돈벌이를 해 가지고 국수 밥소라나 보조를 하는 까닭이다.

"얼마 아니 되어 T는 잘살 것이고 K는 거지가 될 것이니 두고 보아!"

오촌 당숙께서는 이런 말씀까지 하였다고 한다.

입 밖에는 아니 내어도 친부모 친형제까지라도 심중(心中)으로는 다 이렇게 생각할 것이다.

그래도 부모는 달라서 화가 나시면,

"네가 그리 하다가는 말경(末境)에 비렁뱅이가 되고 말 것이야."

라고 꾸중은 하셔도,

"사람이란 늦복 모르느니라."

"그런 사람은 또 그렇게 되느니라."

하시는 것이 스스로 위로하는 말씀이고 또 며느리를 위로하는 말씀이었다.

이것을 보아도 하는 수 없는 놈이라고 단념(斷念)을 하시면서 그래도 잘 되기를 바라시고 축원하시는 것을 알겠더라.

여하간 이만하면 T의 사람됨을 과히 알 수가 있다.

그리고 그가 우리 집에 올 것 같으면 지어서 쾌활하게 웃으며 힘써 재미스러운 이야기를 하였다.

단둘이 고적하게 그날그날을 보내는 우리에게는 더할 수 없이 반가웠다.

오늘도 그가 활발하게 집에 쑥 들어오더니 신문지에 싼 기름한 것을 '이것 봐라.' 하는 듯이 마루 위에 올려놓고 분주히 구두끈을 끄른다.

"이것은 무엇인가?"

나는 물어 보았다.

"저어, 제 처의 양산이야요. 쓰던 것이 벌써 낡았고 또 살이 부러졌다나요."

그는 구두를 벗고 마루에 올라서며 나오는 웃음을 참지 못하여 벙글벙글하면서 대답을 한다.

그는 나의 아내를 돌아보며 돌연히,

"아주머니 좀 구경하시렵니까?"

하더니 싼 종이와 집을 벗기고 양산을 펴 보인다.

흰 비단 바탕에 두어 가지 매화를 수놓은 양산이었다.

"검정이는 좋은 것이 많아도 너무 칙칙해 보이고…… 회색이나 누렁이는 하나도 그것이야 싶은 것이 없어서 이것을 산걸요."

그는 '이것보다도 더 좋은 것을 살 수가 있다.' 하는 뜻을 보이려고 애를 쓰며 이런 발명까지 한다.

"이것도 퍽 좋은데요."

이런 칭찬을 하면서 양산을 펴들고 이러저리 홀린 듯이 들여다보고 있는 아내의 눈에는,

'나도 이런 것을 하나 가졌으면…….'

하는 생각이 역력히 보인다.

나는 갑자기 불쾌한 생각이 와락 일어나서, 방으로 들어오며 아내의 양산 보는 양을 빙그레 웃고 바라보고 있는 T에게,

"여보게, 방에 들어오게그려, 우리 이야기나 하세."

T는 따라 들어와 물가 폭등에 대한 이야기며, 자기의 월급이 오른 이야기며, 주권(株券)을 몇 주 사 두었더니 꽤 이익이 남았다든가, 각 은행 사무원 경기회에서 자기가 우월한 성적을 얻었다든가, 이런 것 저런 것 한참 이야기하다가 돌아갔었다.

T를 보내고 책상을 향하여 짓던 소설의 결미(結尾)를 생각하고 있을

즈음에,

"여보!"

아내의 떠는 목소리가 바로 내 귀 곁에서 들린다.

핏기 없는 얼굴에 살짝 붉은 빛이 돌며 어느 결에 내 곁에 바짝 다가앉 았더라.

"당신도 살 도리를 좀 하세요."

"……."

나는 또 '시작하는구나.' 하는 생각이 번개같이 머리에 번쩍이며 불쾌 한 생각이 벌컥 일어난다.

그러나 무어라고 대답할 말이 없어 묵묵히 있었다.

"우리도 남과 같이 살아 보아야지요."

아내가 T의 양산에 단단히 자극을 받은 것이다.

예술가의 처 노릇을 하려는 독특한 결심이 있는 그는 좀처럼 이런 소리 를 입 밖에 내지 아니하였다.

그러나 무엇에 상당한 자극만 받으면 참고 참았던 이런 소리를 하게 되 는 것이다.

나도 이런 소리를 들을 적마다 '그럴 만도 하다.'는 동정심이 없지 아 니하나 심사가 어쩐지 좋지 못하였다.

이번에도 '그럴 만도 하다.'는 동정심이 없지 아니하되 또한 불쾌한 생 각을 억제키 어려웠다.

잠깐 있다가 불쾌한 빛을 나타내며,

"급작스럽게 살 도리를 하라면 어찌할 수가 있소. 차차 될 때가 있겠 지!"

"아이구, 차차란 말씀 그만두구려, 어느 천년에."

아내의 얼굴에 붉은 빛이 짙어지며 전에 없던 흥분한 어조로 이런 말까 지 하였다.

자세히 보니 두 눈에 은은히 눈물이 고이었더라.

나는 잠시 멍멍하게 있었다.

성낸 불길이 치받쳐 올라온다.

나는 참을 수 없었다.

"막벌이꾼한테 시집을 갈 것이지, 누가 내게 시집을 오랬소! 저 따위가 예술가의 처가 다 뭐야!"

사나운 어조로 몰풍스럽게 소리를 꽥 질렀다.

"에그!"

살짝 얼굴빛이 변해지며 어이없이 나를 보더니 고개가 점점 수그러지며 한 방울 두 방울 방울방울 눈물이 장판 위에 떨어진다.

나는 이런 일을 가슴에 그리며 그래도 내일 아침거리를 장만하려고 옷을 찾는 아내의 심중을 생각해 보니 말할 수 없는 슬픈 생각이 가을바람과 같이 설렁설렁 심골(心骨)을 분지르는 것 같다.

쓸쓸한 빗소리는 굵었다 가늘었다 의연(依然)히 적적한 밤공기에 더욱 처량히 들리고 그을음 앉은 등피(燈皮) 속에서 비치는 불빛은 구름에 가린 달빛처럼 우는 듯 조는 듯 구차히 얻어 산 몇 권 양책의 표제(表題) 금자가 번쩍거린다.

2

장 앞에 초연(悄然)히 서 있던 아내가 무엇이 생각났는지 고개를 끄덕끄덕하며 들릴 듯 말듯 목 안의 소리로,

"오호…… 옳지, 참 그날……."

"찾았소?"

"아니에요, 벌써…… 저 인천(仁川) 사시는 형님이 오셨던 날……."

아내가 애써 찾던 그것도 벌써 전당포의 고운 먼지가 앉았구나! 종지 하나라도 차근차근 아랑곳하는 아내가 그것을 잡혔는지 안 잡혔는지 모르는 것을 보면 빈곤이 얼마나 그의 정신을 물어뜯었는지 과히 알겠다.

"……."

"……."

한참 동안 서로 아무 말이 없었다.

가슴이 어째 답답해지며 누구하고 싸움이나 좀 해 보았으면, 소리껏 고함이나 질러 보았으면, 실컷 맞아 보았으면 하는 일종 이상한 감정이 부글부글 피어오르며 전신에 이〔虱〕가 스멀스멀 기어다니는 듯 옷이 어째 몸에 끼며 견딜 수가 없다.

나는 이런 감정을 노골적으로 드러내며,

"점점 구차한 살림이 싫증이 나서 못 견디겠지?"

아내는 무엇을 생각하는지 모르게 정신을 잃고 섰다가 그 거슴츠레한 눈이 둥그래지며,

"네에? 어째서요?"

"무얼, 그렇지."

"싫은 생각은 조금도 없어요."

이렇게 말이 오락가락함을 따라 나는 흥분의 도(度)가 점점 짙어 간다.

그래서 아내가 떨리는 소리로,

"어째 그런 줄 아세요?"

하고 반문할 적에,

"나를 숙맥으로 알우?"

라고 격렬하게 소리를 높였다.

아내는 살짝 분한 빛이 눈에 비치어 물끄러미 나를 들여다본다.

나는 괘씸하다는 듯이 흘겨보며,

"그러면 그것 모를까! 오늘까지 잘 참아 오더니 인제는 점점 기색이 달라지는걸 뭐! 물론 그럴 만도 하지마는!"

이런 말을 하는 내 가슴에는 지난 일이 활동사진 모양으로 얼른얼른 나타난다.

6년 전에 그때 나는 16세이고 저는 18세였다. 우리가 결혼한 지 얼마 아니 되어 지식에 목마른 나는 지식의 바닷물을 얻어마시려고 표연히 집을 떠났었다.

광풍(狂風)에 나부끼는 버들잎 모양으로 오늘은 지나(支那), 내일은 일본으로 굴러다니다가 금전의 탓으로 지식의 바닷물도 흠씬 마셔 보지도 못하고 반거들충이가 되어 집에 돌아오고 말았다.

그가 시집 올 때에는 방글방글 피려는 꽃봉오리 같던 아내가 어느 겨를에 기울어 가는 꽃처럼 두 뺨에 선연(鮮妍)한 빛이 스러지고 벌써 두어 금 가는 줄이 그리어졌다.

처가 덕으로 집간도 장만하고 세간도 얻어 우리는 소위 살림을 하게 되었다.

처음에는 그럭저럭 지내었지마는 한푼 나는 데 없는 살림이라 한 달 가고 두 달 갈수록 점점 곤란해질 따름이었다.

나는 보수(報酬) 없는 독서와 가치없는 창작(創作)으로 해가 지며, 날이 새며 쌀이 있는지 나무가 있는지 망연케 몰랐다.

그래도 때때로 맛있는 반찬이 상에 오르고 입은 옷이 과히 추하지 아니함은 전혀 아내의 힘이었다.

전들 무슨 벌이가 있으리요, 부끄러움을 무릅쓰고 친가에 가서 눈치를 보아 가며, 구차한 소리를 하여 가지고 얻어 온 것이었다.

그것도 한두 번 말이지 장구한 세월에 어찌 늘 그럴 수가 있으랴!

말경(末境)에는 아내가 가져온 세간과 의복에 손을 대는 수밖에 없었다.

잡히고 파는 것도 나는 알은 체도 아니하였다.

그가 애를 쓰며 퉁명스러운 옆집 할멈에게 돈푼을 주고 시켰었다.

이런 고생을 하면서도 그는 나의 성공만 마음속으로 깊이깊이 믿고 빌었었다.

어느 때에는 내가 무엇을 짓다가 마음에 맞지 아니하여 쓰던 것을 집어

던지고 화를 낼 적에,

"왜 마음을 조급하게 잡수세요! 저는 꼭 당신의 이름이 세상에 빛날 날이 있을 줄 믿어요. 우리가 이렇게 고생을 하는 것이 장차 잘 될 근본이에요."

하고 그는 스스로 흥분되어 눈물을 흘리며 나를 위로하는 적이 있었다.

내가 외국으로 다닐 때에 소위 신풍조(新風潮)에 띠어 까닭없이 구식 여자가 싫어졌다.

그래서 나의 일찍이 장가든 것을 매우 후회하였다.

어떤 남학생과 어떤 여학생이 서로 연애를 주고받고한다는 이야기를 들을 적마다 공연히 가슴이 뛰놀며 부럽기도 하고 비감스럽기도 하였다.

그러나 낫살이 들어갈수록 그런 생각도 없어지고 집에 돌아와 아내를 겪어 보니 의외에 그에게 따뜻한 맛과 순결한 맛을 발견하였다.

그의 사랑이야말로 이기적 사랑이 아니고 헌신적 사랑이었다.

이런 줄을 점점 깨닫게 될 때에 내 마음이 얼마나 행복스러웠으랴! 밤이 깊도록 다듬이를 하다가 그만 옷을 입은 채로 쓰러져 곤하게 자는 그의 파리한 얼굴을 들여다보며,

'아아, 나에게 위안을 주고 원조를 주는 천사여!'

하고 감격이 극하여 눈물을 흘린 일도 있었다.

내가 알다시피 내가 별로 천품은 없으나 어쨌든 무슨 저작가(著作家)로 몸을 세워 보았으면 하여 나날이 창작과 독서에 전심력을 바쳤다. 물론 아직 남에게 인정될 가치는 없는 것이다.

그 영향으로 자연 일상생활이 말유(末由)하게 되었다.

이런 곤란에 그는 근 2년 견디어 왔건만 나의 하는 일은 오히려 아무 보람도 없고 방 안에 놓였던 세간이 줄어지고 장롱에 찼던 옷이 거의 다 없어졌을 뿐이다.

그 결과 그다지 견딜성 있던 그도 요사이 와서는 때때로 쓸데없는 탄식을 하게 되었다.

　손잡이를 잡고 마루 끝에 우두커니 서서 하염없이 먼산만 바라보기도 하며, 바느질을 하다 말고 실신한 사람 모양으로 멍멍히 앉았기도 하였다.

　창경(窓鏡)으로 비치는 어스름한 햇빛에 나는 흔히 그의 눈물 머금은 근심있는 눈을 발견하였다.

　이럴 때에는 말할 수 없는 쓸쓸한 생각이 들며 일없이,

　"마누라!"

하고 부르면 그는 몸을 움짓하고 고개를 저리 돌리어 치맛자락으로 눈물을 씻으며,

　"네에?"

하고 울음에 떨리는 가는 대답을 한다. 나는 등에 물을 끼얹은 듯 몸이 으쓱해지며 처량한 생각이 싸늘하게 가슴에 흘렀다.

　그러지 않아도 자비(自卑)하기 쉬운 마음이 더욱 심해지며,

　'내가 무자격한 탓이다.'

하고 스스로 멸시를 하고 나니 더욱 견딜 수 없다.

　'그럴 만도 하다.'

는 동정심이 없지 아니하되 그래도 그만 불쾌한 생각이 일어나면,

　"계집이란 할 수 없어."

　혼자 이런 불평을 중얼거리었다.

　환등(幻燈) 모양으로 하나씩 둘씩 이런 일이 가슴에 나타나니 무어라고 말할 용기조차 없어졌다.

　나의 유일한 신앙자이고 위로자이던 저까지 인제는 나를 아니 믿게 되었다.

　그는 마음속으로,

　'네가 6년 동안 내 살을 깎고 저미었구나! 이 원수야.'

할 것이다.

　이렇게 생각하매 그의 불 같던 사랑까지 없어져 가는 것 같았다.

아니 흔적도 없이 사라지고 만 것 같았다.

나는 감상적으로 허둥허둥하며,

"낸들 마누라를 고생시키고 싶어 시켰겠소! 비단옷도 해 주고 싶고 좋은 양산도 사 주고 싶어요! 그러길래 왼종일 쉬지 않고 공부를 아니하우. 남 보기에는 편편이 노는 것 같애도 실상은 그렇지 않아! 본들 모른단 말이오."

나는 점점 강한 가면(假面)을 벗고 약한 진상(眞相)을 드러내며 이와 같은 가소로운 변명까지 하였다.

"왼 세상 사람이 다 나를 비소(誹笑)하고 모욕하여도 상관이 없지만 마누라까지 나를 아니 믿어 주면 어찌한단 말이오."

내 말에 스스로 자극이 되어 가지고 마침내,

"아아!"

길이 탄식을 하고 그만 쓰러졌다.

이 순간에 고개를 숙이고 아마 하염없이 입술만 물어뜯고 있던 아내가 홀연,

"여보!"

울음소리를 떨면서 무너지는 듯이 내 얼굴에 쓰러진다.

"용서……."

하고는 북받쳐 나오는 울음에 말이 막히고 불덩이 같은 두 뺨이 내 얼굴을 누르며 흑흑 느끼어 운다.

그의 두 눈으로부터 샘솟듯하는 눈물이 제 뺨과 내 뺨 사이를 따뜻하게 젖어 퍼진다.

내 눈에서도 눈물이 흘러 내린다.

뒤숭숭하던 생각이 다 이 뜨거운 눈물에 봄눈 슬듯 스러지고 말았다.

한참 있다가 우리는 눈물을 씻었다.

내 속이 얼마큼 시원한지 몰랐다.

"용서하여 주세요! 그렇게 생각하실 줄은 참 몰랐어요."

　이런 말을 하는 아내는 눈물에 부어오른 눈꺼풀을 아픈 듯이 꿈적거린다.

　"암만 구차하기로니 싫증이야 날까요! 나는 한번 먹은 맘이 있는데."

　가만가만히 변명(辨明)을 하는 아내의 눈물 흔적이 어룽어룽한 얼굴을 물끄러미 바라보며 겨우 심신이 가뜬하였다.

3

　어제 일로 심신이 피곤하였던지 그 이튿날 늦게야 잠을 깨니 간밤에 오던 비는 어느 결에 그치었고 명랑한 햇발이 미닫이에 높았더라.

　아내가 다시금 장문을 열고 잡힐 것을 찾을 즈음에 누가 중문을 열고 들어온다.

　우리는 누군가 하고 귀를 기울일 적에 밖에서,

　"아씨!"

하는 소리가 들렸다.

　아내는 급히 방문을 열고 나갔다.

　그는 처가에서 부리는 할멈이었다.

　오늘은 장인 생신이라고 어서 오라는 말을 전한다.

　"오늘이야? 참 옳지, 오늘이 이월 열엿샛날이지, 나는 깜빡 잊었어!"

　"원 아씨도 딱도 하십니다. 어쩌면 아버님 생신을 잊는단 말씀이에요. 아무리 살림이 재미가 나시더래도!"

　시큰둥한 할멈은 선웃음을 쳐 가며 이런 소리를 한다.

　가난한 살림에 골몰하느라고 자기 친부(親父)의 생신까지 잊었는가 하매 아내의 정지(情地)가 더욱 측은하였다.

　"오늘이 본가 아버님 생신이래요. 어서 오시라는데……."

　"어서 가구려……."

　"당신도 가셔야지요, 우리 같이 가세요."

하고 아내는 하염없이 얼굴을 붉힌다.

나는 처가에 가기가 매우 싫었었다. 그러나 아니 가는 것도 내 도리가 아닐 듯하여 하는 수 없이 두루마기를 입었다.

아내는 머뭇머뭇하며 양미간을 보일 듯 말듯 찡그리다가 곁눈으로 살짝 나를 엿보더니 돌아서서 급히 장문을 연다.

흥, 입을 옷이 없어서 망설거리는구나, 나도 슬쩍 돌아서며 생각하였다.

우리는 서로 등지고 섰건만 그래도 아내가 거의 다 빈 장 안을 들여다보며 입을 만한 옷이 없어서 눈살을 찌푸린 양이 눈앞에 선연함을 어찌할 수가 없었다.

"자아, 가세요."

무엇을 생각하는지 모르게 정신을 잃고 섰다가 아내의 부르는 소리를 듣고 나는 기계적으로 고개를 돌리었다.

아내는 당목옷으로 갈아입고 내 마음을 알았던지 나를 위로하는 듯이 빙그레 웃는다.

나는 더욱 쓸쓸하였다.

우리 집은 천변 배다리 곁이었고 처가는 안국동에 있어 거리가 꽤 멀었다.

나는 천천히 가노라 하고 아내는 속히 오느라고 오건마는 그는 늘 뒤떨어졌다.

내가 한참 가다가 뒤를 돌아다보면 그는 늘 멀리 떨어져 나를 따라오려고 애를 쓰며 주춤주춤 걸어온다.

길가에 다니는 어느 여자를 보아도 거의 다 비단옷을 입고 고운 신을 신었는데 당목옷을 허술하게 차리고 청록당혜로 타박타박 걸어오는 양이 나에게 얼마나 애연(哀然)한 생각을 일으켰는지!

한참 만에 나는 넓고 높은 처가집 대문에 다다랐다.

내가 안으로 들어갈 적에 낯선 사람들이 나를 흘끔흘끔 본다.

    그들의 눈에,

    '이 사람이 누구인가. 아마 이 집 하인인가 보다.'

하는 경멸히 여기는 빛이 있는 것 같았다.

    안 대청 가까이 들어오니 모두 내게 분분히 인사를 한다.

    그 인사하는 소리가 내 귀에는 어째 비소하는 것 같기도 하고 모욕하는 것 같기도 하여 공연히 가슴이 두근거리고 얼굴이 후끈거린다.

    그 중에 제일 내게 친숙하게 인사하는 사람이 있다.

    그는 아내보다 3년 맏인 처형이었다.

    내가 어려서 장가를 들었으므로 그때 그에게 나는 못 견디게 시달렸다.

    그때는 그게 싫기도 하고 밉기도 하더니 지금 와서는 그때 그러한 것이 도리어 우리를 무관하게 정답게 만들었다.

    그는 인천 사는데 자기 남편이 기미(期米)를 하여 가지고 이번에는 돈 10만 원이나 착실히 땄다 한다.

    그는 자기의 잘사는 것을 자랑하고자 함인지 비단을 내리감고 얼굴에 부유한 태가 질질 흐른다.

    그러나 분으로 숨기려고 애쓴 보람도 없이 눈 위에 퍼렇게 멍든 것이 내 눈에 띄었다.

    "왜 마누라는 어쩌고 혼자 오세요?"

    그는 웃으며 이런 말을 하다가 중문 편을 바라보더니,

    "그러면 그렇지! 동부인 아니하고 오실라구."

혼자 주고받고한다.

    나도 이 말을 듣고 슬쩍 돌아다보니 아내가 벌써 중문 앞에 들어섰다.

    그 수척한 얼굴이 더욱 수척해 보이며 눈물 고인 듯한 눈이 하염없이 웃는다.

    나는 유심히 그와 아내를 번갈아보았다.

    처음 보는 사람은 분간을 못하리만큼 그들의 얼굴은 혹사(酷似)하다.

    그런데 얼굴빛은 어쩌면 저렇게 틀리는지!

하나는 이글이글 만발한 꽃 같고 하나는 시들마른 낙엽 같다.

아내를 형이라고, 처형을 아우라 하였으면 아무라도 속을 것이다.

또 한 번 아내를 보며 말할 수 없는 쓸쓸한 생각이 다시금 가슴을 누른다.

딴 음식은 별로 먹지도 아니하고 못 먹는 술을 넉 잔이나 마시었다.

그래도 바늘방석에 앉은 것처럼 앉아 견딜 수가 없다.

집에 가려고 나는 몸을 일으켰다.

골치가 띵하며 내가 선 방바닥이 마치 폭풍에 도도하는 파도같이 높았다 낮았다 어질어질해서 곧 쓰러질 것 같다.

이 거동을 보고 장모가 황망히 일어서며,

"술이 저렇게 취해 가지고 어데로 갈라구, 여기서 한잠 자고 가게."

나는 손을 내저으며,

"아니에요, 집에 가겠어요."

취한 소리로 중얼거리었다.

"저를 어쩌나!"

장모는 걱정을 하시더니,

"할멈, 어서 인력거 한 채 불러 오게." 한다.

취중에도 인력거를 태우지 말고 그 인력거 삯을 나를 주었으면 책 한 권을 사 보련만 하는 생각이 있었다. 인력거를 타고 얼마 아니 가서 그만 잠이 들었다.

한참 자다가 잠을 깨어 보니 방 안에 벌써 남폿불이 키어졌는데 아내는 어느 결에 왔는지 외로이 앉아 바느질을 하고 화로에서는 무엇이 끓는 소리가 보글보글하였다.

아내가 나의 잠깬 것을 보더니 급히 화로에 얹힌 것을 만져 보며,

"인제 그만 일어나 진지를 잡수세요."

하고 부리나케 일어나 아랫목에 파묻어 둔 밥그릇을 꺼내어 미리 차려 둔 상에 얹어서 내 앞에 갖다 놓고 일변 화로를 당기어 더운 반찬을 집어얹

으며,

"자아, 어서 일어나세요." 한다.

나는 마지못하여 하는 듯이 부시시 일어났다.

머리가 오히려 아프며 목이 몹시 말라서 국과 물을 연해 들이켰다.

"물만 잡수셔서 어째요, 진지를 좀 잡수셔야지."

아내는 이런 근심을 하며 밥상머리에 앉아서 고기도 뜯어 주고 생선뼈도 추려 주었다.

이것은 다 오늘 처가에서 가져온 것이다. 나는 맛나게 밥 한 그릇을 다 먹었다.

내 밥상이 나매 아내가 밥을 먹기 시작한다.

그러면 지금껏 내 잠이 깨기를 기다리고 밥을 먹지 아니하였구나 하고 오늘 처가에서 본 일을 생각하였다. 어제 일이 있은 후로 우리 사이에 무슨 벽이 생긴 듯하던 것이 그 벽이 점점 엷어져 가는 듯하며 가엾고 사랑스러운 생각이 일어났다. 그래서 우리는 정답게 이런 이야기 저런 이야기를 하게 되었다.

우리의 이야기는 오늘 장인 생신 잔치로부터 처형 눈 위에 멍든 것에 옮겨 갔다.

처형의 남편이 이번 그 돈을 딴 뒤로는 주야 요리점과 기생집에 돌아다니더니 일전에 어떤 기생을 얻어 가지고 미쳐 날뛰며 집에만 들면 집안 사람을 들볶고 걸핏하면 처형을 친다 한다. 이번에도 별로 대단치 않은 일에 처형에게 밥상으로 냅다 갈겨 바로 눈 위에 그렇게 멍이 들었다 한다.

"그것 보아, 돈푼이나 있으면 다 그런 것이야."

"정말 그래요. 없으면 없는 대로 살아도 의좋게 지내는 것이 행복이에요."

아내는 충심으로 공명(共鳴)해 주었다.

이 말을 들으매 내 마음은 말할 수 없이 만족해지면서 무슨 승리나 한

듯이 득의양양하였다. 그리고 마음속으로,

　'옳다, 그렇다. 이렇게 지내는 것이 행복이다.' 하였다.

　4

　이틀 뒤, 해 어스름에 처형은 우리 집에 놀러 왔다.

　마침 내가 정신없이 무엇을 생각하고 있을 즈음에 쓸쓸하게 닫혀 있는 중문이 찌긋둥하며 비단옷 소리가 사오락사오락 들리더니 아랫목은 내게 빼앗기고 윗목에서 바느질을 하고 있던 아내가 문을 열고 나간다.

　"아이고 형님 오세요."

　아내의 인사하는 소리가 들리더니 처형이 계집 하인에게 무엇을 들리고 들어온다.

　나도 반갑게 인사를 하였다.

　"그날 매우 욕을 보셨죠? 못 잡숫는 술을 무슨 짝에 그렇게 잡수세요."

　그는 이런 인사를 하다가 급작스럽게 계집 하인이 든 것을 빼앗더니 신문지로 싼 것을 끄집어내어 아내를 주며,

　"내 신 사는데 네 신도 한 켤레 샀다. 그날 청록당혜를……."

　말을 하려다가 나를 곁눈으로 흘끗 보고 그만 입을 닫친다.

　"그것을 왜 또 사셨어요."

　해쓱한 얼굴에 꽃물을 들이며 아내가 치사하는 것도 들은 체 만 체하고 처형은 또 이야기를 시작한다.

　"올 적에 사랑양반을 졸라서 돈 백 원을 얻었겠지. 그래서 오늘 종로에 나와서 옷감도 바꾸고 신도 사고……."

　그는 자랑과 기쁨의 빛이 얼굴에 퍼지며 싼 보를 끌러,

　"이런 것이야!"

　하고 우리 앞에 펼쳐 놓는다.

자세히는 모르나 여하간 값 많은 품 좋은 비단인 듯하다.

무늬 없는 것, 무늬 있는 것, 회색, 초록색, 분홍색이 갖가지로 윤이 흐르며 색색이 빛이 나서 나는 한참 황홀하였다.

무슨 칭찬을 해야 되겠다 싶어서,

"참 좋은 것인데요."

이런 말을 하다가 나는 또 쓸쓸한 생각이 일어난다.

저것을 보는 아내의 심중이 어떠할까? 하는 의문이 문득 일어남이라.

"모다 좋은 것만 골라 샀습니다그려."

아내는 인사를 차리느라고 이런 칭찬을 하나마 별로 부러워하는 기색이 없다.

나는 적이 의외의 감이 있었다.

처형은 자기 남편의 흉을 보기 시작하였다.

그 밉살스럽다는 둥 그 추근추근하다는 둥 말끝마다 자기 남편의 불미한 점을 들다가 문득 이야기를 끊고 일어선다.

"왜 벌써 가시려고 하세요? 모처럼 오셨다가 반찬은 없어도 저녁이나 잡수세요."

하고 아내가 만류를 하니,

"아니 곧 가야지. 오늘 저녁차로 떠날 것이니까 가서 짐을 매어야지. 아직 차 시간이 멀었어? 아니 그래도 정거장에 일찍이 나가야지, 만일 기차를 놓치면 오죽 기다리실라구, 벌써 오늘 저녁차로 간다고 편지까지 했는데……."

재삼 만류함도 돌아보지 아니하고 그는 훌훌히 나간다.

우리는 그를 보내고 방에 들어왔다.

"그까짓 것이 기대리는데 그다지 급급히 갈 것이 무엇이야."

아내는 하염없이 웃을 뿐이었다.

"그래도 옷감 바꿀 돈을 주었으니 기대리는 것이 애처롭기는 하겠지."

밉살스러우니, 추근추근하니 하여도 물질의 만족만 얻으면 그것으로 기뻐하고 위로하는 그의 생활이 참 가련하다 하였다.

"참, 그런가 보아요."

아내도 웃으며 내 말을 받는다.

이때에 처형이 사 준 신이 그의 눈에 띄었는지 혹은 나를 꺼려, 보고 싶은 것을 참았는지 모르나 그것을 집어들고 조심조심 펴 보려다가 말고 머뭇머뭇한다.

그 속에 그를 해케 할 무슨 위험품이나 든 것같이.

"어서 펴 보구려."

아내는 이 말을 듣더니,

'작히 좋으랴.'

하는 듯이 활발하게 싼 신문지를 헤친다.

"퍽 이쁜걸요."

그는 근일에 드문 기쁜 소리를 치며 방바닥 위에 사뿐 내려놓고 버선을 당기며 곱게 신어 본다.

"어쩌면 이렇게 맞아요!"

연해연방 감사를 부르짖는 그의 얼굴에 흔연한 희색이 넘쳐흐른다.

"……."

묵묵히 아내의 기뻐하는 양을 보고 있는 나는 또다시,

'여자란 할 수 없어.'

하는 생각이 들며,

'조심하였을 따름이다.'

하매 밤빛 같은 검은 그림자가 가슴을 어둡게 하였다.

그러면 아까 처형의 옷감을 볼 적에도 물론 마음속으로는 부러워하였을 것이다.

다만 표면에 드러내지 않았을 따름이다. 겨우,

"어서 펴 보구려."

하는 한 마디에 가슴에 숨겼던 생각을 속임없이 나타내는구나 하였다.

내가 무엇을 생각하고 있는지 저는 모르고 새 신 신은 발을 조금 쳐들며,

"신 모양이 어때요?"

"매우 이뻐!"

겉으로는 좋은 듯이 대답을 하였으나 마음은 쓸쓸하였다.

내가 제게 신 한 켤레를 사 주지 못하여 남에게 얻은 것으로 만족하고 기뻐하는 거다.

웬일인지 이번에는 그만 불쾌한 생각이 일어나지 아니하였다.

처형이 동서(同婿)를 밉다거니 무엇이니 하면서도 기차를 놓치면 남편이 기다릴까 염려하여 급히 가던 것이 생각난다.

그것을 미루어 아내의 심사도 알 수가 있다.

부득이한 경우라 하릴없이 정신적 행복에만 만족하려고 애를 쓰지마는 기실(其實) 부족한 것이다. 다만 참을 따름이다.

그것은 내가 생각해야 된다.

이런 생각을 하니 그날 아내에게 그런 말을 한 것이 후회가 났다.

'어느 때라도 제 은공을 갚아 줄 날이 있겠지!'

나는 마음을 좀 너그러이 먹고 이런 생각을 하며 아내를 보았다.

"나도 어서 출세를 하여 비단신 한 켤레쯤은 사 주게 되었으면 좋으련만……."

아내가 이런 말을 듣기는 참 처음이다.

"네에?"

아내는 제 귀를 못 미더워하는 듯이 의아한 눈으로 나를 보더니 얼굴에 살짝 열기가 오르며,

"얼마 안 되어 그렇게 될 것이에요!"

라고 힘있게 말하였다.

"정말 그럴 것 같소?"

나는 약간 흥분하여 반문하였다.

"그럼은요, 그렇고말고요."

아직 아무도 인정해 주지 않은 무명작가인 나를 저 하나이 깊이깊이 인정해 준다.

그러기에 그 강한 물질에 대한 본능적 요구도 참아 가며 오늘날까지 몹시 눈살을 찌푸리지 아니하고 나를 도와 준 것이다.

'아 아, 나에게 위안을 주고 원조를 주는 천사여!'

마음속으로 이렇게 부르짖으며 두 팔로 덤썩 아내의 허리를 잡아 내 가슴에 바싹 안았다. 그 다음 순간에는 뜨거운 두 입술이……

그의 눈에도 나의 눈에도 그렁그렁한 눈물이 물끓듯 넘쳐흐른다.

희생화

1

어머님은 우리 남매를 데리고 사직골 막바지에서 쓸쓸한 가정을 이루었었다.

우리 아버지는 내가 세 살 먹던 가을에 돌아가셨다 한다. 어머님께서 때때로 눈물을 머금고 아버지께서 목사(牧師)로 계시던 것이며, 그 열렬한 웅변이 죄많은 사람을 감동시켜 하느님을 믿게 하던 것이며, 자기 몸은 조금도 돌아보지 아니하고 교회 일에 진심갈력(盡心竭力)하던 것을 이야기하신다. 나보다 4년 맏이인 누님은 이 말을 들을 적마다 그 맑고 고운 눈에 눈물이 어리었다. 철모르는 나는 그 이야기보다 어머님과 누님이 우는 것이 슬퍼서 눈물을 흘리었다.

집안은 넉넉지는 아니하나마 많지 않은 식구라 아버지 생전에 장만하여 주신 몇 섬지기나 추수하는 것으로 기한(飢寒)은 면할 수 있었다.

아버지의 감화인지는 모르나 어머님은 우리 남매를 학교에 다니게 하였다. 벌써 십여 년 전 일이라 누님 공부시키는 데 대하여 별별 비평이 다 많았다. 그러나 어머님은 무슨 까닭에 여자 교육이 필요한 것인 줄은 모르셨겠지마는 아마 여자도 교육시키는 것이 좋은 줄로 아신 것 같다.

2

누님은 십팔 세의 꽃 같은 처녀로 ○○학교 여자부 4년급에 우등 성적으로 진급되고, 나도 그 학교 2년급에 진급되던 봄의 일이다.

나의 손을 붉게 하고 내 얼굴을 푸르게 하던 추위는 없어진 지 오래이다. 햇빛은 따뜻하고 바람끝은 부드럽다. 잔디밭에는 새싹이 돋아나고 개나리와 진달래는 벌써 산야를 붉고 누르게 수놓았다.

어느덧 버드나무 얽힌 곳에 꾀꼬리는 벗을 찾고 아지랑이 희미한 하늘에 종달새는 높이 떴다.

우리 집 뜰 앞에 심어 둔 두어 나무 월계화도 춘군(春君)의 고운 빛을 나도 받았노라 하는 듯이 난만(爛曼)히 피었었다.

하룻날 떠오르는 선명한 햇빛이 어렴풋이 조으는 듯한 아침 안개에 위황(煒煌)한 금색을 흩을 적에 누님은 가늘게 숨쉬는 춘풍에 머리카락을 날리며 어리인 듯이 월계화를 바라보고 섰다. 쏘아 오는 햇발이 그의 눈을 비치니 고개를 갸웃하며 한 손을 이마 위에 얹고 눈을 스르르 감더니 아직도 어슴푸레하게 조으는 월계화 그늘에 몸을 숨기매 이슬 젖은 꽃송이가 누나의 뺨을 스친다. 손으로 가벼이 이 화판을 만지며 고개를 숙여 꽃을 들여다본다……

나도 한참 누님과 월계화를 바라보다가 학교에 갈 시간이나 아니 되었나 하고 방에 걸린 시계를 보니 아니나다를까 벌써 시간이 다 되어 간다. 급히 건넌방에 들어가 책보를 싸 가지고 나오며 "누님, 어서 학교에 가요, 벌써 시간이 다 되었어요." "응, 벌써!" 하고 누님은 내 말에 놀라 돌아서더니 허둥허둥 건넌방에 들어가 책보를 싸더니 또 망연히 앉아 있다.

"어서 가요." 나는 조급히 부르짖었다. 누님은 또 한 번 놀라 몸을 일으켰다.

요사이 누님의 하는 일이 매우 이상하였다. 그 열심으로 하던 공부도 책을 보다가 말고 망연히 자실하여 먼산만 머얼거니 바라보고 있을 적이 많았다——누님이 잠은 어머님을 뫼시고 큰방에서 자되 공부는 나를 데리고 건넌방에서 하였으므로 누님이 정신 잃고 앉은 것을 여러 번 보았다.

그날 밤 새로 한시나 되어 잠을 깨니 갑자기 뒤가 보고 싶었다. 나는 급히 일어나 뒷간에 갔었다. 뒤를 보고 나오니 이미 이지러진 어스름 반달이 중천에 걸리어 있다. 나는 달을 치어다보며 한 걸음 두 걸음 마당 가운데로 나왔다. 뜰 앞 월계화는 희미한 달빛에 어슴푸레하게 비치는데 꽃 사이로 하야스름한 무엇이 보인다. 자세히 보니 누님이 꽃에다 머리를 파묻고 서 있다. 그의 흰 옥양목 겹저고리가 내 눈에 띄임이라, 왜 누님이 저기 저러고 서 있나? 온 세상이 따뜻한 봄의 환희에 싸이어 고요히 잠든 이 밤중에 무슨 까닭으로 나와 섰나? 나는 어린 가슴을 두근거리며 "누님, 거기서 무엇 해요?" 내 소리에 깜짝 놀랐는지 몸을 흠칫하더니 아무 대답이 없다. 가만가만 가까이 가서 어깨를 가볍게 흔들었다. 숨을 급히 쉬는지 등이 들먹들먹한다. 나오는 울음을 물어 멈추는지 가늘고 떨리는 오열성(嗚咽聲)이 들린다. 나는 바싹 대들어 누님의 얼굴을 보았다.

분결 같은 두 손 사이로 보이는 얼굴은 발그레하였다. 나는 웬일인가 하고 얼굴 가린 두 손을 힘써 떼었다. 두 손은 적셔 있었다. 누님의 두 눈으로 눈물이 흘러 내린다. 구슬 같은 눈물이 점점이 월계화에 떨어진다. 월계화는 그 눈물을 머금어 엷은 명주(明紬)로 가린 듯한 달빛에 어렴풋이 우는 것 같다. 누님의 머리는 불덩이같이 더웠다. "왜 안 자고 나왔니……." 하며 내 손을 밀치는 손은 떠는 듯하였다. 나는 목멘 소리로 "누님, 왜 우셔요? 네?" 하고 내 눈에도 눈물이 핑 돌았다.

이슬에 젖은 꽃향기는 사랑의 노래와 같이 살근살근 가슴을 여위고 따뜻한 미풍은 연애에 타는 피처럼 부드럽게 뺨을 스쳐 지나간다. 이런 밤에 부드러운 창자에 느낌이 없으랴! 꽃다운 마음에 수심(愁心)이 없으랴!

철모르는 나는 "누님, 어서 들어가셔요." 하고 누님의 손목을 이끌었다. 맥이 종작없이 뛰는 것을 감각하였다. 누님은 눈물을 씻으며 "먼저 들어가거라, 나도 곧 들어갈 것이니……." 하였다.

"대관절 웬일이야요? 어디가 편찮으셔요?"

"아니, 공연히 마음이 뒤숭숭하구나." 하더니 한 손으로 월계화 가지를 부여잡고 이마를 팔에다 대며 흑흑 느끼어 운다.

어스름 달빛은 쓰린 이별에 우는 눈의 시선같이 몽매하게 월계화나무 위에 흘러 있다.

3

이틀 후 공일날 누님과 나는 창경원 구경을 갔었다.

창경원 벚꽃이 한창이란 기사가 수일 전부터 신문에 게재되고 일기도 화창하므로 구경꾼이 구름같이 모여들어 넓으나 넓은 어원(御苑)이 희도록 덮여 있다. 과연 벚꽃은 필 대로 피어 동물원에서 식물원 가는 길 양편에는 만단홍금(萬段紅錦)을 펼친 듯하다.

"국주(國柱)야, 우리는 동물원은 그만두고 저 잔디밭에 앉아 꽃구경이나 실컷 하자."

누님은 찬성을 구하는 듯이 나를 들여다보며 묻는다. 나도 짐승 곁에 가니 야릇한 무슨 냄새가 나던 것을 생각하고 "그럽시다."라고 곧 찬성하였다.

우리는 길 옆 잔디밭 은근한 편(便) 소나무 밑에 좌정(坐定)하였다. 붉은 놀 같은 꽃 다리 밑으로 지나가는 흰 옷 입은 유객(遊客)들을 꽃빛에 비치어 불그스름해 보이는 것이 말할 수 없는 춘흥을 자아낸다. 어린 나도 따뜻한 듯한, 부드러운 듯한, 봄의 기쁨을 깨달아 웃는 낯으로 누님을 돌아보니 누님은 나직이 한숨을 쉬며 고개를 숙이더니 푸른 풀 사이에 핀 누른 꽃을 하나 꺾어 뺨에다 대인다. 무슨 걱정이나 있는 듯이 눈살을 찌푸렸다. 나는 그날 밤에 누님이 월계화 사이에서 울던 광경을 가슴에 그리면서 유심히 누님의 행동을 살피었다.

누님이 얼굴에 수색(愁色)을 띤 것이 퍽 애처로워서 무슨 이야기를 하여 누님의 흥미를 끌까 하고 곰곰 생각하며 이리저리 살피었다.

우연히 식물원 편을 바라보다가 그곳을 가리키고 누님을 흔들며 "저기를 좀 보셔요." 하였다. 웬일인지 누님은 깜짝 놀란다. 곤한 잠을 깬 사람에게 흔히 있는 표정으로 내가 가리키는 곳을 바라본다. 거기서 우리 학교 교복을 입은 학생 하나가 이리로 내려온다. 그는 우리 학교 4년급 급장이었다. 누님이 한참 멀거니 바라보다가 두 추파가 마주친 것 같다. 누님은 고개를 숙이었다. 나는 누님의 귀밑이 발그레해진 것을 보았다. 누님이 내 무릎을 꼭 잡으며 "거기 무엇이 있다고 날더러 보라니." 간신히 귀에 들릴이만큼 말하였다.

"아야! 아이고 아파요. 왜 저이를 모르셔요. 그이가요 이번에 첫째로 4년급에 진급한 이야요. 공부를 잘 하고 또 재조가 비범하대요. 게다가 얼굴이 저렇게 잘났겠지요." 나는 바로 내나 그런 듯이 기뻐하면서 입에 침이 없이 칭찬하였다. 누님은 부끄럽게 웃으며 "왜 내가 그를 모른다니, 4년이나 한학교에 다녔는데…… 그래 그 사람 보라고 사람을 흔들고 야단을 했니?"

"그럼은요…… 그런데요, 어저께 내가 누님보다 좀 일찍이 나왔지요? 집에 오니까 어머님 친구 몇 분이 오셨는데, 누님 칭찬이 야단입니다. '어쩌면 인물도 그다지 잘나고 재조도 그렇게 좋을꼬. 참 복 많이 받았습니다.'라고요. 나는 그 말을 듣고 춤이라도 출 듯이 기뻐하였어요. 저 사람도 장하지만 누님은 더 장해요." 나는 그 사람을 너무 칭찬하여

행여나 누님이 그에게 질까 보아서 또 한참 누님을 추어올렸다. 누님은
또 얼굴을 붉히며 "너는 별소리를 다 하는구나, 누가 네게 칭찬 듣고 싶
다디."

우리가 이런 수작을 하는 틈에 그가 벌써 우리 앞을 지나가며 슬쩍 누
님을 엿보았다. 두 시선은 또 한 번 마주쳤다. 누님의 얼굴은 갑자기 다
홍빛을 띠었다. 그가 중인총중(衆人總中)에 섞이어 점점 멀어 가는 양을
누님이 물끄러미 바라본다. 그는 나가 버렸다. 누님의 눈이 이리로 도는
바람에 그 사람의 뒤꼴을 보는 누님을 도적해 보던 내 눈이 잡히었다.
"너는 남의 얼굴을 왜 빤히 들여다보니." 하고 누님의 얼굴은 또다시 붉
어졌다. "보기는 누가 보아요." 하고 나는 빙그레 웃었다.

4

그 이튿날 아침에 누님은 좀처럼 바르지 않던 분을 약간 바르며 더럽지
는 않은 옷을 벗고 새 옷을 갈아입었다. "네가 오늘은 웬일이냐?" 하고
어머님이 의아해하신다. 누님이 머뭇머뭇하더니 어린애 모양으로 어머님
가슴에 안기며 "제가 오늘은 퍽 잘나 보이지요." 하고 웃는다. 그 웃음
과 함께 누님의 얼굴에 홍조가 퍼진다. 과연 오늘은 누님이 더 어여뻐 보
이었다. 두 손으로 기운없이 뒤로 큰 방문을 집고 비스듬히 문에다 몸을
반만 실려 웃는 양이 말할 수 없이 어여뻤다. 어리인 우유에 분홍물을 들
인 듯한 두 뺨은 부풀어오른 듯하고 장미꽃빛 같은 입술이 방실 벌어지며
보일 듯 말듯이 흰 이빨이 번쩍거린다. 춘산(春山)을 그린 듯한 눈썹은
살짝 위로 치어오른 듯하여 그 밑에서 추수(秋水)가 맑은 눈이 웃음의
가는 물결을 친다.

어머님이 누님을 보고 웃으시며 "언제는 못났다."

"그런데 오늘은요?" 누님이 되질러 묻는다.

"오냐, 오늘은 더 이뻐 보인다."

"어머님, 정말이야요?" 하고 누님은 또 방긋 웃는다. 수색(羞色)에 싸인 희색(喜色)이 드러난다.

"오늘은 정말 더 이뻐 보인다. 너의 부친이 보셨던들 작히 기뻐하시겠니." 하시며 어머님의 눈에는 눈물이 스르르 어리었다. 곱게 빛나던 누님의 얼굴에도 구름이 끼인 것 같다. 그러나 얼마 아니 되어 그 구름이 스러지고 또다시 기쁨과 희망의 빛이 번쩍거린다.

우시는 어머님을 민망히 바라보던 누님이 지은 듯한 슬픈 어조로 "어머님, 마음 상하지 마세요." 하였다.

"얘, 시간이 다 되었겠다. 내 걱정을랑 말고 어서 학교에나 가거라." 하고 어머님은 눈물을 삼키셨다.

우리는 책보를 끼고 나섰다.

학교 문턱에 들어서니 종소리가 들린다. 우리는 달음박질하여 들어갔다. 전교 생도가 다 모였다. 모두 행렬과 번호를 마치자 "기착(氣着), 경례, 출석원 도합 ○○ 명."이라 하는 카랑카랑한 소리가 들리었다. 그는 4년급 급장의 소리다. 이 소리가 끝나자 여자부 편에서도 이와 같은 호령과 보고를 하는 소리가 들리었다. 그는 옥을 빻는 듯한 날카로운 소리이었다. 그는 우리 누님의 소리다. 오늘은 웬 셈인지 이 두 소리가 나의 어린 가슴을 뛰게 하였다.

그 다음 토요일 하학한 후에 교우회가 모인다고 4년급 생도들이 학교 문을 걸고 파수를 보며 철없는 1, 2년급들이 나가는 것을 막아 섰다. 우리가 늘 모이는 강당에 들어가니 벌써 이편에는 남학생, 저편에는 여학생이 빽빽이 앉아 있었다. 나도 거기 앉았노라니 무엇이니 무엇이니 하고 한참 야단들이더니 얼마 아니 되어 4년급생이 흰 종이 조각을 돌리며 "지육부 간사(智育部幹事) 투표권이요, 한 장에 한 명씩 쓰시오." 하며 외친다. 내 곁에 앉은 녀석이 똑똑한 체로 "유기명 투표야요 무기명 투표야요?" 묻는다. "물론 무기명 투표지요." 아까 외치던 4년급생이 대답한다. 저편에서 "무기명 투표란 무엇이오?" 하는 녀석이 있다. "그것도 모르면서 회(會)할 적마다 집에만 가려고 하지! 무기명 투표란 것은 선거자의 이름을 쓰지 않는 것이오." 꾸짖는 듯이 그 4년급생이 말하고 기색이 엄숙하다. 나는 무의식적으로 담박 4년급 급장 이름을 썼다. 필경 남자부에는 최다점으로 그가 선거되고 여자부에서는 최다점으로 우리 누님이 선거되었다.

그후부터 누님이 간사회 한다 지육부 간사회 한다 하고 저녁 먹고 나가면 밤 아홉점 열점이나 되어 돌아오는 일이 번번이 있었다. 그 회에 갈 적마다 안 보던 거울도 보고 늘어진 머리카락도 쓰담아 올리며 옷고름도 고쳐 매었다.

하루 밤은 누님이 지육부 간사회 한다고 저녁 먹고 나가더니 열점 반이 되어도 돌아오지 않는다. 어머님은 별별 염려를 다 하시다가,

"너 누이가 여태껏 돌아오지를 않으니, 회는 벌써 끝났을 것인데 너 좀 가 보아라."

나는 두루마기를 입고 집을 나와 사직골 막바지로부터 광화문통에 가는 길로 타박타박 걸어간다. 달도 없는 5월 그믐밤이었다. 전등도 별로 없고 행인도 희소한 어둠침침한 길을 걸어가려니 무시무시한 생각이 난다. 나는 무서운 생각을 쫓느라고 발을 쾅쾅 구르며 "하나 둘." 하고 달음박질하였다. 한참 뛰어가니 숨이 헐떡거리고 진땀이 흐른다. 모자를 벗어 부채질하면서 천천히 걸어간다. 내 앞 멀지 않은 곳에 이리로 향하여 젊은 남녀가 짝을 지어 올라온다. 그는 남학생과 여학생이었다. 그와 누님이었다. 나는 가슴이 설렁하며 일종의 호기심이 일어났다. 살짝 남의 집 담모퉁이에 은신하였다. 둘은 내가 거기 숨어 있는 줄은 모르고 영어로 무어라가 소곤소곤거리며 지나간다. 그 중에 이 말이 제일 똑똑히 들리었다. (그때는 몰랐지만 지금 생각하니 아마 이 말인 것 같다.) 그가 "Love is blind.(사랑은 맹목적이라지요.)"라니까 누님은 소리를 죽여 웃으며, "But our love has eyes!(그런데 우리의 사랑은 보는 사랑이지요.)" 하였다. 그들이 지나가자 나도 가만가만 뒤를 따랐다. 어두운 속이라 누님의

흰 적삼이 퍽 눈에 뜨인다. 전등 컨 뉘 집 대문 앞을 지날 때에 나는 그의 바른손이 누님의 왼손을 꼭 쥔 것을 보았다. 나는 웬일인지 싱긋이 웃었다. 그들이 행여나 나를 돌아볼까 보아서 발자취를 죽이고 남의 담에 몸을 비비대며 꽤 멀리 떨어져 갔었다. 우리 집 가까이 와서 둘이 걸음을 멈추더니 서로 악수를 하고 또 악수를 하는 것 같았다. 연연이 서로 떠나기를 싫어하는 것 같다. 한참이나 그리하다가 그가 손을 놓고 또 무어라고 한참 수군거리더니 그가 돌아서 온다. 누님은 우리 집 문 앞에 서서 한참 그의 가는 양을 바라보고 서 있다. 그는 또 내 곁으로 지나간다. 그의 걸음걸이는 허둥허둥하였다. 그가 지나간 후 나는 달음박질하여 집에 돌아왔다. 대문턱에 들어서니 어머님과 누님의 문답하는 소리가 들린다.

"왜 그처럼 늦었니, 나는 별별 근심을 다했다."

"오늘은 상의할 일이 좀 많아서……." 누님이 머뭇머뭇한다.

"그애는 어디로 왔기에 같이 오지를 안하니, 오는 길에 못 봤니?" 어머님이 묻는다.

"그애가 어디로 갔을꼬…… 길에서 만났을 것인데." 누님이 걱정한다.

나는 안방 문을 열고 시침을 뚝 따고 "누님 인제 왔어요." 하고 빙그레 웃었다. 어머니는 놀라며 "너 뺨에 옷에 맨 흙투성이니 웬일이냐?" 하신다.

"담에 붙어 와…… 아니야요, 저저……." 하고 누님을 보고 빙글빙글 웃었다. 누님의 얼굴은 또 빨개졌다.

5

그후 더운날 달밤에 누님은 친구하고 어디를 간다, 어디를 간다 하고 자주 자주 나갔었다. 누님은 늘 나를 따돌리고 혼자 나갔으므로 푸른 풀 잦아진 곳과 달빛 고요한 데에서 그와 누님이 만나 꿀 같은 사랑의 속살거림을 몇 번이나 하였는지 나는 모른다.

　누님이 출입이 자조롭고 기색이 수상(殊常)하였던지 어머님이 "인제 네가 어디 나가거든 꼭 네 동생을 데리고 다녀라." 하신 뒤로는 누님이 집에 들면 공연히 짜증을 내며 하염없는 수색(愁色)이 적막한 화용(花容)을 휩쌌었다. 그리고 때때로 머리가 아프다 하며 이불을 쓰고 누웠었다.

　하루는 우리가 점심을 마친 후 누님이 날더러 "너 나하고 남산 공원 산보가련?" 하였다. 그때는 6월 염천이라 더운 기운이 사람을 찌는 듯하였다. 나도 거기 가서 서늘한 공기도 마시고 무성한 초목으로부터 뚝뚝 취색(翠色)에 땀난 몸을 씻으리라 생각하고는 곧 "네." 하였다.

　우리는 광화문통에서 전차를 타고 진고개를 거쳐 남산공원을 올라갔었다. 저편 언덕 위에 그가 기다리기가 지리하다는 듯이 앉았다가 일어섰다가 하는 것이 보이었다. 누님이 갑자기 돌아서 나를 보며 "너 이것 가지고 진고개 가서 과자 좀 사 와! 응." 하며 돈 이십 전을 주었다. 나는 급히 진고개로 나왔다. 얼른 과자를 사 가지고 가 본즉 그와 누님은 그림자도 보이지 않는다. '어디로 갔을까?' 나는 누님이 무슨 위험한 곳에나 간 것같이 가슴이 팔딱거리었었다. 이리저리 아무리 살펴도 그들은 없다. 나는 이편으로 기웃기웃 저편으로 기웃기웃하였다. 한참이나 취색이 어린 남산 정상을 치어다보다가 또다시 걸어갔었다. 한동안 걸어가도 보이지 않는다. '아이고, 어디로 또 그만 가 버렸어. 이리로는 아마 아니 갔나 보다.' 하고 돌아서 오던 길로 도로 온다.

　갔던 길로 도로 오려니 퍽 먼 것 같다. '에이그, 그 동안에 내가 퍽도 걸었네.' 속으로 중얼중얼하였다. 골딱지가 나니까 더 더운 것 같다. 대기는 햇불에 와글와글 끓는 것 같다. 나는 이 대기에 잠기어 몸이 삶아지는지? 땀이 줄줄 흘러 내리고 숨은 헐떡헐떡 차 오른다. 모자를 벗으니 머리에서 김이 무럭무럭 난다. 나는 부글부글 고여 오르는 심술(心術)을 억지로 참으며 아까 그가 섰던 곳까지 돌아왔다. "어디로 갔을까? 저리로 가 보자." 혼잣말로 두덜거리고 아까 갔던 반대 방향으로 걸어갔었다. 한동안 걸어가도 그들은 또 보이지 않는다. 참고 참았던 짜증이 일시에 폭발이 되었다. 잔디밭에 털썩 주저앉아 엉엉 울었다. 풀들을 쥐어뜯으며 한참 울다가 하도 내가 어린애 같은 것이 부끄럽고 우스웠다. 그렁그렁한 눈물을 씻고 히히 한번 웃은 뒤 이리저리 또 살펴보기 시작하였다.

저편 좀처럼 사람 눈에 띄지 않는 소나무 그늘 밑에 그들이 나란히 앉아 있는 것을 보았다. 나는 잃었던 보배를 발견한 듯이 기뻐하였다. '누님——거기 계세요.' 고함을 지르고 뛰어가려다가 에라 무슨 이야기를 하는지 좀 엿들으리라 하고 어느 밤에 그들의 뒤를 따라가던 모양으로 가만가만 걸어 가까이 갔다. 한낮이므로 유객(遊客) 하나 없고 바람 한 점 불지 않는다. 더운 공기는 기름 언 것같이 조금도 파동이 없다. 남이 들을까 보아서 가만가만히 하는 이야기도 낱낱이 내 귀에 들리었다.

"물론 그렇게 해야지요. 그런데 요사이는 어째 볼 수가 없어요?" 하고 그가 말하였다.

"어머님께서 어디 나가게 하셔야지요. 나가거든 꼭 동생과 같이 다녀라 하시겠지요. 그래서 오늘도 같이 왔지요." 그리고 누님이 웃으며 말을 이어 "딴 이야기 하노라고 잊었구려. 기다리신다고 오죽 지리하셨겠어요."

"한 시간이나 넘어 기다렸어요. 오늘도 아마 못 오시는가 보다 하고 그만 가 버릴까까지 하였어요."

"네? 가 버릴까 하였어요? 제가 언제 약속 어긴 일이 있어요. 저는 어찌 급했던지 점심을 먹는데 밥이 입으로 들어가는지 코로 들어가는지 몰랐어요." 둘이 웃는다. 나도 웃었다. 나는 어린애가 꽃에 앉은 나비를 잡으러 갈 때에 가는 걸음걸이로 한 걸음 두 걸음 가까이 갔다. 사랑하는 이들은 달디단 이야기에 얼이 빠져 사람 오는 줄도 모른다. 그들 앉은 소나무 뒤에 살짝 붙어 섰다. 두 어깨는 다가 있고 누님의 풀린 머리카락이 그의 뺨을 스친다. 그와 누님의 눈과 입에는 정이 찬 웃음이 넘친다. 그

러다가 두 손길을 마주잡고 실심한 사람 모양으로 멀거니 서로 들여다본
다. 누님의 몸으로부터 발산하는 따뜻하고 향기로운 기운에 나도 싸인 것
같았다. 나는 와락 달려들어,

"누님, 여기 계세요. 나는 어디 가셨다고…… 아아 사람 애도 퍽도 먹
이시지!" 둘은 깜짝 놀래었다. 누님의 모시 적삼이 달싹달싹하는 것을
보고 누님의 가슴이 팔딱거리는구나 하였다. 그는 시치미를 뚝 떼려 하였
으나 '부끄럼'이란 원소가 얼굴에 퍼뜨리는 붉은 빛을 감출 길이 없었다.

"애그, 나는 누구라구 퍽도 놀랐다." 누님은 두근거리는 가슴을 한 손
으로 어루만지며 말하였다. 누님이 그를 향하며,

"이애가 제 동생이야요. 아직 철이 안 나서…… 많이 사랑해 주셔
요." 한 뒤 나를 보고 그를 눈으로 가리키며,

"너 이이보고 이홀랑은 형님이라 하여라."

"어째서 형님이라 해요?" 내가 애를 먹이었다. 누님의 얼굴은 새빨개
지며 나를 흘겨본다.

"왜 누님 성나셨소? 그러면 형님이라 하지요." 하고 어리광을 부리며
"형님, 누님, 과자 잡수셔요." 하고 쥐었던 과자를 앞에 내놓았다. 누님
이 나를 보고 방그레 웃으며,

"우리는 먹기 싫으니 너 혼자 저쪽에 가서 먹고 있거라. 우리 갈 때 부
를 것이니……."

나도 길게 방해놓기가 싫었다. 과자를 쥐고 나와 풀밭에 앉아 먹으면서
혼잣말로 "내 뱃속에 영감쟁이 열둘이나 들어앉았는데 어린애로만 여기
지……." 하고 웃었다.

그 긴긴 해가 벌써 서산에 걸리었다. 낙조에 비치는 녹수와 방초는 불
이 붙은 것같이 붉어 보인다.

나도 이 동안에 퍽도 심심하였다. 풀을 자리삼아 눕기도 하고 기지개도
켜고 몸을 비비 틀기도 하며 곡조도 모르는 창가를 함부로 부르기도 하였
다. 이제나 올까 저제나 부를까 고대고대하여도 그 둘의 그림자는 얼른도

아니한다. 무슨 이야기가 그렇게 많은고. 아마 사랑하는 사람끼리의 이야기는 끝이 없는가 보다. 벌써 이야기한 것이 수만 마디가 넘건마는 말 몇 마디 못하여 해는 어이 쉬이 가나 하는 것이다.

남산 밑 풀과 나무에 빛나던 붉은 빛은 점점 걷히고 모색(暮色)이 가물가물 쳐들어온다. 햇빛은 쫓기어 남산 정상을 향하여 자꾸 기어 올라가더니 남산 맨 꼭대기에 움츠리고 앉았을 뿐이다.

검푸른 저문 빛이 남산 밑을 에워싸자 정상에 비치는 햇빛조차 스러지고 저편 하늘에 붉은 놀이 흰구름을 붉고 누렇게 물들인다.

나는 참다못하여 몸을 일으켜 그곳으로 갔다. 어두운 빛에 놀랐는지 그들도 일어섰다. 나는 걸음을 멈추고 나무로 깎아 세워 놓은 사람 모양으로 주춤 섰다. 누님의 걱정스러운 떨리는 소리가 나의 귀막을 울림이라.

"K씨! 우리가 목전의 즐거움만 다행히 여겨 그냥 이리 지내다가는 우리의 꿈 같은 행복이 끝에는 소태 같은 고통으로 변할 것 같아요. 우리 각자 꼭 아까 말한 것과 같아야 됩니다."

"아무렴요! 꼭 그리 해야 될 터인데…… 아까도 말했지만 우리 집은 워낙 완고라……."

그의 말이 떨리었다.

나는 가슴이 선뜻하였다. 무슨 말을 하였나? 무슨 일을 하려는가? 엿듣지 못한 것이 한이 되었다. 둘은 이리로 걸어온다. 누님의 눈은 약간 발그레하였다. 그 고운 뺨에 눈물 흔적이 보이었다. 나는 또 웬일인가 하고 가슴이 선뜻하였다.

6

그날 밤에 나의 어린 소견에도 별별 생각을 다 하고 씩씩이 잠도 잘 자지 못하였다. 내가 어렴풋이 잠을 깰 적마다 큰방에서 어머니와 누님이 무어라고 이야기하는 소리가 간단없이 들리었다.

　새로 한참이나 되어 내가 또 잠을 깨니 큰방에서 훌쩍훌쩍 우는 소리가 들린다. 울음 섞인 어머님의 말소리가 난다.

　"그래 네가 요사이 늘 탈기를 하고 행동이 수상하더라⋯⋯ 나는 허락한다 하더래도 만일 그 집에서 안 된다면 네 신세가 어떻게 되니⋯⋯ 네가 다만 하나 있는 어미 몰래 그 사람과 약혼한 것이 괘씸하다. 아비 없이 너를 금옥같이 길러 내어 이런 일이 날 줄이야! 남편없다고 너까지 나를 업수이 여기는 게지⋯⋯." 누님은 흑흑 느끼며,

　"어머님, 잘못하였습니다. 무어라고 말씀을 여쭈어야 좋을지⋯⋯ 친하기도 전에 말씀 여쭙기도 부끄러운 일이고⋯⋯ 친한 뒤에는 몇 번이나 말씀 여쭈려 하였지만 입이 잘 떨어지지를 않았어요⋯⋯ 들어 주셔요. 암만 어머님이라도 그때는 부끄러워서요. 인젠 서로 약혼까지 해 놓으니 몸과 마음이 달아 부끄럼도 돌아볼 수 없게 되었어요. 그래서 뻔뻔스럽게 여쭌 것이야요. 어머님 말씀같이 그가 저를 잊을 리는 없어요. 버릴 리는 없어요. 그다지 다정한 그가 그럴 리가 없다고요. 어제 공원에서 단단히 맹세하였습니다. 각각 부모님께 여쭈어 드리시면 이 위에 더 좋은 일이 없거니와 만일 그렇지 않거든 멀리멀리 달아나겠다고요. 배가 고프고 옷이 차더라도 부모도 못 보고 형제도 못 보더라도 둘이 같이만 있으면 행복이라구요. 온갖 곤란과 갖은 고통을 달게 받겠다구요. 정말 그래요. 저도 그 없으면 미칠 것 같아요. 어머님이 허락을 아니하신다 할 것 같으면 저는 이 세상에 살아 있을 것 같잖아요." 밀어 오는 물을 막았던 방축을 무너 버릴 때에 물밀듯이 누님이 말하였다. 흔히 순결한 처녀가 사랑의 물을 가슴속에 깊이깊이 숨겨 두고 행여나 남이 알까 보아서 전전긍긍하며 호올로 간장을 태우다가도 한번 자기 친한 이에게 발설하기 시작하면 맹렬히 소회를 베푸는 것이라.

　나는 가슴을 울렁거리며 안방에 건너왔다.

　누님은 어머님 무릎에 머리를 파묻고 울며 어머님은 누님의 등에다 이마를 대고 운다. 나도 한참 소연히 섰다가 어머님 곁에 앉았다. 어머님을

흔들며 목멘 소리로 "어머님, 우지 마셔요." 이 말을 마치자 가슴이 찌르르해지며 흐르는 눈물을 금할 길이 없었다. 어머님은 눈물을 삼키고 누님을 흔들며 "이애 이애, 그만 그쳐라."

　누님은 더 섧게 운다.

　"이애, 남부끄럽다. 그만두어라. 오냐, 네 원대로 하마. 그도 한번 데리고 오너라." 어머님은 그만 동곳을 빼었다. '여자가 수약(雖弱)이나 위모칙강(爲母則强)'이란 말은 어찌 생각하고 한 소리인고?

　이틀 후 누님이 그를 데리고 왔다. 그의 곱상스러운 얼굴과 얌전한 거동이 당장 어머님의 사랑을 이끌었다. 참 내 딸의 짝이라 하였다. 애녀(愛女)의 평생이 유탁(有託)하다 하였다. 단꿈이 꾸이리라 하였다. 기쁜 날이 오리라 하였다. 더구나 맑은 눈과 까만 눈썹이 내 딸과 흡사하다 하였다. 누님과 그가 영어로 말하는 양을 보고 뜻도 모르면서 웃으셨다. 재미스러운 딸의 장래 가정을 꿈꾸고 사랑스러운 외손자를 꿈꾸었다.

　그후부터는 남의 이목을 피해 가며 몇 번이나 서로 맞추어서 길게 기다려 가지고 살짝이 만나던 애인들은 자유로이 우리 집에서 만나 웃고 즐기게 되었다.

7

　어떤 날 저녁에 그가 우리 집에 왔다. 그때 마침 어머님은 어디 가시고 나와 누님과 단둘이 있었다. 나는 와락 내달으며 "형님, 오셔요."라고 반갑게 인사하였다. 누님도 반가이 맞으며,

　"요사이는 왜 오시지 안 하셔요?"

　"아니 내가 언제 왔는데." 하고 그는 지어서 웃는다.

　누님은 눈을 스르르 감으며 무엇을 생각하는 듯하더니,

　"오늘이 칠월 초열흘이고, 초칠일이 공일이라…… 공일날 오시고 오늘 처음이지요?"

"그래요, 한 사흘밖에 더 되었어요?"

"사흘! 저는 한 삼 년이나 된 듯하였어요. 사흘 만에 한 번씩 만나? 멀어요! 퍽 멀구말구요! 사흘이 그다지 가까운 것 같습니까?"하고 누님은 무엇을 찾는 듯이 그를 바라본다.

"사흘 만에 한 번씩 와도 장하지요."하고 그는 또 웃는다.

"장해요! 사흘 동안에 제가 몇 번이나 문 밖을 내다보는지 아셔요? 저는 온갖 걱정을 다했지요. 몸이나 편찮으신가, 꾸중이나 되셨는가 ……."하고 목소리는 전성(顫聲)을 띠어 가며 눈에는 눈물이 괴어진다. "저는 우리 일에 대하여 무슨 큰 걱정이나 생겼나 하고 얼마나 애간장을 태웠는지요!"하고는 눈물이 그렁그렁 넘쳐흐른다.

"아니야요! 여하간 죄없이 잘못하였습니다."하고 그는 눈살을 찌푸리다가 선웃음을 치며 "어린애 모양으로 걸핏하면 울기는 왜 울어요. 저 동생 부끄럽지 않아요. (갑자기 어조를 야릇하게 변하며), "그런데 내가 어지도 올라카고 아래도 올라 켔지마는 올라칼 때마다 동무가 찾아와서 올 수가 있어야지."

울던 누님이 웃음을 띠었다. 나도 웃었다.

그는 대구 사람이다. 그의 부모는 아직도 대구에서 산다. 서울 있는 오촌 당숙집에 그는 유숙하고 있다. 그는 서울 온 지가 벌써 5, 6년이 지내었으므로 사투리는 거의 안 쓰게 되었으나 때때로 우리를 웃기려고 야릇한 말을 하였다.

"올라카고, 갈라카고." 흉내를 내어 나는 방바닥에 뚤뚤 굴러 가며 웃었다. 그는 시치미를 뚝 따고 "남 이야기하는데 웃기는 와, 웃소. 가 참 얄궂다." 하였다. 누님은 어떻게 웃었는지 얼굴이 붉어지고 배를 움켜쥐고 숨찬 소리로,

"그만두셔요, 그만 웃기셔요."

한참 동안 우리는 이렇게 웃고 즐기다가 나를 누님이 또 무슨 심부름을 시켰다——무슨 심부름이던가 생각이 아니 난다. 그가 오기만 하면 누님

이 무엇 좀 사 오너라, 어디 좀 갔다 오너라 하고 늘 나를 따돌렸다.

"애그, 누님도 왜 나를 늘 따돌려." 두덜두덜하면서 집을 나왔다. 반 달은 비스듬히 푸른 하늘에 걸려 있었다. 만경창파에 외로이 떠나가는 일 엽편주와 같았다.

나 없는 동안에 그들이 무슨 이야기를 하는지를 듣고 싶어서, 급히 오느라고 오는 것이 한 시간이나 넘어 걸리었다. 나는 벌써 엿듣기에 익숙하여 사뿐 문중에 들어서며 가만히 살펴보니 애인들은 달 비치는 월계화 나무 밑에 평상(平床)을 내어놓고 나란히 앉아서 무어라고 소곤거린다. 나는 숨소리도 크게 아니 쉬고 귀를 기울였다.

"그러면 어째요? 어머님께서는 좀처럼 올라오시지 않을 것이고…… 왜 그러면 상서(上書)로 이 사정을 못 아뢸 것이야 있어요?" 누님의 애타는 소리가 들린다.

"글쎄요. 몇 번이나 상서를 썼지만…… 부치지를 못하겠어요."

"만일 차일피일하다가 딴데 혼인을 정해 놓으시면 어째요?"

"정해 놓아도 안 가면 그만이지요."

"그러면 어렵지 않아요?"

"그런데 오촌 당숙 내외분은 아마 이 눈치를 아시는 것 같아요…… 네? 아마 그런 것 같아요. 그래서 집에 무슨 통지가 있었는지 한아버지께서 일간 올라오신대요."

"올라오시면 죄다 여쭙겠단 말씀이구려."

"글쎄요, 그런데…… 우리 한아버지는 참 오랑이같은 어른이라…… 완고 완고 참 완고신데…… 나도 어찌할 줄을 모르겠어요. 그래서 밤에 잠이 잘 오지 않아요." 하고 머리를 긁적긁적하고 눈살을 찡그리더니 또 말을 이어,

"오늘 또 아버지께서 하서(下書)하셨는데 이번 울산 김 승지 집에서 너를 선보러 간다니 행동을 단정히 하여라 하는 뜻입니다. 참 기막힐 일이야요." 하고 한숨을 내쉰다.

"부모님께 하루바삐 이 사정을 여쭙지 않으면 큰일나겠습니다그려."
누님의 안타까운 소리가 들린다.

"여하한 꾸중을 하시더래도 장가를 못 가겠다 할 터이야요! 조금도 걱정 마셔요." 그는 결심한 듯이 고개를 들며 단연(斷然)히 말하였다.

밝은 달은 애타는 양인의 가슴을 나는 몰라하는 듯이 저리로저리로 미끄러져 가며 더운 공기에 맑은 빛을 흩날린다. 월계화는 더욱 붉고 더욱 곱다. 진세(塵世)의 우수고뇌를 나는 잊었노라 하는 것 같았다.

8

그 이튿날 일어난 누님의 얼굴은 해쓱하였다. 머리카락이 흩어질 대로 흩어진 것을 보아도 작야에 잠을 못 이루어 몇 번이나 베개를 고쳐 밴 것을 가히 알리라. 누님이 사랑의 맛이 쓰고 떫은 것을 처음으로 맛보았도다! 행복의 해당화를 꺾으려면 가시가 손 찌르는 줄 비로소 알았도다.

하루 가고 이틀 가고 어느덧 일 주일이 지내었건만, 누님이 오늘이나 와서 호음(好音)을 전해 줄까 내일이나 와서 희식(喜息)을 알려 줄까 고대고대하는 그는 코끝도 보이지 않는다. (내가 학교에를 가도 그를 볼 수 없었고, 누님도 이때부터 심사가 산란하여 학교에 못 갔다.)

이 동안에 누님은 어찌 애를 태웠던지 양협(兩頰)에 고운 빛이 사라져 가고 눈 언저리는 푸른 기를 띠고 들어갔다. 입술은 까뭇까뭇 타들어가고 두 팔은 맥없이 늘어졌다.

일 주일 되던 날 누님은 생각다 못하여 편지 한 장을 주며 "너 이 편지 가지고 그 댁에서 그가 있거든 전하고 못 보거든 도로 가지고 오너라." 하였다.

전일에 그를 따라 한번 그 집에 갔던 일이 있으므로 그 집을 자세히 알아 두었다. 그 집 대문에 들어서니 행랑 사람도 없고 그가 있던 사랑문도 닫히어 있다.

안에서 기운찬 노인의 성난 말소리가 나의 귀를 울린다.

"이놈, 아직 학생이니 장가를 못 가겠다. 핑계야 좋지. 이놈, 괘씸한 놈, 들으니 네가 어떤 여학생을 얻어 가지고 미쳐 날뛴다는구나! 아니야 요란 다 무엇이야. 부모가 들이는 장가는 학생이라 못 가겠고, 학생 신분 으로 계집은 해도 관계찮으냐. 이놈, 고약한 놈! 네 원대로 그 학교나 마 치고 장가들일 것이로되 벌써 어린 놈이 못 견뎌서 여학생을 얻으니 무엇 을 얻으니 하니 그냥 두다간 네 신세를 망치고 가문을 더럽힐 터이야! 그 래서 하루바삐 정혼하고 혼수까지 보내었는데 지금 와서 가느니 마느니 하면 어찌하잔 말이냐. 암만 어린 놈의 소견이기로…… 그 집은 울산 일 판에 유명한 집안이라 재산도 있고 양반도 좋고…… 다 된 혼인을 이편 에서 퇴혼하면 그 신부는 생과부로 늙으란 말이냐! 일부함원(一婦含怨) 에 오월비상(五月飛霜)이란 말도 못 들었어! 죽어도 못 가겠다, 허허, 이놈, 박살할 놈! 조부모도 끊고 부모도 끊고 일가 친척도 끊으랴거든 네 마음대로 좀 해 보아라."

나는 이 말을 들으니 소름이 쭉 끼치었다. 한편으로는 분하기 짝이 없 었다. 깨끗한 누님이 이다지 모욕을 당한 것이 절절이 분하였다. 곧 들어 가 분풀이나 할 듯이 작은 눈을 흡뜨고 고사리 같은 손을 불끈 쥐었다.

"허허, 이놈, 괘씸한 놈! 에이 화나. 거기 내 두루막 내." 하는 그 노 인의 우렁찬 소리가 또 들린다. 나는 간담이 서늘하였다. 그 노인이 신을 찍찍 끌고 이리로 나오는 것 같다. 나는 무서운 중이 나서 급히 달음박질 하여 그 집을 나왔다.

9

그날 밤 어머님 잠드신 후 누님이 살짝 내게로 건너와서 "이애, 너 본 대로 좀 이야기하여 다고, 응?" 이 말을 하는 누님의 얼굴은 고뇌와 수 괴(羞愧)의 빛이 보인다. 어린 동생에게 애인의 말을 물어도 부끄러워하

였다! 나는 입을 다물고 묵묵히 앉았었다. 차마 그 이야기를 할 수가 없
었다.

　"왜 심술이 났니, 어서 이야기를 좀 하려무나. 편지를 도로 가지고 온
것을 보니 형님을 못 만났니? 만나도 못 전했니? 혹은 무슨 일이 났더
냐? 남의 속 고만 태우고, 어서 좀 이야기하여 다고. 가련한 네 누이의
청이 아니냐." 이 말소리는 애완처량(哀婉悽涼)하였다. 나의 어린 가슴
이 지르는 듯하며 눈물이 넘쳐나온다. 이다지 나에게 정답게 구는 누님이
가슴에 그리던 꿈 같은 장래가 물거품으로 돌아가고 만 것이 슬펐음이라.
그리고 순결한 우리 누님이 그 노인에게 '어떻다'든가 '계집을 했다'든가
하는 더러운 소리를 들은 것이 이가 떨리었다.

　나는 비분한 어조로 그 집에서 들은 것을 이야기하였다. 정신없이 듣고
있던 누님은 내 말이 끝나자 기운없이 쓰러지며 이 이야기를 들을 적부터
괴었던 눈물이 불덩이 같은 뺨을 쉴 새 없이 줄줄 흘러 내린다. "누님!
누님!" 하고 나도 누님의 가슴에 안기며 울었다.

　이럴 즈음에 누가 대문을 가볍게 흔들며 떨리는 소리로,

　"S씨! S씨! 주무셔요?" 한다. 누님은 이 소리를 듣고 얼른 일어났
다. 애인의 음성은 이럴 때라도 잘 들리는 것이다. 나올 듯 나올 듯하는
울음을 입술로 꼭 다물어 막으며 급히 나갔다.

　대문 소리가 나더니 "K씨! 오셔요." 하며 우는 소리가 들린다. 나도
나갔다. 둘은 서로 붙들고 눈물비가 요란히 떨어진다. 누님이 울음 반 말
반으로 "저는 또다시……못……뵈올 줄……알았지요." 하였다. 그도
흑흑 느끼며,

　"다 내 잘못이야요." 하였다.

　"저 까닭에 오늘 매우 꾸중을 뫼셨지요?"

　"어떻게 알았어요?"

　누님이 내가 편지를 가지고 그 집에 갔다가 내가 들은 이야기를 하였
다. 그리고 우는 소리로 "좀 들어가셔요." 하였다.

"아니야요, 명일은 한아버지께서 꼭 데리고 가실 모양이야요. 지금 곧 멀리멀리 달아나려고 합니다. 그래서 이런 말이나 몇 마디 할 양으로 왔어요."

누님은 자기의 귀를 의심하는 듯이,

"네? 멀리멀리 가셔요? 부모도 버리시고 형제도 버리시고 멀리 가셔요! 제 신세는 벌써 불쌍하게 되었습니다. 불쌍한 저 때문에 전정(前程)이 구만 리 같은 당신을 또 불행하게 만들 것이야 무엇 있습니까? 절랑 영영 잊으시고 부모님 말씀대로 장가 드셔요. 장가 드시는 이하고나 백년이 다 진토록 정다운 짝이 되어 주셔요. 아들 낳고 딸 낳고…… 저의 모든 것을 바쳐도 당신이 행복되신다면 그만이 아니야요? 곧 당신의 기쁨이 제 기쁨이 아니야요? 당신의 행복이 제 행복이 아니야요? 한숨 쉬고 눈물 흘리면서도 당신의 행복의 그늘에서 웃어 볼까 합니다." 열정 찬 눈으로부터 하염없이 흘러 내리는 눈물에 적막한 화용(花容)이 아롱진다.

"아아, S씨를 내 손으로 불행하게 만들고 나 혼자 행복을…… 사랑을 떠나 행복이 있을까요? 나에게 행복을 줄 S씨가 눈물바다에 허우적거릴 때 나 혼자 행복의 정상에서 내려다보며 웃을 수가 있을까요? 없어요! S씨 없고는 나 혼자 행복을 누릴 수가 없어요!"

"제 불행은 제 손으로 만든 것입니다. 그러나 우리가 오늘날 이렇게 된 것이 당신의 잘못도 아니고 저의 잘못도 아니야요. 그 묵고 썩은 관습이 우리를 이렇게 만든 것입니다! 그리하지만 저 때문에 당신의 마음을 수란(愁亂)하게 만든 것 같아서 어떻게 가엾고 애달픈지 몰라요! 그런데 이 위에 더 당신을 영영 불행하게 하겠어요? 당신이 행복되신다면 저는 오늘 죽어도 아깝잖아요."

"안 될 말씀입니다. 그런 말씀을 들을수록…… 기가 막혀요! 해야 늘 그 말이니까, 길게 말할 것 없이 나는 가겠어요, S씨! 부디 안녕히!" 그는 흐르는 눈물을 씻으며 결심한 듯이 돌아서 가려 한다. "K씨!" 안

타까운 떠는 소리로 부르더니 북받쳐 나오는 울음이 말을 막는다. 그는
또 한 번 돌아다보고 "S씨! 부디 안녕히……." 말을 마치자 그는 떨어
지지 않은 발길을 돌려 마음은 이리로 몸은 저리로 멀어 간다…….

나는 심장을 누가 칼로 싹싹 에는 것 같았다.

10

그후 그는 어디로 갔는지 영영 소식을 들을 수가 없고 누님은 시름시름
병들기 시작하여 날이 가고 달이 갈수록 병은 점점 깊어 온다.

이슬 젖은 연화(蓮花)같이 불그스름하던 얼굴이 청색 창경(窓鏡)에
비치는 이화(梨花)처럼 해쓱하였다. 익어 가는 능금같이 혈색 좋던 살이
서리 맞은 황엽(黃葉)처럼 빼빼 말라 간다. 거슴츠레한 눈은 흰 눈물에
붉어졌다.

그러다가 차마 볼 수 없이 바싹 말라 버렸다. 마치 백골을 엷은 백지로
덮어 두고 물을 흠씬 뿜어 놓은 것같이 되고 말았다. 마침내 한강 얼음
얼고 남산에 눈 쌓일 제 누님은 그에게 한숨을 주고 눈물을 주던 이 세상
을 떠나 버렸다. 아아 사랑, 아 사랑의 불아! 네가 부드럽고 따뜻한 듯하
므로 철없는 청춘들은 그의 연하고 부드러운 심장에 너를 보배로만 여겨
강징난다. 잔인한 너는 그만 그 심장에다 불을 붙인다. 돌기둥 같은 불길
이 종작없이 오른다. 옥기(玉肌)도 타 버리고 홍안도 타 버리고 금심(錦
心)도 타 버리고 수장(蕭腸)도 타 버리다! 방 안에 켰던 촛불 홀연히
꺼지거늘 웬일인가 살펴보니 초가 벌써 다 탔더라! 양협(兩頰)이 젖던
눈물 갑자기 마르거늘 무슨 연유 묻겠더니 숨이 벌써 끊쳤더라!

술 권하는 사회

"아이그, 아야."

홀로 바느질을 하고 있던 아내는 얼굴을 살짝 찌푸리고 가늘고 날카로운 소리로 부르짖었다. 바늘 끝이 왼손 엄지손가락 손톱 밑을 찔렀음이다. 그 손가락은 가늘게 떨고 하얀 손톱 밑을 앵두(櫻桃)빛 같은 피가 비친다. 그것을 볼 사이도 없이 아내는 얼른 바늘을 빼고 다른 손 엄지손가락으로 그 상처를 누르고 있다. 그러면서 하던 일가지를 팔꿈치로 고이고 밀어 내려놓았다. 이윽고 눌렀던 손을 떼어 보았다. 그 언저리는 인제 다시 피가 아니 나려는 것처럼 혈색(血色)이 없다. 하더니, 그 희던 꺼풀 밑에 다시금 꽃물이 차츰차츰 밀려온다. 보일 듯 말듯한 그 상처로부터 좁쌀낟 같은 핏방울이 송송 솟는다. 또 아니 누를 수 없다. 이만하면 그 구멍이 아물었으려니 하고 손을 떼면 또 얼마 아니 되어 피가 비치어 나온다. 인제 헝겊 오락지로 처매는 수밖에 없다. 그 상처를 누른 채 그는 바느질고리에 눈을 주었다. 거기 쓸 만한 오락지는 실패 밑에 있다. 그 실패를 밀어 내고 그 오락지를 두 새끼손가락 사이에 집어올리려고 한동안 애를 썼다. 그 오락지는 마치 풀로 붙여 둔 것같이 고리 밑에 착 달라

붙어 세상 집혀지지 않는다. 그 두 손가락은 헛되어 그 오락지 위를 긁적
거리고 있을 뿐이다.

"왜 집혀지지를 않아!"

그는 마침내 울듯이 부르짖었다. 그리고 그것을 집어 줄 사람이 없나
하는 듯이 방 안을 둘러보았다. 방 안은 텅 비어 있다. 어느 뉘 하나 없
다. 호젓한 허영(虛影)만 그를 휩싸고 있다. 바깥도 죽은 듯이 고요하
다. 시시로 퐁퐁 하고 떨어지는 수도의 물방울 소리가 쓸쓸하게 들릴 뿐.
문득 전등불이 광채를 더하는 듯하였다. 벽상(壁上)에 걸린 괘종(掛鍾)
의 거울이 번들하며, 새로 한점을 가리키려는 시침(時針)이 위협하는 듯
이 그의 눈을 쏜다. 그의 남편은 그때껏 돌아오지 않았다.

아내가 되고 남편이 된 지는 벌써 오랜 일이다. 어느덧 칠팔 년이 지났
으리라. 하건만 같이 있어 본 날을 헤아리면 단 1년이 될락말락한다. 막
그의 남편이 서울서 중학을 마쳤을 제 그와 결혼하였고 그러자마자 고만
동경(東京)에 부급(負笈)한 까닭이다. 거기서 대학까지 졸업을 하였다.
이 길고 긴 세월에 아내는 얼마나 괴로웠으며 외로웠으랴! 봄이면 봄,
겨울이면 겨울, 웃는 꽃을 한숨으로 맞았고 얼음 같은 베개를 뜨거운 눈
물로 덥히었다. 몸이 아플 때, 마음이 쓸쓸할 제, 얼마나 그가 그리웠으
랴! 하건만 아내는 이 모든 고생을 이를 악물고 참았었다. 참을 뿐이 아
니라 달게 받았었다. 그것은 남편이 돌아오기만 하면! 하는 생각이 그에
게 위로를 주고 용기를 준 까닭이었다. 남편이 동경에서 무엇을 하고 있
나? 공부를 하고 있다. 공부가 무엇인가? 자세히 모른다. 또 알려고 애
쓸 필요도 없다. 어찌하였든지 이 세상에 제일 좋고 제일 귀한 무엇이라
한다. 마치 옛날 이야기에 있는 도깨비의 부자 방망이 같은 것이어니 한
다. 옷 나오라면 옷 나오고, 밥 나오라면 밥 나오고, 돈 나오라면 돈 나
오고…… 저 하고 싶은 무엇이든지 청해서 아니 되는 것이 없는 무엇을,
동경에서 얻어 가지고 나오려니 하였었다. 가끔 놀러 오는 친척들이 비단
옷 입은 것과 금지환(金指環)긴 것을 볼 때에 그 당장엔 마음 그윽히 부

러워도 하였지만 나중엔 '남편만 돌아오면⋯⋯.' 하고 그것에 경멸하는
시선을 던지었다.

남편이 돌아왔다. 한 달이 지나가고 두 달이 지나간다. 남편의 하는 행
동이 자기의 기대하던 바와 조금 배치(背馳)되는 듯하였다. 공부 아니한
사람보다 조금도 다른 것이 없었다. 아니다, 다르다면 다른 점도 있다.
남은 돈벌이를 하는데 그의 남편은 도리어 집안 돈을 쓴다. 그러면서도
어디인지 분주히 돌아다닌다. 집에 들면 정신없이 무슨 책을 보기도 하고
또는 밤새도록 무엇을 쓰기도 하였다.

'저러는 것이 참말 부자 방망이를 맨드는 것인가 보다.'

아내는 스스로 이렇게 해석한다.

또 두어 달 지나갔다. 남편의 하는 일은 늘 한모양이었다. 한 가지 더
한 것은 때때로 깊은 한숨을 쉬는 것뿐이었다. 그리고 무슨 근심이 있는
듯이 얼굴을 펴지 않았다. 몸은 나날이 축이 나 간다.

'무슨 걱정이 있는고?'

아내는 따라서 근심을 하게 되었다. 하고는 그 여윈 것을 보충하려고
갖가지로 애를 썼다.

곧 될 수 있는 대로 그의 밥상에 맛난 반찬가지를 붙게 하며 또 고음
같은 것도 만들었다. 그런 보람도 없이 남편은 입맛이 없다 하며 그것을
잘 먹지도 않았었다.

또 몇 달이 지나갔다. 인제 출입을 뚝 끊고 늘 집에 붙어 있다. 걸핏하
면 성을 낸다. 입버릇 모양으로 화난다, 화난다 하였다.

어느 날 새벽, 아내가 어렴풋이 잠을 깨어, 남편의 누웠던 자리를 더듬
어 보았다. 쥐이는 것은 이불자락뿐이다. 잠결에도 조금 실망을 아니 느
낄 수 없었다. 잃은 것을 찾으려는 것처럼, 눈을 부시시 떴다. 책상 위에
머리를 쓰러뜨리고 두 손으로 그것을 움켜쥐고 있는 남편을 보았다. 흐릿
한 의식이 돌아옴에 따라, 남편의 어깨가 덜석덜석 움직임도 깨달았다.
흑흑 느끼는 소리가 귀를 울린다. 아내는 정신을 바짝 차리었다. 불현듯

이 몸을 일으켰다. 이윽고 아내의 손은 가볍게 남편의 등을 흔들며 목에 걸리고 나오지 않는 소리로,

"왜 이러고 계세요?"

라고 물어 보았다.

"……."

남편은 아무 대답이 없다. 아내는 손으로 남편의 얼굴을 괴어들려고 할 즈음에, 그것이 뜨뜻하게 눈물에 젖은 것을 깨달았다.

또 한 두어 달 지나갔다. 처음처럼 다시 출입이 자주로왔다. 구역이 날 듯한 술냄새가 밤늦게 돌아오는 남편의 입에서 나게 되었다. 그것은 요사이 일이다. 오늘 밤에도 지금까지 돌아오지 않았다. 초저녁부터 아내는 별별 생각을 다하면서 남편을 고대고대하고 있었다. 지리한 시간을 속히 보내려고 치웠던 일가지를 또 꺼내었다. 그것조차 뜻같이 아니 되었다. 때때로 바늘이 헛되이 움직이었다. 마침내 그것에 찔리고 말았다.

"어데를 가서 이때껏 오시지 않아!"

아내는 이제 아픈 것도 잊어버리고 짜증을 내었다. 잠깐 그를 떠났던 공상과 환영이 다시금 그의 머리에 떠돌기 시작하였다. 이상한 꽃을 수놓은, 흰 보(褓) 위에 맛난 요리를 담은 접시가 번쩍인다. 여러 친구와 술을 권커니 자커니 하는 광경이 보인다. 그의 남편은 미친 듯이 껄껄 웃는다. 나중에는 검은 휘장이 스르르 하는 듯이 그 모든 것이 사라져 버리더니 낭자(狼藉)한 요리상만이 보이기도 하고 술병만 희게 빛나기도 하고, 아까 그 기생이 한팔로 땅을 짚고 진저리를 쳐 가며 웃는 꼴이 보이기도 하였다. 또한 남편이 길바닥에 쓰러져 우는 것도 보이었다.

"문 열어라!"

문득 대문이 덜컥 하고 혀가 꼬부라진 소리로 부르는 듯하였다.

"네."

저도 모르게 대답을 하고 급히 마루로 나왔다. 잘못 신은, 발에 아니 맞는 신을 질질 끌면서 대문으로 달렸다. 중문은 아직 잠그지도 않았고

행랑방에 사람이 없지 않지마는 으레 깊은 잠에 떨어졌을 줄 알고 자기가 뛰어나감이었다. 가느름한 손이 어둠 속에서 희게 빗장을 잡고 한참 실랑이를 한다. 대문은 열렸다.

밤바람이 선득하게 얼굴에 안친다. 문 밖에는 아무도 없다! 온 골목에 사람의 그림자도 볼 수 없다. 검푸른 밤빛이 허연 길 위에 그물그물 깃들였을 뿐이었다.

아내는 무엇에 놀란 사람 모양으로 한참 멀거니 서 있었다. 문득 급거히 대문을 닫친다, 마치 그 열린 사이로 악마나 들어올 것처럼.

"그러면 바람 소리였구먼."

하고 싸늘한 뺨을 쓰다듬으며 해쭉 웃고 발길을 돌리었다.

'아니 내가 분명히 들었는데…… 혹 내가 잘못 보지를 않았나?…… 길바닥에나 쓰러져 있었으면 보이지도 않을 거야…….'

중간문까지 다다르자 별안간 이런 생각이 그의 걸음을 멈추게 하였다.

'대문을 또 좀 열어 볼까? 아니야, 내가 헛들었지. 그래도 혹…… 아니야, 내가 헛들었지.'

망설거리면서도 꿈 꾸는 사람 모양으로 저도 모를 사이에 마루까지 올라왔다. 매우 기묘한 생각이 번개같이 그의 머리에 번쩍인다.

'내가 대문을 열었을 제 나 몰래 들어오지나 않았나?'

과연 방 안에 무슨 소리가 나는 것 같았다. 확실히 사람의 기척이 있다. 어른에게 꾸중 모시러 가는 어린애처럼 조심조심 방문 앞에 왔다. 그리고 문간 아래로 손을 대며 하염없이 웃는다. 그것은 제 잘못을 용서해 줍시사 하는 어린애 같은 웃음이었다. 조심조심 방문을 열었다. 이불이 어째 움직움직하는 듯하였다.

'나를 속이려고 이불을 쓰고 누웠구먼.'

하고 마음속으로 소곤거렸다. 가만히 내려앉는다. 그 모양이 이것을 건드려서는 큰일이 나지요 하는 듯하였다. 이불을 펄쩍 쳐들었다. 빈 요가 하얗게 드러난다. 그제야 확실히 아니 온 줄 안 것처럼,

"아니 왔구먼, 안 왔어!"
라고 울듯이 부르짖었다.

남편이 돌아오기는 새로 두점이 훨씬 지난 뒤였다. 무엇이 털썩 하는
소리가 들리고 잇달아,
"아씨, 아씨!"
라고 부르는 소리가 귀를 때릴 때에야 아내는 비로소 아직도 않았을 자기
가 이불 위에 쓰러져 있음을 깨달았다. 기실, 잠귀 어두운 할멈이 대문을
열었으리만큼 아내는 깜박 잠이 깊이 들었었다. 하건만 그는 몽경(夢境)
에서 방황하는 정신을 당장에 수습하였다. 두어 번 얼굴을 쓰다듬자 불현
듯 밖으로 나왔다.
남편은 한 다리를 마루 끝에 걸치고 한 팔을 베고 옆으로 누워 있다.
숨소리가 씨근씨근한다. 막 구두를 벗기고 일어나 할멈은 검붉은 상을 찡
그려 붙이며,
"어서 일어나 방으로 들어가세요."
라고 한다.
"응, 일어나지."
나리는 혀를 억지로 돌리어 코와 입으로 대답을 하였다. 그래도 몸은
꿈쩍도 않는다. 도리어 그 개개 풀린 눈을 자려는 것처럼 스르르 감는다.
아내는 눈만 비비고 서 있다.
"어서 일어나세요, 방으로 들어가시라니까."
이번에는 대답조차 아니한다. 그 대신 무엇을 잡으려는 것처럼 손을 내
어젓더니,
"물, 물, 냉수를 좀 주어."
라고 중얼거렸다.
할멈은 얼른 물을 떠다 이취자(泥醉者)의 코밑에 놓았건만, 그 사이에
벌써 아까 청을 잊은 것같이 취한 이는 물을 먹으려고도 않는다.

"왜 물을 아니 잡수세요."

곁에서 할멈이 깨우쳤다.

"응, 먹지 먹어."

하고, 그제야 주인은 한 팔을 짚고 고개를 든다. 한꺼번에 물 한대접을 다 들이켜 버렸다. 그리고는 또 쓰러진다.

"에그, 또 눕네."

하고 할멈은 우물로 기어드는 어린애를 안으려는 모양으로 두 손을 내어 민다.

"할멈은 고만 가 자게."

주인은 귀치않다는 듯이 말을 한다.

이를 어찌해 하는 듯이 멀거니 서 있는 아내도, 할멈이 고만 갔으면 하였다. 남편을 붙들어 일으킬 생각이야 간절하였지마는, 할멈이 보는데 어찌 그럴 수 없는 것 같았다. 혼인한 지가 칠팔 년이 되었으니 그런 파수(破羞)야 되었으련만 같이 있어 본 날을 꼽아 보면, 그는 아직 갓 시집온 색시였다.

'할멈은 가 자게.'

란 말이 목까지 올라왔지만 입술에서 사라지고 말았다. 마음 그윽히 할멈이 돌아가기만 기다릴 뿐이었다.

"좀 일으켜 드려야지."

가기는커녕, 이런 말을 하고 할멈은 선웃음을 치면서 마루로 부득부득 올라온다. 그 모양은 마치 주인나리가 약주가 취하시거늘, 방에까지 모셔다 드려야 제 도리에 옳지요 하는 듯하였다.

"자아, 자아."

할멈은 아씨를 보고 히히 웃어 가며, 나리의 등 밑으로 손을 넣는다.

"왜 이래, 왜 이래. 내가 일어날 테야."

하고 몸을 움직이더니, 정말 주인이 부시시 일어난다. 마루를 쾅쾅 눌러 디디며, 비틀비틀, 곧 쓰러질 듯한 보조(步調)로 방문을 향하여 걸어간다. 와지끈하며 문을 열어제치고는 방 안으로 들어간다. 아내도 뒤따라 들어왔다. 할멈은 중간턱을 넘어설 제, 몇 번 혀를 차고는, 저 갈 데로 가 버렸다.

벽에 엇비슷하게 기대어 있는 남편은 무엇을 생각하는 듯이 고개를 숙이고 있다. 그의 말라붙은 관자놀이에 펄떡거리는 푸른 맥을 아내는 걱정스럽게 바라보면서 남편 곁으로 다가온다. 아내의 한 손은 양복 깃을, 또 한 손은 그 소매를 잡으며 화(和)한 목성으로,

"자아, 벗으세요."

하였다.

남편은 문득 미끄러지는 듯이 벽을 타고 내려앉는다. 그의 쭉 뻗친 발끝에 이불자락이 저리로 밀려 간다.

"에그, 왜 이리 하세요, 벗자는 옷은 아니 벗으시고."

그 서슬에 넘어질 뻔한 아내는 애닯게 부르짖었다. 그러면서도 같이 따라앉는다. 그의 손은 또 옷을 잡았다.

"옷이 구겨집니다. 제발 좀 벗으세요."라고 아내는 애원을 하며 옷을 벗기려고 애를 쓴다. 하나, 취한 이의 등이 천근(千斤)같이 벽에 척 들러붙었으니 벗겨질 리(理)가 없다.

애를 쓰다쓰다 옷을 놓고 물러앉으며,

"원 참, 누가 술을 이처럼 권하였노."

라고 짜증을 낸다.

"누가 권하였노? 누가 권하였노? 흥흥."

남편은 그 말이 몹시 귀에 거슬리는 것처럼 곱삶는다.

"그래, 누가 권했는지 마누라가 좀 알아내겠소?"하고 껄껄 웃는다. 그것은 절망의 가락을 띤 쓸쓸한 웃음이었다. 아내도 따라 방긋 웃고는 또 옷을 잡으며,

"자아, 옷이나 먼저 벗으세요. 이야기는 나중에 하지요. 오늘 밤에 잘 주무시면 내일 아침에 알으켜 드리지요."

"무슨 말이야, 무슨 말이야. 왜 오늘 일을 내일로 미루어. 할 말이 있거든 지금 해!"

"지금은 약주가 취하셨으니, 내일 약주가 깨시거든 하지요."

"무엇? 약주가 취해서?"

하고 고개를 절레절레 흔들며,

"천만에, 누가 술이 취했단 말이오. 내가 공연히 이러지 정신은 말뚱말뚱하오. 꼭 이야기하기 좋을 만해. 무슨 말이든지…… 자아."

"글쎄, 왜 못 잡수시는 약주를 잡수세요, 그러면 몸에 축이 나지 않아요."

하고 아내는 남편의 이마에 흐르는 진땀을 씻는다.

이취자(泥醉者)는 머리를 흔들며,

"아니야, 아니야, 그런 말을 듣자는 것이 아니야."

하고 아까 일을 추상하는 것처럼, 말을 끊었다가 다시금 말을 이어,

"옳지, 누가 나에게 술을 권했단 말이오? 내가 술이 먹고 싶어서 먹었단 말이오?"

"자시고 싶어 잡수신 건 아니지요. 누가 당신께 약주를 권하는지 내가 알아낼까요? 저…… 첫째는 화증이 술을 권하고 둘째는 '하이칼라'가 약주를 권하지요."

아내는 살짝 웃는다. 내가 어지간히 알아맞혔지요 하는 모양이었다.

남편은 고소(苦笑)한다.

"틀렸소, 잘못 알았소. 화증이 술을 권하는 것도 아니고 '하이칼라'가 술을 권하는 것도 아니오. 나에게 권하는 것은 따로 있어. 마누라가, 내가 어떤 '하이칼라'한테나 홀려다니거나, 그 '하이칼라'가 늘 내게 술을 권하거니 하고 근심을 했으면 그것은 헛걱정이지. 나에게 '하이칼라'는 아무 소용도 없소. 나의 소용은 술뿐이오. 술이 창자를 휘돌아 이것저것을 잊게 맨드는 것을 나는 취(取)할 뿐이오."

하더니, 홀연 어조를 고쳐 감개무량하게,

"아아, 유위유망(有爲有望)한 머리를 '알코올'로 마비 아니 시킬 수
없게 하는 그것이 무엇이란 말이오."

하고 긴 한숨을 내어쉰다. 물큰물큰한 술냄새가 방 안에 흩어진다. 아내
에게는 그 말이 너무 어려웠다. 고만 묵묵히 입을 다물었다. 눈에 보이지
않는 무슨 벽이 자기와 남편 사이에 깔리는 듯하였다. 남편의 말이 길어
질 때마다 아내는 이런 쓰디쓴 경험을 맛보았다. 이런 일은 한두 번이 아
니었다. 이윽고 남편은 기막힌 듯이 웃는다.

"흥 또 못 알아듣는군. 묻는 내가 그르지, 마누라야 그런 말을 알 수
있겠소? 내가 설명해 드리지, 자세히 들어요. 내게 술을 권하는 것은 홧
중도 아니고 '하이칼라'도 아니요, 이 사회란 것이 내게 술을 권한다오.
이 조선 사회란 것이 내게 술을 권한다오. 알았소? 팔자가 좋아서 조선
에 태어났지, 딴 나라에 났더라면 술이나 얻어먹을 수 있나……."

사회란 무엇인가? 아내는 또 알 수가 없었다. 어찌하여든 딴 나라에는
없고 조선에만 있는 요리집 이름이어니 한다.

"조선에 있어도 아니 다니면 그만이지요."

남편은 또 아까 웃음을 재우친다. 술이 정말 아니 취한 것같이 또렷또
렷한 어조로,

"허허, 기막혀. 그 한 분자(分子)된 이상에야 다니고 아니 다니는 게
무슨 상관이야, 집에 있으면 아니 권하고 밖에 나가야 권하는 줄 아는가
보아. 그런 게 아니야…… 무슨 사회 사람이 있어서 밖에만 나가면 나를
꼭 붙들고 술을 권하는 게 아냐…… 무어라 할까…… 저 우리 조선 사
람으로 성립된 이 사회란 것이, 내게 술을 아니 못 먹게 한단 말이오.
……어째 그렇소? 또 내가 설명을 해 드리지. 여기 회를 하나 꾸민다
합시다. 거기 모이는 사람놈치고 처음은 민족을 위하느니 사회를 위하느
니 그러는데, 제 목을 바쳐도 아깝지 않으니 아니하는 놈이 하나도 없어.
하다가 단 이틀이 못 되어, 단 이틀이 못 되어……."

한층 소리를 높이며 손가락을 하나씩 둘씩 꼽으며,

"되지 못한 명예 싸움, 쓸데없는 지위 다툼질, 내가 옳으니 네가 그르니, 내 권리가 많으니 네 권리 적으니…… 밤낮으로 서로 찢고 뜯고 하지, 그러니 무슨 일이 되겠소. 회(會)뿐이 아니라, 회사이고 조합이고 …… 우리 조선놈들이 조직한 사회는 다 그 조각이지. 이런 사회에서 무슨 일을 한단 말이오. 하려는 놈이 어리석은 놈이야. 적이 정신이 바로 박힌 놈은 피를 토하고 죽을 수밖에 없지. 그렇지 않으면 술밖에 먹을 게 도무지 없지. 나도 전자에는 무엇을 좀 해 보겠다고 애도 써 보았어. 그것이 모두 수포야. 내가 어리석은 놈이었지. 내가 술을 먹고 싶어 먹는 게 아니야. 요사이는 좀 낫지마는 처음 배울 때에는 마누라도 아다시피 죽을 애를 썼지. 그 먹고 난 뒤에 괴로운 것이야 겪어 본 사람이 아니면 알 수 없지. 머리가 지끈지끈 아프고 먹은 것이 다 돌아올라오고…… 그래도 아니 먹은 것보담 나았어. 몸은 괴로워도 마음은 괴롭지 않았으니까. 그저 이 사회에서 할 것은 주정꾼 노릇밖에 없어……."

"공연히 그런 말 말아요. 무슨 노릇을 못해서 주정꾼 노릇을 해요! 남이라서……."

아내는 부지불식간(不知不識間)에 흥분이 되어 열기(熱氣) 있는 눈으로 남편을 바라보고 불쑥 이런 말을 하였다. 그는 제 남편이 이 세상에 가장 거룩한 사람이어니 한다. 따라서 어느 뉘보다 제일 잘 될 줄 믿는다. 몽롱하나마 그의 목적이 원대하고 고상한 것도 알았다. 얌전하던 그가 술을 먹게 된 것은 무슨 일이 맘대로 아니 되어 화풀이로 그러는 줄도 어렴풋이 깨달았다. 그러나 술은 노상 먹을 것이 아니다. 그러면 패가망신하고 만다. 그러므로 하루바삐 그 화가 풀리었으면, 또다시 얌전하게 되었으면 하는 생각이 그의 머리를 떠날 때가 없었다. 그리고 그날이 꼭 올 줄 믿었다. 오늘부터는, 내일부터는…… 하건만, 남편은 어제도 술이 취하였다. 오늘도 한모양이다. 자기의 기대는 나날이 틀려 간다. 좇아서 기대에 대한 자신도 엷어 간다. 애닯고 원(冤)한 생각이 가끔 그의 가슴을 누른다. 더구나 수척해 가는 남편의 얼굴을 볼 때에 그런 감정을 걷잡을 수 없었다. 지금 저도 모르게 흥분한 것이 또한 무리가 아니었다.

"그래도 못 알아듣네그려. 참, 사람 기막혀. 본 정신 가지고는 피를 토하고 죽든지 물에 빠져 죽든지 하지, 하루라도 살 수가 없단 말이야. 흉장(胸腸)이 막혀서 못 산단 말이야. 에잇, 가슴 답답해."

라고 남편은 소리를 지르고 괴로워서 못 견디는 것처럼 얼굴을 찌푸리며 미친 듯이 제 가슴을 쥐어뜯는다.

"술 아니 먹는다고 흉장이 막혀요?"

남편의 하는 짓은 본체만체하고 아내는 얼굴을 더욱 붉히며 부르짖었다.

그 말에 몹시 놀란 것처럼 남편은 어이없이 아내의 얼굴을 바라보더니 그 다음 순간에는 말할 수 없는 고뇌의 그림자가 그의 눈을 거쳐 간다.

"그르지, 내가 그르지. 너 같은 숙맥더러 그런 말을 하는 내가 그르지. 너한테 조금이라도 위로를 얻으려는 내가 그르지. 후우."

스스로 탄식한다.

"아아 답답해!"

문득 기막힌 듯이 외마디소리를 치고는 벌떡 몸을 일으킨다. 방문을 열고 나가려 한다.

왜 내가 그런 말을 하였던고, 아내는 불시에 후회하였다.

남편의 저고리 뒷자락을 잡으며 안타까운 소리로,

"왜 어디로 가세요? 이 밤중에 어디를 나가세요? 내가 잘못하였습니다. 인제는 다시 그런 말을 아니하겠습니다. 그러게 내일 아침에 말을 하자니까……."

"듣기 싫어, 놓아, 놓아요."

하고 남편은 아내를 떠다밀치고 밖으로 나간다. 비틀비틀 마루 끝까지 가서는 털썩 주저앉아 구두를 신기 시작한다.

"에그, 왜 이리하세요. 인제 다시 그런 말을 아니한대도……."

아내는 뒤에서 구두 신으려는 남편의 팔을 잡으며 말을 하였다. 그의 손은 떨고 있었다. 그의 눈에는 담박에 눈물이 쏟아질 듯하였다.

"이건 왜 이래, 저리로 가!"

배앝는 듯이 말을 하고 휙 뿌리친다. 남편의 발길이 뚜벅뚜벅 중문에 다다랐다. 어느덧 그 밖으로 사라졌다. 대문 빗장 소리가 덜컥 하고 난다. 마루 끝에 떨어진 아내는 헛되이 몇 번,

"할멈! 할멈!"

하고 불렀다. 고요한 밤공기를 울리는 구두 소리는 점점 멀어 간다. 발자취는 어느덧 골목 끝으로 사라져 버렸다. 다시금 밤은 적적히 깊어 간다.

"가 버렸구면, 가 버렸어!"

그 구두 소리를 영구히 아니 잃으려는 것처럼 귀를 기울이고 있는 아내는 모든 것을 잃었다, 하는 듯이 부르짖었다. 그 소리가 사라짐과 함께 자기의 마음도 사라지고, 정신도 사라진 듯하였다. 심신이 텅 비어진 듯하였다. 그의 눈은 하염없이 검은 밤안개를 물끄러미 바라보고 있다. 그 사회란 독한 꼴을 그려 보는 것같이.

쌀쌀한 새벽 바람이 싸늘하게 가슴에 부딪친다. 그 부딪치는 서슬에 잠 못 자고 피곤한 몸이 부서질 듯이 지긋지긋하였다.

죽은 사람에게서뿐 볼 수 있는 해쓱한 얼굴이 경련적으로 떨며 절망한 어조로 소곤거렸다.

"그 몹쓸 사회가, 왜 술을 권하는고!"

타락자

1

　우리 둘이—C와 나—명월관 지점에 왔을 때는 오후 일곱점이 조금 지났을 적이었다. 봄은 벌써 반이 가까웠건만 찬바람이 오히려 사람의 살점을 에는, 작년 2월 어느 날이다. 우리가 거기 간 것은 우리 사(社)에 처음 들어온 K군의 초대를 받은 까닭이었다. 이런 요리점에 오기가 그날이 처음은 아니다. 처음이 아니라면 많이 다닌 것 같지만 그런 것도 아니니 이번까지 어울려야 겨우 세 번밖에는 더 안 된다. 나는 이런 연회석에 참례할 적마다 매우 즐거웠다. 기다란 요리상을 중심으로 여러 사람이 둘러앉아 웃고 떠들며 술도 마시고 요리도 먹는 것이 좋았음이라. 아니 그것보다도 나의 가슴을 뛰게 한 것은 기생을 볼 수 있음이었다. 친할 수 있음이었다.

　"무엇 때문에?"

　이 물음에 답하기 전에 나는 잠깐 나의 경우를 설명해 두고 싶다. 나는 일본에서 공부를 하다가 중도에 폐학(廢學) 안할 수 없게 된 사람이다.

그것은 어느덧 2년 전의 일이다. 나도 공부할 적에는 모범적 학생, 유망한 청년이란 칭찬을 들었었다. 기실 그것이 허예(虛譽)가 아니었다. 남은 '히비야 운동장(日比谷運動場)'에서 뛰고 '아사쿠사 구(淺草區)' 놀이터에서 정신을 잃을 때에도 나는 한 자라도 알려 하며 두 자라도 배우려 하였다. 나는 공일도 모르고 휴일에도 쉬지 않았었다. 나의 유일의 벗은 서책뿐이었다. 나에게 위안을 주고 오락을 주는 것은 오직 지식뿐이었다. 창틈으로 새어 오는 찬바람에 인한 잠이 깨어지고 선선한 달빛이 찬물처럼 외로운 베개를 적시는 새벽, 사향(思鄕)의 눈물을 뿌리다가도 갑자기 머리맡에 두었던 책을 집어들었다. 이대도록 나는 공부에 열광적이었다. 공부만 하고 보면 위대한 인물이 될 수 있다. 내가 숭배하는 영웅호걸도 따를 수 있다. 그보다 지나간들 무엇이 어려우랴! 나는 까마득하나마 광채찬란(光彩燦爛)한 장래를 꿈 꾸었다. 나의 환영(幻影)은 희망의 붉은 꽃이 필 대로 핀 꽃밭 사이로 떠돌았다. 물론 나는 이 꿈을 믿었었다. 이 환영을 참으로 여기었다. 그러나! 심술궂은 운명은 그것을 홍뎅이치고 말았다. 불의에 오촌 당숙이 별세하시니 나는 그의 입후(入後)가 아니 될 수 없었다. 팔십이 넘은 종조모님의 홑손자가 되고 삼십이 남짓한 당숙모님의 외아들이 되고 말았다. 인제는 집을 떠날 수 없다. 바다를 건너 일본에 가기는커녕 며칠 시골만 다녀와도 할머님과 어머님이 우시며 부시며 집안이 호젓한 것을 하소연하신다.

꿈은 깨어졌다. 환영은 사라졌다. 광명이 기다리던 앞길에 잿빛 안개가 가리었다. 희망의 불꽃은 그물그물 사라져 간다. 날이 감을 따라 달이 감을 따라 가슴을 캄캄하게 하는 실망의 구름장만 두꺼워 갈 뿐이었다. 나의 혼은 얼마나 이 크나큰 손실에 오열하였는지, 신음하였는지! 마침내 돛대 꺾어진 배 모양으로 이리 비틀 저리 비틀 하게 되고 말았다.

'되는 대로 되어라! 위인이 다 무엇이랴! 인생이란 물거품의 그림자에 불과한 것이다!'

밤새도록 잠 한 숨 아니 자고 머릿속에서 온갖 신기루를 쌓아올리다가 그것이 싸늘한 현실에 무참히 깨어질 때 이런 자포자기하는 생각을 일으키기도 하였다.

공부할 동안 끊었던 담배도 어느 결엔지 잇게 되었다. 때때로 '화난다! 화난다!' 하고는 술을 찾기도 하였다. 술은 본래 못 먹음은 아니니, 어릴 적부터 맛도 모르면서 부친이 잡수실 술을 도둑해서 한 모금 두 모금 홀짝홀짝 마시었다. 그래도 중간에 그것을 절금(切禁)하였으니 정말 공부에 심신을 바친 나는 그것을 생각할 겨를도 없었다. 담배와 술을 먹게 된 때는 집에 나온 지 한 1년이나 되었으리라.

술은 먹는대도 요리집에서 버듬적하게 먹을 처지가 아니라(그런 처지야 만들려면 만들 수 있지만 그까지는 아직 타락되지 않았었다) 10전어치나 20전어치나 받아다가 집에서 자작(自酌)할 뿐이었다. 거배소수수편수(擧杯消愁愁便愁)란 격으로 주기(酒氣)는 도리어 홧증을 돕는다. 화 풀 곳은 없다. 어찌 되든 집을 휙 나오는 수밖에 없다.

나오기는 나왔지만 발 돌릴 곳이 없다. 서울서 학교에 다닌 일도 없고 또 교제를 싫어하는 나라 어느 친구 하나 없다. 있대도 나의 화풀이 받을 벗은 아니다. 지향없이 종로 네 거리를 헤맬 따름이다. 남산공원에나 올라가서 저도 모를 소리를 지르기도 하고 한껏 흥분하여 혼자 우는 것이 고작이었다.

그후 내가 ××사에 들어가자 오늘처럼 사우(社友)의 초대를 받아 요리점에 간 일이 있다. 거기서 나는 기생이란 물건을 보았다. 여염집 여자에게서는 좀처럼 볼 수 없는 어여쁜 표정, 옷이 몸에 들어붙은 듯한 아름다운 맵시, 교묘한 언사, 유혹적 웃음이 과연 그럴 듯하였다. 묵묵히 보고만 있는 나에게도 위안을 주고 쾌락을 주는 것 같았다. 답답하던 가슴이 한결 풀리는 듯싶었다. 싸늘하던 심장에 따뜻한 피가 흐르는 듯싶었다.

'이럴 때에 기생이나 아는 것이 있었으면……'

쓸쓸히 덮쳐 오는 환멸의 비애에 가슴을 물어뜯기다가 흔히 이런 생각

을 하게 되었다. 전자(前者)에는 기생이라면 남의 피를 빨고 뼈를 긁어
내는 요물(妖物)이고 사갈(蛇蝎)이라 하였었다. 그런데 드나드는 사람
조차 사람으로 알지 않았었다. 부랑자, 타락자…… 말 못할 인간이라 하
였었다.

"유위유망(有爲有望)한 꽃다운 청춘에 무산 노릇을 못해서 화류계에서
세월을 보낸단 말입니까. 그들은 제 일평생을 그르칠 뿐만 아니라 그 해
독을 제 자손에까지 끼치어 제 가족을 멸망시키고 제 민족을 멸망시키는
사회의 죄인이고 인류의 죄인 아닐 수 없습니다."

어떤 연설회에서 얼굴을 붉혀 가며 이렇게까지 절규도 한 일이 있다.

그때의 나, 지금의 나, 변한들 어찌 이다지도 변하랴! 인제 길거리에
혹 기생들과 서로 지나치면 문득 가슴이 꿈틀함을 느끼었다. 나는 그 치
마 뒷자락을 홀린 듯이 돌아보기도 하고 슬쩍 코에 앉히는 그 매력 있는
향기를 주린 듯이 들여마시기도 하였다.

어느 날, 나는 마침내 소위 토벌까지 하게 되었다. 그것은 사우(社友)
C가 심심파적이란 구실 밑에 놀러를 가자 함이었다.

이 C란 이는 몸집이 작고 짧으며 머리가 곱실곱실한 사람인데 그 홍갈
색으로 반질반질하는 얼굴은 묽은 것 단단한 것에 다 닳아 보았다 하는
듯하였다. 나는 그 재사영롱(才思玲瓏)한 농담을 좋아하며 또 나보다 근
20년 맏이언만 조금도 연장자로 자처치 않는 데 감복하였었다. 그리고
또 그의 여관이 우리 집 가까이 있는 때문에 우리는 자주로이 상종하게
되었다. 그도 몇 해 전 주머니가 넉넉할 때에는 화류계에 많이 놀았다 한
다. 그의 말을 빌리건대 그는 화류 항리(花柳巷裡)에 백전노장이었다.

우리는 어둠침침한 행랑(行廊) 뒷골로 돌았다. 나는 어디가 어디인지
잘 알지도 못하였다. 다만 C의 뒤만 따른다. C의 번지 보는 성냥불이
몇 번 번쩍하였다. 그럴 적마다 나의 가슴에도 희망과 기대가 번쩍이었
다. 그래도 '나는 같이 아니 왔소.'라고 변명하는 듯이 늘 몇 걸음 물러서
서 고개를 돌리고 있었다. 번지는 자꾸 틀리었다. 어느 때는 속 깊이 들

어갔던 골목을 도로 나오기도 하였다. 헛되이 성냥개비만 허비하였다. 인제 희망은커녕 '웬걸 거길라구.' 미리 실망조차 할 지경이었다. 그리고 C가 속히 그 집이 그 집이 아닌 줄 알고 딴 데로 갔으면 하였다. 다리가 아프다.

찾던 집을 찾기는 찾았다.

C는 대문을 살그머니 열더니 그 안으로 사라졌다.

"이리 오너라."

라고 부르는 소리가 들린다. 웬일인지 나의 가슴은 닥쳐올 중대한 일을 기다리는 사람 모양으로 뛰놀았다. 펄떡 하고 행랑방문 여는 소리가 난다.

"기생 있소?"

"기생집 아니에요."

하는 퉁명스러운 말이 끝나자마자, 탁 하고 성난 듯이 문을 닫는 것 같다.

"대단히 잘못했구려. 고런 것, 나하고 오늘 저녁에 만나자 해 놓고 이사를 간담."

C는 비위좋게 거짓말을 뿌리고 웃으며 나왔다. 그날 밤 원정은 실패이었다.

"공연히 남을 끌고만 다니지."

도로 그 골목을 걸어나오며 나는 C를 원망하였다.

"똑 보아야 멋인가. 이렇게 다니는 것이 운동도 되고 좋지. 우리가 어디 다니고 싶어 다니나, 하도 갑갑스러워 그러지."

"그것은 그래."

나는 동의를 하면서도 어째 무엇을 잃은 듯이 섭섭함을 어찌할 수 없었다.

2

시간은 이미 일곱점 반이나 되었건만 손들은 오히려 모여들지 않았다. 넓
다는 명월관 지점 1호실은 쓸쓸하게 비어 있다. 손이라고는 C와 나 외
에 우리를 초대한 K와 그의 절친한 친구로 이 연회의 설계자이고 준비원
인 D가 있을 뿐이었다. 아니, 그들뿐은 아니다. 우리가 들어올 때 밥을
먹다가 일어선 기생 둘도 있다. 그의 하나는 한 번 본 일이 있는 계선(桂
仙)이란 것이었다. 그는 이미 기생으로 노(老)자를 붙일 만한 낫세이다.
삼십 가까웠으리라. 그도 한창 당년(當年)에는 어여쁜 자태와 능란한 가
무로 많은 장부의 간장을 녹이었다 한다. 어느 이름난 대관을 감투 끝까
지 빠지게도 만들었다 한다. 그러나 지금 보는 나의 눈에는 그런 일이 거
짓말인 듯싶을만치 그의 얼굴은 사람을 끄는 무슨 힘도 없었다. 두 뺨은
부은 듯이 불룩하고 이마는 민 듯이 훌렁하였다. 더구나 그 시들한 살빛
에는 벌써 늙은 그림자가 깃들인 것 같다. 하건만 여성으로는 차마 못 들
을 음담외설(淫談猥說)이 날 적마다 그 검은 눈을 스르르 감아붙이며
'흥흥……' 하는 소리와 함께 그 뜨거운 입술을 비죽비죽하는 것은 음탕
그것이었다. 거기 옛날 솜씨의 남은 자취를 찾으려면 찾을 수 있을는지!

그렇다고 그에게 나와 고향을 같이한 명예 있음조차 부정할 수 없다.
더구나 그가 나를 처음 볼 때,

"저이가 아무 지배인의 아우가 아닌가요?"

라고, C에게 물었으리만큼 그는 지금 어느 시골 ××회사 지배인으로
있는 우리 형님을 잘 알았다. 어린 나를 몇 번 보기조차 하였다 한다. 따
라서 그는 기생 중 나를 아는 오직 한 사람이었다.

또 하나는 처음 보는 기생이었다. 나의 주의는 처음부터 그에게로 끌리
었다. 공평하게 말하면 그 또한 미인 축에 끼이지는 못하는지 모르리라.
이마는 조금 좁고 코끝은 약간 오근 듯하였다. 하나 그 어여쁜 뺨보리와

귀여운 입 언저리가 그런 결점을 감추고도 남았었다. 그것보담 그 어린 우유 모양으로 하늘하늘한 앳된 살이 더할 수 없어 아름다웠다. 적어도 그날 밤에는 그렇게 보이었다.

"너 요사이 '나지미' 많이 정했니? 그래 나는 네 '나지미'될 자격이 없단 말이냐. 나도 좀 되어 보자꾸나 응?"

몇만 금 부모의 재산을 오입의 구덩에 쓸어넣고 그 대신 몇 곡조 노래와 몇 마디 농담을 얻은 D는 그 퉁퉁하게 살찐 손을 늘여 그 기생의 손목을 잡고 빙글빙글 웃어 가며 이런 말을 하였다. 그들은 밥을 다 먹고 상도 치운 때였다.

"네, 좋습니다." 하고, 그 기생은 가볍게 고개를 끄덕인다.

"그래 정말이야?"

"네, 좋습니다."

하고, 대어드는 D를 밀치며, 문득 소리를 쳐 웃는다. 입술이 귀염성있게 방싯 열리며, 하얀 쌀낟 같은 찬찬한 이빨 사이에 드문드문 섞인 금니가 유혹적으로 번쩍인다. 나의 입술에도 어느 결에 웃음이 흘렀다.

"흥흥, 논을 팔란 말이지, 밭을 팔란 말이지. 에이고 요런 것."

하고 D는 손으로 그의 뺨을 치고, 쳤다느니보다 스치고 물러앉는다.

"이리 좀 오게그려."

기생을 보면 감질이 나서 못 견디는 C는 애교의 웃음을 흘리며 그 기생을 부른다. 그때 나는 C와 한자리에 앉아 있었다. 가슴이 출렁하였다.

"우리가 어째 여태껏 서로 만나지 못했담."

채 앉지도 않은 그의 손을 잡아당기며 C는 말을 붙이기 시작하였다.

"이름이 무엇?"

"춘심(春心)이에요."

"고향이 어디냐?"

"××이에요."

나는 먼저 그가 나와 한고을 사람임을 기뻐하였다.

"서울 온 지 얼마나 되었나?"

"한 3년 되지요."

"이건 참 내가 고루하군."

C는 인제 내 판이라 하는 듯이 일변 몸을 그리로 다가가며 일변 그 독특한 농담을 늘어놓기 비롯하였다.

C의 하는 양은 마치 열 번 스무 번 보아 친히 아는 듯하였다. 나는 물끄러미 그들의 하는 양을 보고만 있었다. 나의 눈에는, 요술쟁이가 입으로 오색 종이를 뽑아 냄을 구경하는 촌뜨기의 그것 모양으로, 의아와 경탄의 빛이 있었으리라. 보기 사납기도 하였다. 부럽기도 하였다. 어찌하면 저렇게도 말을 잘 붙일 수 있는가. 가늘한 손을 함부로 쥘 수 있는가. 한시바삐 C의 대신에 내가 그와 말을 하였으면, 손을 쥐었으면 하였다. 선망에 타고 있는 나의 눈은 맛난 음식을 먹는 어른의 입만 바라보는 어린애의 그것 같았으리라.

어느덧 C의 팔은 비스듬히 춘심을 안고 있다. 사랑을 속살거리는 애인들처럼 C의 입술은 춘심의 귀에 닿을 듯 말듯하다.

"에그, 점잖은 이가 그게 무슨 말씀이에요."

하고 춘심은 몸을 빼친다.

"점잖기에 그런 말을 하지 어린애가 그런 소리를 하던."

하고, C는 제 말솜씨에 만족한 것같이 빙그레 웃었다.

춘심은 나에게 곁눈질하며 빈정대는 듯이 빙긋 웃는다. 마침 그 순간인 즉 나도 춘심을 보고 웃을 때이었다. 그것은 C의 재담 때문이 아니다. 아까부터 생각하고 생각하던 춘심에게 건넬 묘한 말을 얻고 나오는 줄 모르게 띤 웃음이라. 그런데 의외에 두 웃음은 마주쳤다. 어째 내 마음을 춘심에게 꿰뚫려보인 듯싶어 나는 하염없이 얼굴만 붉히었다. 그래도 나의 가슴에는 기쁜 물결이 술렁하고 퍼지는 듯하였다.

'나를 좋아하는가 보다.'

하는 생각이 나의 피를 끓게 하였다.

우연히 오고간 이 웃음이 두 사이에 거멀 못을 친 듯이 그와 나를 달라붙게 하는 듯싶었다. 나는 그만 무조건으로 그가 정다웠다. 뜻도 모를 무슨 말이 불쑥 올라온다. 그 찰나이었다. 밀장이 고이 열리며 보얀 얼굴과 푸른 치마가 얼른한다. 그 다음 순간에 나는 누구를 향하는지 모르게 한 팔을 짚고 인사하는 기생을 보았다.

그 기생도 계선이보다 나이 많았으면 많았지 어리지 않으리라. 그리고 그 얼굴이야! 분으로 메이고 메인 보람도 없이 드문드문한 손티, 까뭇까뭇한 주근깨, 깎은 듯한 뺨, 그야말로 아무렇게나 생긴 것이었다.

'저까짓 것을 왜 불렀을까?' 나는 속으로 의아히 여길 지경이었다.

"형님! 인제 오세요."

춘심은 반갑게 부르짖으며 불현듯 몸을 일으킨다. 몹시 시달리는 C로부터 벗어날 핑계 얻음을 못내 기뻐하는 듯이.

C는 아무 일도 없었던 모양으로 시침을 뚝 떼고 그 곱슬곱슬한 머리를 쓰다듬으며 그제야 손들이 모이지 않음을 깨달은 것같이,

"왜들 오지를 않아."

라고 하였다.

그와 나의 거리는 멀어지고 말았다. 그에게 말을 건넬 절호한 기회를 놓치고 말았다. 장차 수십 명이나 올 터이니 그는 어느 틈에 끼일는지! 누구하고 꿀 같은 이야기를 주고받을는지! 나는 하릴없이 뒷전만 보고 있을 뿐이다.

'에이 못생긴 것!' 나는 마음속으로 애닯게 부르짖었다.

저희들끼리 모인 그들은 이야기꽃을 필 대로 피게 한다. 연잎에 실비 뿌리듯 속살속살하기도 하며 때때로 옥반(玉盤)을 깨뜨리듯 때그르하고 웃기도 하였다. 나는 어린 듯이 그들을 바라보고 있었다. 계선이가 눈으로 나를 가리키며 춘심이더러 무어라무어라하는 듯하였다. 그는 고개를 까딱까딱하기도 하고 슬쩍슬쩍 나에게 시선을 던지기도 하였다.

'내 말을 하는가 보다.' 하고, 나는 눈을 내리감았다. 얼굴에 춘심의 시

선을 느끼면서.

　사람들은 여덟점이나 되어 모여들기 시작하였다. 서로 맞춰 둔 것같이 한 사람 뒤를 한 사람이 잇고 그 사람이 채 자리도 잡기 전에 다른 사람들이 들어왔다. 어느 결에 갈고리란 갈고리는 모자와 외투가 빈틈없이 걸리었다.

　"인제 기생 소리나 한마디 들읍시다."

　한동안 늘 하는 인사와 무미한 대화가 끝나고 잠깐 무료한 침묵이 있은 후 누군가 이런 제의를 하였다.

　"그것 좋지요."

　다른 소리가 찬성을 한다.

　"그래 볼까요."

　그런 일이면 내가 도맡았지요, 하는 듯한 얼굴로 D는 말을 하였다. 그의 쉰 듯한 소리는 '보이'를 불렀다. 퉁명스럽게 꾸짖는 듯이 '보이'에게 분부하기 시작하였다. 가야금이 들어왔다. 장구가 들어왔다. 갈강갈강한 '보이'는 가야금을 잊기도 하고 장구가 소리가 잘 아니 나기도 하여 D에게 톡톡히 꾸중을 모시었다. 하건만 그 '보이'는 '그런 야단이야 밤마다 만납니다.' 하는 듯이 그 '하이칼라'한 머리를 긁적긁적하고 허리를 굽실굽실하며 연해연방 '네, 네.' 하고 시키는 대로 하였다.

　먼저 춘심이가 가야금을 뜯기로 하였다. 그는 나에게 등을 향하고 줄을 검사하기 비롯하였다.

　'저 계집애가 왜 돌아앉아!'

　나는 홧증을 내었다. 그대로록 나는 그의 얼굴을 보기나마 언제든지 계속하고 싶었다.

　줄도 골랐고, 저희들끼리 문의도 끝난 뒤, 우는 듯한 구슬픈 가야금 가락을 맞추어 느리고 순한 춘심의 소리가 섞여 들리었다.

가자 가자 어서 가, 위수 건너 백로가……

말소리는 뚝 그치었다. 모든 사람의 시선은 그리로 몰리었다. 그리고
제각기 고대 음률에 지식이 있어 그 잘잘못을 가릴 듯이 귀를 기울이고
있다. 그 지식의 발표로 어느 구절에,
"좋다."

……기경선자 간 연후 공추월지단단 자라등 저 반달 실어라. 우리 고
향을 함께 가……

노랫가락 멋지게 슬쩍 넘어간다.
"흥 흥."
하는 콧소리가 여기저기서 일어난다.
나도 부지불식간에 '흥.' 하고 말았다. 그 노래는 마치 봄바람 모양으
로 나의 마음을 어루만져 주었다. 그 서슬에 얼어붙은 무엇이 스르르 풀
리는 듯싶었다. 그 무엇이 활개를 벌리고 우쭐우쭐 춤을 추는 것 같기도
하였다. 그렇지 않으면 어깨가 우쭐우쭐할 리가 있으랴! 이럴수록 그 노
래의 임자가 보고 싶었다.
그 표정이 어떨까? 그 입술이?
'저 맞은편 사람에게 무슨 말을 하는 척하고 슬그머니 그의 정면에 가
앉을까?'
절묘한 낙상(落想)이다! 그러나 나의 몸은 무엇으로 동여맨 것같이 꼼
짝도 할 수 없었다. 나의 눈은 박힌 듯이 그의 뒤 꼴에 어리고 있었다. 앞
으로 굽힐 적마다 반질하고 빛나는 그의 머리, 연분홍 숙고사 저고리 밑
에서 곰실곰실 움직이는 어깨의 윤곽, 들었다굽혔다 하는 팔, 그리하여야
옳은지 정신을 모으고 있는 듯싶었다.
꾸김꾸김한 치마주름…… 이 모든 것보다도 가야금 줄 위에서 남실남

실 춤 추는 보얀 손가락이 나의 넋을 사르고 말았다. 보면 볼수록 그 모든 것에 미(美)가 더하고 매력이 더하였다. 때때로 정신이 아찔해지며 모든 것이 한데 뒤범벅도 되었다. 그 고사(庫紗) 무늬가 서로 뭉쳐지기도 하고 치마주름이 한데로 몰려지기도 하였다. 어슴푸레한 어둠 가운데서 보얀 손가락만 파뜩파뜩하기도 하였다. 나중에는 모든 것이 아물아물해지며 눈앞에 불꽃이 주렁주렁 흩어진다.

3

요리상은 들어왔다. 우리는 그것을 가운데 놓고 둘러앉았다. 기생들은 술병을 들고 서 있다.

이윽고 비교적 나이 좀 많은 편에 두 노기(老妓)는 자리를 잡고 앉았다. 그런데! 춘심은! 그는 잠깐 나의 안계에서 사라졌다. 나는 얼른 좌석을 둘러보았다. 없다! 웬일인가? 그러다가 나는 마침내 아무의 곁에도 아니 앉고 오히려 나의 등뒤에 서 있는 그를 발견하였다. 그때의 기쁨은 여간 몇천 원 잃었던 돈을 찾은 것에 비할 것이 아니었다.

찾기는 찾았지만 내 곁에 앉을지 말지는 그래도 미지수이다. 감이 그저 떨어지기를 기다리랴. 못 올라 따겠거든 나무를 흔들기라도 하여야 한다. 그것조차 못할 지경이면 그 밑에 입이라도 벌리고 누워야 한다. 앉으려는 뜻만이라도 보여야 한다. 나는 밍그적밍그적 몸을 한편으로 밀어 그의 앉을 자리를 비워 놓았다. 그리고 이리로 앉아요! 란 말을 풍긴 눈치로 몇 번 그를 슬쩍슬쩍 치어다보았다. 남의 눈치는 빌어먹게도 못 알아 준다. 하다하다 못하여 나는 내 곁에 앉은 P에게 눈꿈쩍이를 하였다. 이것은 정말 나의 피땀을 흘린 마음의 노력이었다. P는 춘심을 힐끔 쳐다보더니,

"이리 앉지!"

대수롭지 않게 한 마디를 던지었다.

그 당장엔 그냥 뻣뻣이 서 있었다. 이 짧은 찰나가 나에게는 얼마나 길었으랴! 이윽고 소루룩 코에 앉히는 향기 실린 실바람을 느낄 제, 그는 벌써 사뿐하고 나의 왼편 P의 오른편에 앉아 있었다. 벌떡벌떡 고동하는 나의 가슴의 장단 맞춤으로 나의 한옆을 스치는 그의 옷이 사르르 하고 그윽한 소리를 내었다.

그와 나는 서로 댈 듯 말듯이 앉게 되었다. 이것은 우연인 듯싶어도 우연이 아니다. 이 많은 사람 가운데 하필 나의 곁을 취하랴. 여기 무슨 깊은 의미가 있어야 되리라. 암만해도 나에게 마음이 있는가 보다. 그렇지 않으면 나의 등뒤에서 있을 리도 없을 것이다. 그도 나 모양으로 나를 알고 친하기를 마음 그윽히 갈망하고 있었으리라. 이런 생각을 한 나는 말할 수 없는 환희(歡喜)를 느끼었다. 자석에 끌리는 쇠끝 모양으로 우리 둘의 사이는 점점 다가들어 갔었다. 그의 팔과 가장 스치기 쉽도록 나의 팔은 슬며시 내려놓이었다. 나의 손은 그 부드러운 살에 대기 전에 먼저 그 보들보들한 옷자락에 더할 수 없는 쾌미(快味)를 맛보았다.

나는 술잔을 비우고 또 비웠다.

아니 비우고 견딜 건가. 그 힘을 받아야만 나에게로 날아오는 행복을 꼭 잡을 수 있다. 아니라 그의 뽀얀 손이 재불동하며 방울방울이 잇따라 떨어진 이 술이야말로 행복 그것이 아니냐! 적어도 행복의 구름을 걸러 내린 감로수(甘露水) 아닐 수 없다! 우리는 말만 하면 속에 잡아 넣은 행복이 날아갈까 두려워하는 것같이 그는 묵묵히 부어 주고 나는 묵묵히 마시었다. 나의 마음은 실실이 풀어졌다. 그러면서 한껏 긴장하고 있었다. 평일과 달라 술은 좀처럼 취해 오르지 않는다. 정신은 잔을 거듭할수록 더욱 말똥말똥해 갈 뿐이었다. 그의 손을 쥐자면서도 그의 얼굴을 보자면서도 그와 말을 하자면서도 나는 헛되이 시선을 딴 데로 돌리어 너절한 남의 말 참례를 하고 있었다.

술은 열 잔이 넘어갔다. 그제야 조금 얼근한 듯하였다. 나는 담배 하나를 집어들었다.

"성냥 없소?"

라고, 나는 그에게 첫말을 건네었다. 그것도 그의 담배 붙이는 것을 본 까닭이었다. 그는 성냥 한 개비를 그었다. 나는 으레 붙여 줄줄 알고 담배 문 입을 내밀었다. 하나 그는 불을 붙여 주려고도 않고 그것을 나에게 준다. 나는 실망도 하고 섭섭도 하였다. 하지만 붙여 달랄 용기는 없었다. 하릴없이 그것을 받았다. 실망한 빛이 나의 안색에 드러났으리라. 그 다음 순간에 그 앵두빛 같은 입술이 방실 열리며 나에게 무어라고 소곤거렸는가! 그는 마치 변명하는 듯이 방긋 웃으며,

"불을 붙여 주면 아니 된대요."

이것은 더 의외이었다.

"어째 그래?"

"저……."

매우 말하기 어려운 듯이 망설이다가 또 한 번 방글하고는 말을 이어,

"……저 정이 갈린대요. 왜 저…… 첫날밤에 신부가 신랑의 담배불을 붙여 주면 소박맞는다는 이야기가 있지 않아요."

꿀 같은 말이다! 아무리 부끄럼 많은 도련님이라 한들 이에 미쳐서야 말문이 아니 터지랴!

"그러면 나에게 소박맞날까 걱정이란 말이지?"

나는 뚫을 듯이 그의 얼굴을 들여다보며 다그쳐 물었다.

그는 부끄러운 듯이 시선을 피하며 의미있게 웃기만 한다. 그 아름다운 입술이란! 모든 것을 잊고 열렬한 '키스'를 하고 싶었다. 그것은 못하나마 나의 손만은 어느 결에 상 밑에서 그의 녹신녹신한 손을 꼭 쥐고 있었다. 이 말끝을 잃어서는 아니 된다. 무슨 말이든지 하여야 될 것 같다. 하나 아까 생각해 놓은 절묘한 언사는 다 어디로 갔는지! 씻은 듯이 잊고 말았었다. 사람의 말을 흉내내는 앵무새 모양으로 남의 늘 하는 말을 되풀이하는 수밖에 없었다.

"이름이 무엇?"

"춘심이에요."

"고장이 어디?"

"××이에요."

"나도 ××사람이야."

"참말씀이에요?"

"그러면 거짓말할까."

"네이……."

하고 고개를 까딱까딱하였다. 그의 손가락이 살금살금 나의 손 안을 누르고 있다.

나는 또 술을 한 잔 마시었다.

"자꾸 술만 잡수셔서 어찌합니까, 진지를 좀 드시지요."

담긴 밥이 그대로 남아 있는 밥 보시기를 가리키며 그는 자랑스럽게 권하였다.

"나는 괜찮아, 참, 밥 좀 먹지."

"싫어요."

그는 고개를 흔든다.

나는 밥 보시기를 그의 앞에 갖다 놓으며,

"시장할 것을 그래, 좀 먹어요."

"아니, 먹기 싫어요."

"그러면 무엇 딴 것이라도 먹어야지."

"아까 잔뜩 먹었어요."

우리는 벌써 사랑이 흠씬 든 애인끼리 하는 모양으로 서로 생각하며 서로 아끼고 있다.

문득 여러 사람의 웃는 소리가 우레같이 나의 이막(耳膜)을 울린다.

나는 깜짝하며 고개를 들었다.

모든 시선은 우리에게로 몰리었다. 모든 웃는 얼굴은 이리로 향하여 있다.

"미남자는 다른걸."

"아암, ××보고 아니 반하면 눈 없는 기생이지."

"둘의 얼굴이 한판에 박아 놓은 듯이 같은걸?"

"저런 부부가 있었으면 좀 어울릴까."

"별소릴 다 하네, 오늘 밤에라도 되면 그뿐이지."

모든 사람은 웃음 섞어 이렇게 떠들었다. 나의 얼굴은 모닥불을 담아 붓는 듯이 화끈화끈하였다. 그것은 부끄럼의 불 때문뿐이 아니다. 빨간 행복의 불꽃도 방글방글 피고 있었음이라. 그러나 나의 얼굴과 그의 얼굴이 같다 함에는 불복이었다. 살갗 흰 것은 서로 어근버근할는지 모르리라마는 나의 오목한 코끝과 알맞은 이마 넓이는, 그의 그것들의 발벗고 따를 바 아니다. 말이 났으니 말이지, 나의 얼굴은 남에게 그리 뒤지리 만치 못생긴 것은 아니었다. 더구나 나의 눈은 C의 말을 들으면 가을 물같이 맑은데 은은한 정파(情波)가 도는 듯한 것이었다.

'자네에게는 계집이 많이 따르리니.' 한 것은 어느 친구의 나를 비평한 말이다. 나도 어찌 그럴 듯싶었다. 우선 오늘 밤으로 말하면 나는 벌써 춘심이가 나에게 홀린 줄 알았다. 저는 기생으로 예사로이 하는 짓이라도 나에게는 의미심장한 것이었다. 물론 나도 그에게 마음이 기울어졌으리라 하되 그것은 여성으로의 그의 아름다움에 끌림이요, 그가 나보다 잘나서 그런 것은 아니다.

그것은 그렇다 하고 여러 사람의 칭찬이 기쁘기는 하였다. 그 기림이 춘심으로 하여금 나의 잘난 것을 다시금 깨닫게 하는 점에 있어 더욱 기뻤다. 나는 빙그레 득의양양한 웃음을 웃었다.

"둘이 한테만 붙어앉아 쓰나. 춘심이! 이리도 좀 오게그려."

나와 맞은편에 앉은 M이 그 험상궂은 상에 어울리지 않는 간악한 웃음을 띠며 그를 부른다. 나는 어이없이 M을 바라보았다. 나의 눈은 감때사나운 형이 제 장난감을 보자고 할 때 쳐다보는 어린 아우의 그것 모양으로 그것을 빼앗길까 하는 두려움과 또 그것을 빼앗지 말아 달라는 애원이 섞여 있었으리라.

그는 그리로 갔다. 하건만 나는 의연히 기뻤다. 그가 가도 그저 아니 간 까닭이다. 몸을 일으키는 그 찰나에 그 아름다운 얼굴을 나에게로 돌리며 눈웃음을 쳤다.

'잠시라도 나리 곁을 떠나기는 참 싫어요. 그래도 기생몸 되어 손님이 부르는데 아니 갈 수 없습니다. 눈 한 번 깜짝할 동안만 참아 주세요. 내가 곧 돌아올 터이니…….'

그의 추파는 이렇게 말하는 듯하였다.

'될 수 있는 대로 얼른 오게. 벌써 오나!'

나도 눈으로 이렇게 일렀다.

M은 음흉한 웃음을 껄껄 웃으며 그의 손을 잡아 이끌 사이도 없이 안반 같은 제 무릎 위에 올려앉힌다.

저런!

남에게 저렇게 쉬운 일이 나에게는 왜 그리 어렵던가?

"이것을 좀 보아, 어떤가?"

M은 춘심의 어깨에 머리를 누이며 나를 보았다.

"어떻기는 무엇이 어때."

나는 태연히 말을 하였다마는 나의 귀에도 그 소리가 억지로 지은 것같이 울림을 어찌할 수 없었다.

"오쟁이를 짊어지고도 분하지 않아."

"아이고, 참 죽겠는걸."

이번에는 한 불 넘어 보았다. 그래도 자리잡힌 소리는 아니었다. 몹시 가슴이 울렁거린다. 암만 시치미를 떼도 그가 남에게 안긴 것은 보기 싫었다. 스스러운 생각이 무의식한 가운데에도, 또 스스로 부정하면서도, 마음 어디서인지 움직이고 있었음이다.

나는 툇마루로 나왔다. M의 노닥거리는 꼴도 보고 있기 무엇하였고 또 먹은 술이 온몸에 불을 일으켜 선선한 공기도 마시고 싶었음이라. 웃고 떠드는 소리가 가끔 흘러 들기지만 거기는 딴 세상같이 고요하였다.
지나가는 사람의 그림자도 볼 수 없었다. 한참 서서 저도 모르게 무슨 생
각을 하고 있었다. 이윽고 무심히 고개를 돌린 나는, 무엇에 놀란 듯이
가슴이 꿈틀하였다. 나의 앞에 춘심이가 서 있다!

"어디를 가?"

나는 몇 해 못 만나던 절친한 친구와 길거리에서 뜻밖에 마주칠 때 모
양으로, 반갑게 소리를 쳤다. 그러자마자 그의 가냘픈 허리는 벌써 나의
가슴에 착 안겨 있었다. 그 날씬날씬한 허리란! 자릿자릿 눌리는 가슴이
란! 나는 잠깐 황홀하였다.

"집이 어디야."

나는 슬며시 감았던 팔을 풀며 생각난 듯이 물어 보았다.

"그것은 왜 물으세요?"

그의 대답은 의외이었다. 번연히 알겠거늘 왜 재쳐 물을까. 나는 잠깐
할 말이 없었다. 그는 제 일신에 관한 무슨 중대한 해결을 기다리는 것처
럼 얼굴빛을 바래고 있다.

"그것을 왜 물어!"

나는 혼잣말같이 중얼거리었다.

"왜 물으세요?"

그는 대질러 묻는다.

"나, 놀러 갈 터이야."

나는 간신히 이 말을 하였다.

"놀러는 왜 오세요?"

그는 또 다그쳐 묻는다.

"자네 보고 싶어서."

하고 나는 다시금 그를 잡아당겼다.

"고만두세요."

하고 그는 몸을 빼며 냉연(冷然)하였다.

"그것은 또 웬 말이야?"

나는 정말 웬 셈인지 알 수 없었다.

"그대 나를 보고 싶으실까요?"

"그러면!"

"무얼, 지금뿐이지. 내일이면 씻은 듯이 잊으실걸 뭐."

하고, 원(怨)하는 듯 한(恨)하는 듯 눈을 깔아메친다. 나는 꿈을 처음으로 깨인 듯하였다.

"무슨, 그럴 리가 있나."

나는 부드럽게 그를 위로하였다. 이 말은 결코 겉을 바르는 말이 아니었다. 충정에서 우러나온 말이었다.

"흥, 그럴 리가 있나? 나도 많이 속아 보았습니다."

그는 이 말을 남기고 돌아서더니 나를 떠나 한 걸음 생각 깊은 발길을 옮기었다. 나는 무엇을 잃은 듯이 망연(茫然)하였다.

별안간 그는 발길을 휙 돌이킨다.

방긋 쏟아지는 듯한 웃음을 흘리고 선뜩 나의 앞에 들어서자, 그 다음 순간에는 그의 향기롭고 보들보들한 두 팔이 나의 목을 감고 있었다. 그리고 그 부드러운 입술이 나의 귀를 스칠 듯 말듯하며,

"참말 나를 아니 잊으실 터이에요?"

하고 소곤거렸다. 나는 정신이 얼떨떨하였다. 한동안 말도 나오지 않았다.

"그래 나를 아니 잊으실 터이에요?"

"잊을 리 없지."

"정말?"

하고 물끄러미 쳐다보다가,

"꼭 그리 하세요."

란 말과 함께 나에게 달콤한 '키스'를 주었다.

"다옥정(茶屋町) ××번지. 위선 이 번지를 잊지 마세요."

나는 기계적으로 고개만 끄덕일 뿐이었다.

"이 연회가 끝나거든 우리 같이 가요, 꼭."

하고, 가볍게 나의 등을 두드린 후 저 갈 데로 가 버렸다. 나는 우두커니 그대로 있었다. 미끈하고 그의 팔이 감기었던 목 언저리는 무슨 기름이 발라 있는 듯싶었다. 그리고 나의 입술은 무슨 벌레가 기어다니는 것같이 근실근실하였다.

나는 웃음을 띠고 방에 돌아왔다. 모든 사람이 나를 보고 웃는 듯싶었다. 방바닥이고 천장이고 전등불이고 모두 나에게 웃음을 건네는 듯하였다.

말끔 좋은 사람들뿐이라 하였다. 이런 좋은 사람들에게 술 한잔 아니 권할 수 없다 하였다. 나는 차례로 술을 권하였다. 나도 그 돌려 주는 술 잔을 사양치 않았다.

나는 잔뜩 술이 취하였다. 그뒤에 들어온 춘심은 인제 나의 것이 되고 말았다. 세상없는 사람이 불러도 나는 그를 놓지 않았다. 그가 기어이 가야 될 사정이면, 둘이 같이 갔었다.

나는 주정을 막 하였다. 간에 헛바람 든 사람 모양으로 연해연방 웃었다. 술을 더 가져오라고 '보이'를 야단도 쳤다. 할 줄도 모르는 노래를 고함치기도 하였다. 그 넓은 방을 좁다고 휘돌며 춤도 추었다. 내 마음대로 놀았다. 남이야 싫어하든 미워하든 비웃든 욕하든 나는 조금도 관계치 않았다. 사(社)의 윗사람이 몇 있었지만 그것들! 다 초개(草芥)같이 보였다.

4

내가 타는 듯한 갈증을 느끼고 잠을 깬 때는 눈을 부시게 하는 햇살이 문살을 쏘고 있었다.

어찌 된 셈인가? 지금껏 나의 가슴에는 춘심의 온유한 몸이 녹신거리

고 있었는데…… 여기는 암만해도 그의 방은 아니다. 확실히 우리 집이
다. 보라! 윗목을 빽빽하게 차지한 옷걸이, 삼층장, 반다지, 그 위에 이
불 싼 모란꽃을 수놓은 물 날은 야단 보(褓), 문갑 위와 밑과 가운데 뒤
숭숭하게 차이고 꼽히고 누인 책자들, 틀림없는 우리 집 건넌방이다.

흐릿한 기억 가운데 문득 어젯밤 헤어지던 광경이 떠올랐다.

몇 아니 남은 손들도 외투를 입으며 모자를 찾게 되었다. 그때껏 나는
춘심을 놓지 않았다. 언제든지 언제든지 그의 곁을 떠나기 싫었음이라.
하건만 딴 기생들이 제 '망토'도 입고 셈도 따질 요리점 사무실로 사라질
제 춘심이도 아니 일어설 수 없었다.

"어디를 가?"

"사무실에 가야지요."

"나하고 같이 가!"

나는 어린애 모양으로 울듯이 부르짖으며 그에게 매달렸다. 마치 한번
놓치면 다시 못 잡을 행복을 붙드는 것처럼. 그런 때 어찌 구두 생각이
났던지 그것을 불현듯 집어들고 그의 뒤를 따르려 하였다.

"창피합니다, 남이 흉을 봅니다, 대문에서 기다릴 것이니……."

그는 이렇게 타이르자 나를 내버리고 그림자를 감추었다.

그때 시커먼 실망이 납덩어리같이 나의 가슴을 내려지르던 것을 지금도
생각할 수 있다. 그러나 어찌하여 집으로 돌아왔는지는 까맣게 모를 일이
다.

나는 고개를 들어 둘러보았으나 자리끼는 벌써 거기 없었다.

"물! 물 주어!"

라고 나는 성난 듯이 소리를 질렀다.

황망한 발자취가 마루를 울릴 겨를도 없이 아내가 물그릇을 들고 들어
온다. 김이 무럭무럭 남은 미리 덥혀 두었음이리라.

"무슨 술을 그렇게 잡수신단 말입니까. 왼 골목이 떠나가도록 고함을
치고 대문을 부서지라고 짓두드리고…… 야단야단해도 그런 야단이 어

디 있겠습니까?"

내가 살듯이, 물을 들입다 켜고 있는 동안 아내는 빨간 물 묻은 손을 요 밑에 넣고 이런 말을 하였다.

"내 원 참."

아내는 말을 이어,

"마루에 그냥 털썩 드러누우시더니 세상 일어나시나요, 죽을 애를 써서 근근히 방에 모셔다 놓으니 외투를 입으신 채 쓰러지시지요."

나는 묵묵히 물만 마시고 있었다. 그러면서 속으론 또 무척 성가셨구나 하였다.

나는 가끔 이런 괴로움을 그에게 끼치었다. 일뿐 아니라 가슴이 답답할 때, 비위가 틀릴 때 홧증풀이도 그에게 하였다. 서러운 사정도 그에게 하였다. 사회에서 받는 나의 불평, 가정에서 얻는 나의 울분, 또는 운명에 대한 저주를 말끔 그에게 퍼부었다. 그가 이 모든 불행의 원인인 듯 나는 그를 들볶았다. 하지만 그는 그것을 싫다 아니하였다, 쓰리다 아니하였다, 달게 받아 주었다. 까닭없이 재우치는 애달픈 슬픔으로 하여 하염없이 눈물을 뿌릴 때,

"왜 이리 하세요, 왜 이리 하세요."

하는 그의 눈물 젖은 부드러운 소리가 슬픔을 거두어 주었다. 또는 공연히, 부글부글 괴어오르는 심사를 어찌할 수 없이 억메를 덮어 죄없는 그를 야단을 치다가도 그 두렷두렷한 눈치를 보면 어느 결엔지 마음이 가라앉음을 깨달았다. 여기 나는 불충분하나마, 불만족하나마, 위자(慰藉)도 얻고 행복도 스러웠다.

만일 그가 없었던들 나는 벌써 타락의 심연에 온몸 온마음을 다 빠뜨리고 지금쯤은 헤어날 수도 없게 되었으리라.

"에그, 물 고만 잡수세요. 진지가 벌써 다 되었는데."

하고 그는 물그릇을 앗는다. 그리고 한동안 나를 물끄러미 보고 있던 그의 눈과 입술에 문득 의미있는 웃음이 흐른다.

"어젯밤에 날더러 무어라고 한 줄 아세요?"

"무어라고 하기는!"

"그래 모르세요?"

"나 몰라."

"그런데 어젯밤에 어디 가셨습니까?"

"명월관 지점에 갔었지."

"기생이 왔지요?"

"그럼, 왜 그래?"

"그렇지요?"

하고, 아내는 북받쳐 나오는 웃음을 못 참겠다는 듯이 진저리를 치며 웃는다. 사르르 감기는 눈초리에 가는 금이 잡히고 연한 뺨살이 광대뼈 위로 토실토실하게 밀리자, 장미꽃 봉오리가 피어나듯, 입술이 둥글고 오목하게 열리는 것이 그의 웃음의 특징인 동시에 또 그의 가진 가장 아름다운 특징이었다.

"왜 말을 아니하고 웃기만 웃어."

아내는 웃음에 막히어 말을 이루지 못하면서,

"저어, 하하하하…… 아이고 참 우스워 죽겠네…… 저어……."

"저어…… 하지 말고 말을 해요."

"저어…… 하하하하…… 한잠을 주……주무시고 일어나시기에 외투와 두루마기를 벗겨 드리려니까, 하하하하."

하고, 그는 이불 위에 무너지며 어깨를 들썩거리고 한참 웃음에 잦아진다.

나도 멋모르고 빙그레하며,

"말을 해요, 말을 해요."

하였다.

이윽고 아내는 웃음의 파문이 이리 밀리고 저리 밀리는 당홍(唐紅)빛 같은 얼굴을 들더니,

"저어…… 눈을 감으신 채…… 하하하하 나, 나를 한팔로 스르르 잡아당기시며 하하하하, 춘심이, 춘심이, 하시겠지요. 하하하하……그 춘심이란 게 누구이에요?"

나는 가슴이 뜨끔하였지만 무안 삭임으로 빙그레 웃으며,

"춘심이가 춘심이지."

하고 시침을 뚝 뗐다.

그러나 별안간 춘심의 아름다운 모양이 선명한 활동사진같이 선뜩 머리에 비쳤다. 환영에 달뜬 나의 시각이 아내의 옥양목 저고리에 붉은 광선이 사르르 덮임을 느끼자, 어느 결엔지 연분홍 고사(庫紗) 저고리 입은 춘심이가 연기같이 나의 앞에 앉아 있었다…….

"무엇을 이렇게 생각하세요."

하는 아내의 말소리를 들은 때에도 나의 눈은 꿈 꾸는 사람 모양으로 멀뚱멀뚱하였다.

그 다음날 밤에야 나는 C와 함께 춘심이의 집에 갔었다.

가고 싶은 마음이야 한시가 바빴지만 다방(茶坊)골에 서투른 나는 C의 힘을 아니 빌릴 수 없었다. 그러나 그의 집 번지는 내가 알았다. 취중에 오직 한 번 들은 그 숫자가 야릇하게도 나의 기억에 새긴 듯이 남아 있었다. 다만 그 집 찾기가 곤란도 하고 또 이런 명예롭지 못한 방문을 혼자 하기 싫어서 C를 힘입으려는 것이다.

어젯밤에도 두 번이나 C를 만나려 하였건만 출입이 잦은 C는 여관에 붙어 있지 않았다. 오늘도 저녁 일찍이 서둘렀으되 긴치 않은 C의 방문객으로 말미암아 나는 지리한 시간을 꿀꺽꿀꺽하고 아니 참을 수 없었다. 기쁜 기대와 달디단 희망에 눈을 번쩍이면서, 가슴을 뛰면서 길에 나선 지는 아홉점이 훨씬 지난 때였다.

그의 집은 광천교(廣泉橋)에서 남쪽 개천을 끼고 한참 올라가다가 조그마한 다리 놓인 데서 가운데 다방골로 빠지면 오른편 골목 막다른 집이었다. 이 근처에 발이 넓은 듯한 C는 어렵지 않게 그것을 발견하였다.

대문 안으로 쑥 들어선 우리는 흘러나오는 가야금 가락에 잠깐 걸음을 멈추었다. 그날 밤 춘심의 가야금 뜯던 채화일폭(彩畫一幅)이 다시금 얼른하고 나의 안계를 스쳐 간다. 그 남실남실하는 보얀 손가락이…… 그 반질반질하는 까만 머리가…….

거침없이 중문을 열어제친 C는 점잖게,

"이리 오너라."

고 불렀다. 그 소리가 떨어짐을 따라 묵은 악기도 울림을 멈추었다.

"누구십니까?" 안에서 고운 목소리가 묻는다. C는 성큼성큼 마당으로 사라졌다. 나는 오히려 하회를 기다리며 어둠침침한 중문간에 몸을 숨기고 있었다. 이윽고,

"들어와요."란 C의 부름을 듣자 환희의 전율이 찬물처럼 온몸에 쭉 끼치었다. 춘심이가 있구나 하였다.

나는 야릇한 불안을 느끼며, 허청허청 발길을 옮기었다. 열린 미닫이 사이로 밝게 흐르는 광선을 막은 듯이 서 있던 처녀 하나이 이상한 눈치로 나를 살피다가 기어들어가는 목소리로,

"올라오세요."

하였다. 얼른 방 안을 엿보았다. C는 벌써 방 안에 자리를 잡고 앉아 있었다. 춘심의 그림자는 보이지 않는다.

방 안에서나 옆방에서나 또는 나 못 본 어슴푸레한 구석에서나 춘심의 튀어나옴을 마음 그윽히 바라보면서 나는 구두를 끌렀다.

"형이 어디 갔어."

C의 이 말에 나의 어리석은 바람은 속절없이 깨어지고 말았다. 나의 마음은 밤같이 어두웠다.

"유일관(唯一館)에 갔습니다."

하고 그 동기(童妓)는 놀랐다는 듯한 눈으로 묻는 듯이 나를 바라보았다. 끝 모를 검은 빛에 맑은 광채가 도는 그의 눈매는 더할 수 없이 예뻤다. 열대여섯이 될락말락하리라. 봉울봉울 피려는 모란꽃처럼 그의 얼굴

은 탐스럽고 아름다웠다.

　나는 묵묵히 숨소리만 씨근거리었다. 웬일인지 낯이 화끈화끈 타는 듯하였다. 하염없이 시선만 이리저리 던지었다. 세간은 그리 화려하다고 못하리라. 옷걸이와 이불 얹힌 커다란 궤와 일본제 경대뿐이었다. 그러나 기생방에만 있는 고혹적(蠱惑的) 색채는 모본단 보료에도, 비스듬히 세운 가야금에도 농후하게 흘러 있었다. 한편 벽 알맞은 자리에 그림틀에 넣은 양화(洋畫) 한 장이 걸렸다. 그것은 푸른 연기가 어린 듯한 산윗머리를 흰 구름이 회회 둘렀는데 수풀 우거진 곳에 푸른 '리본' 같은 강이 흐르며 그 위로 몽롱한 달빛 안은 일엽편주가 남녀 단 둘을 싣고 소리없이 떠나간다. 그것으로 나는 그만 주인의 취미가 고상하고 풍아(風雅)한 줄 짐작하였다.

　"애써 오니 어째 없담!"

　이윽고 나는 자탄 비슷하게 이런 말을 하였다. 농담같이 하려던 것이 어째 절망의 가락을 띠고 있었다. 벌린 입도 웃음을 이루지 못하였다.

　"저어 형님한테 기별할까요?"

　나를 살피기를 마지않던 금심(琴心―이것이 그 동기의 이름이다)은 인제 알았다 하는 얼굴로 우리에게 물었다.

　"무얼 그럴 것은 없지." C는 거절하였다.

　"아니 저어…… 형님이 가실 때 손님이 오시거든 알게 하라 하였어요."

　"어떤 손님이?"

　나는 가슴을 뛰며 물었다. 그는 조금 망설이다가,

　"저어 오늘 오실 손님이 계시니 그 손님이 오시거든……."

　'나를 가리킴이 아니로군.'

　나는 번개같이 생각하였다.

　"우리는 오늘 온다고 한 손님이 아니야. 온다고 하기는 그저께 밤이야."

나는 비웃었다.

"네, 그렇습니까?"

하고, 금심은 무안한 듯이 고개를 숙이다가 무엇이 생각난 것같이,

"참, 저어 그저께 밤에 손님 두 분이 오신다고 식도원(食道園)에서 인력거꾼이 왔습니다."

나는 더욱 실망 안할 수 없었다. 명월관에서 놀았거늘 식도원이 또 웬말인가?

"식도원에서!"

나는 부지불식간에 부르짖었다.

"우리는 명월관에서 놀았는데…… 그러면 딴 손님이든 게지."

금심은 놀라 나를 바라본다. 그 큼직하게 뜬 눈은 마치 이런 말을 하는 듯하였다.

'어째 그럴까, 우리 형님이 기다린 손님은 분명히 이분인데…… 그러면 내가 잘못 들었던가. 식도원이 아니라 명월관이던가.'

"그래 손님이 왔던?"

나의 말은 급하였다.

"아니에요. 형님 혼자만 왔어요. 와서, 손님 두 분이 아니 왔더냐고 묻습디다."

모를 일이다! C의 말을 들으면 나보다 먼저 나온 그는 문간에서 춘심을 만났는데 춘심의 말이 준비가 다 있으니 나와 같이 오라고 신신부탁하였다 한다. (이 준비란 것은 곧 다른 기생을 C에게 붙여 주겠다는 뜻이다.) 두 분 손님이라 함은 곧 나와 C를 지칭함이리라. 그러하지만 식도원 운운(云云)은 풀 수 없는 의문이다.

"그날 밤에 매우 우리를 기다린 모양이지."

돌아오면서 나는 C에게 물어 보았다.

"기다리긴 무엇을 기다려."

C는 이 천치야 하는 어조로,

"무엇 보고 기다리겠소. 오! 얼굴이 어여쁘니까. 얼굴 뜯어먹고 사나, 논 팔고 밭 파는 놈이라야지. 서울 온 지 3년이나 되는 년이 '나지미'가 자네 하나뿐일까."

5

비 맞은 옷 모양으로 풀 하나 없이 집으로 돌아왔다. 무슨 기막힌 일이나 본 듯이 모자와 두루마기를 되는 대로 휙 집어던지고는 힘없이 쓰러지고 말았다. 홀로 바느질을 하고 있던 아내는 잠깐 눈썹을 찡그리고 웃옷과 모자를 걸었다.

"진지 좀 아니 잡수렵니까?"

이윽고 아내는 나에게 물었다.

"아까, 나 저녁 먹었는데……."

"어디 한술이나 떴습니까…… 요사이는 도무지 진지를 못 잡수시니 무슨 까닭이에요. 살이 나리시고…… 신색이 그릇되시고…… 왜 기운 하나 없이 보입니까. 춘심인지 무엇인지 그로 하여 그럽니까?"

이런 말을 하며 아내는 근심스러운 가운데에도 비웃는 빛을 보이었다.

참말 술이 양에 넘친 탓인지 뜬 사랑에 멍든 탓인지 그후부터 무슨 가시나 난 것같이 혀가 깔끔깔끔하며 밥이 달지 않았다. 꿈자리조차 뒤숭숭하였다. 잠을 깨면 흔히 온 요, 온 이불이 축축하게 땀에 젖어 있었다.

물에 빠진 듯한 몸을 오한에 떨며 머리가 지끈지끈 아프기도 하였다.

"내 말이 옳지요, 춘심이 때문이지요?"

하고, 아내는 어서 그렇다 하라는 듯이 나를 들여다보다가 웃음의 가는 물결이 그 까만 눈썹 언저리를 흔들더니, 고만 자지러져 웃으며,

"그만 일에 진지를 못 잡술 게 무어에요. 탈기할 게 무어에요. 정 그러시거든 한번 가서 정을 풀면 그뿐이지."

나도 웃으며,

"무슨 그것 때문에 그럴라구……."

"안 그런 게 다 무어에요."

"그렇다면 어찌할 터이오."

"그러기에 가시란밖에."

"얻어도 샘을 아니 내겠소?"

나는 아내가 옛날 요조숙녀의 본을 받아 군자(君子)의 애물(愛物)을 시기치 않으리란 평일의 주장을 생각하며 한번 다져 보았다.

"그것은 당신께 달렸지. 양편을 다 좋게 하면 왜 샘을 하겠습니까."

"그러면 샘을 아니하겠다는 말이로군."

나는 또 한 번 다지었다.

"샘이니 우물이니는 둘째치고 제발 원을 풀고 진지를 많이 잡숫게 해요. 낙심천만한 모양은 차마 볼 수 없습니다."

하고, 실인(室人)은 다시금 실소하였다.

"가라면 못 갈까. 지금 당장 갈 터이야."

그러나 지금 당장은커녕 그 이튿날도 나의 그림자는 다방골에 나타나지 않았다. 기생집에 이틀 밤을 연거푸 감이 무엇도 하거니와 그가 나에게 마음이 있는지 없는지 알 수 없는 수수께끼인 까닭이다. 그날 밤 둘이 놀던 일을 생각하면 그는 확실히 나에게 쏠리었었다. 그러나 춘심은 홀린 척도 하고 홀리기도 함을 위업(爲業)하는 기생이다. 명월관 손님도 오라하고 식도원 손님도 가자 하여야 되나니 마치 그물을 여기도 치며 저기도 쳐서 고기가 걸리기만 기다리는 어부 모양으로 사나이를 낚는 것이 그의 장사이다.

그러면 나에게 준 뜻많은 추파와 꽃다운 언약도 말끔 그의 맛난 미끼일는지 모르리라. 몇 칸 집을 깝살리게 하고 몇 뙈기 논을 날릴 수단일는지 모르리라. 하느님 마옵소서!

그러나! 그러나! 그의 얼굴이 보고 싶다. 못 견디리만큼 보고 싶다. 소루룩 코 안으로 기어들던 향긋한 실바람은 오히려 후각(嗅覺) 어디인지 남아 있었다. 박하를 뿌린 듯한 나의 목은 문득문득 비단결 같은 팔을 느끼었다.

이화에 월백하고 은한이 삼경인데
일지춘심을 자규야 알랴마는
다정도 병인양하야 잠 못 들어 하노라.

《시문독본(時文讀本)》에서 읽은 이 시조를 이따금이따금 목을 빼서 청청스럽게 읊조렸다. 또 붓을 들면 이 글을 적기도 하였다. 그리고 춘심이란 두 글자를 뚫을 듯이 들여다보니 정신을 잃었다. 그 두 글자가 굼실굼실 움직여 엄청나게 굵고 크게 되어 시커멓게 눈을 가리기도 하였다. 봄 춘자의 '삐침'과 '파임'이 그의 가냘픈 팔이 되어 나의 허리에 감기기도 하였다.

6

그 이튿날이다. 아침을 마치고 궐련 한 개를 피워 문 나는 이리저리 마당을 거닐 때였다.

"편지 받으오."

하는 소리를 듣자 누른 복장이 얼른하며 하얀 네모난 종이가 중문 앞에 떨어진다.

그것은 엽서형 서양 봉투이었다. 매우 이상하다는 듯이 나는 겉봉을 앞뒤로 뒤치며 한참 보고 있었다. 그러다 사방을 둘러보기가 무섭게 얼른 호주머니에 집어넣었다. 또 꺼내었다. 또 넣으려다 말고 손에 움켜쥔 채 어찌할 줄 모르는 것처럼 왔다갔다하였다. 문득 미친 듯이 건넌방으로 뛰어들어왔다. 그것은 춘심의 편지였다! 앞장엔 한 자 한 획 틀림없이 우리 집 번지와 나의 이름을 적었고 그 뒷장엔 '다옥정 ××번지 김소정

(金小汀)부터'라고 쓰이었다.

나는 번개같이 봉투 윗머리를 찢었다. 안에서 그림엽서 한 장이 나온다. 굽이치는 물결 모양으로 검누른 머리를 좌우로 구불구불 늘어뜨리고, 바람에 나부끼는 듯한 얇다란 한 오리 벼자취가 아른아른하게 감긴 풍염(豐艶)한 두 팔과 앞가슴을 눈같이 드러내었는데, 장미꽃 한 송이를 시름 없이 든 손으로 턱을 고이고 눈물이 도는 듯한 추파에 임 생각이 어린 금발 미인의 그림이었다. 그리고 예쁘게 언문 반초(半草)를 날린 그 사연은 아주 간단하였다.

행용이면 수신자의 주소 씨명을 쓸 자리 한복판에 두 줄로 '아무리 기다려도 아니 오시기로 두어 자 적사오니 속 보시지 마시압'이라 하였고 그 밑간 글월은 이러하였다.

보고 싶어 흥응.
왜 오시지 않습니까. 기다리는 제 마음 행여나 아실는지.
지정일변 아시겠소.
어찌하면 좋을까요?

이때의 기쁨이야 무어라 할는지 가슴에 무슨 경기구(輕氣球) 같은 것이 있어 나를 위로위로 치슬러올리는 듯하였다. 기리기리 뛰고 싶었다. 날고 싶었다. 모든 사람에게 이 기쁨을 말하고 싶었다. 종로 네거리에 뛰어나가 오는 사람 가는 사람에게 춘심이가 나에게 편지한 것을 알려도 주고 싶었다. 밀장을 화닥닥 열었다. 무슨 큰일이나 난 듯이 안방에 있는 아내를 소리쳐 불렀다.

"이것을 좀 보아요, 이것을!"

아내가 방에 들어서기 전에 무슨 경급(驚急)한 일을 말하는 사람 모양으로 소리는 헐떡거렸다.

"춘심이가 나에게 편지를 했구려, 편지를!"

하고, 온 얼굴이 웃음에 무너졌다.

그날 해지기가 바쁘게 나는 정서(情書) 준 이를 찾아나섰다. 나는 무념무상(無念無想)으로 거의 달음박질하듯 걸음을 재게 하였다. 발이 공중으로 날며 땅에 닿지도 않았다. 그 집 골목에 확 들어서자 갑자기 걸음이 누그러지며 가슴이 방망이질하였다. '예까지 와 가지고'하고 하마터면 뒤로 돌 발자국을 앞으로 콱 내디디었다. 중문턱을 넘으매 머리는 모든 의식을 잃었다는 듯이 횡 하였다.

"아이고, 어서 오십시오."

마침 마당에 있던 금심은 나를 보자 반갑게 인사하였다.

"너의 형 있니?"

"잠깐 어디 나갔습니다."

하다가, 나의 꼴이 애처로웠던지,

"지금 곧 올 것입니다, 올라가세요."

라고 말을 뒤붙였다.

그의 말마따나 얼마 아니 되어 춘심이가 돌아는 왔다. 하건만 그 태도는 의외였다. 방문을 열고는 아랫목 보료 위에 엉성하게 앉은 나를 보고 시덥지 않게 다만,

"오셨어요."

란 한 마디를 던졌을 뿐이었다. 그리고 대면도 하기 싫어하는 것처럼 경대 앞에 착 돌아앉는다. 한 번도 못 본 사람에게 하듯 서름서름하다. 그날 밤 일은 고사하고 편지 한 것조차 씻은 듯이 잊은 것 같다.

"오늘 밤에 해동관(海東館)으로 부르지 않았어요?"

분지(粉紙)로써 얼굴을 요모조모 골고루 닦으며 나를 돌아도 아니 보고 그는 이렇게 묻는다.

"아니."

"그러면 누구일까…… 새로 1시에 수유를 받았는데…… 나는 '나리'라고."

"나는 그런 일이 없는걸."

요리점에서 호기있게 불러 보지 못하고 제 집으로 온 것이 구구한 듯도 싶었다. 창피도 하였다. 바늘방석에나 앉은 듯이 무릎을 누일락세울락하며 팔을 짚어도 보고 떼어도 보았다. 왜 왔던고 후회까지 하였다. 그만 갈까도 싶었다.

그러나 이 답답한 상태는 오래 계속되지 않았다. 경대를 살짝 떠난 그는 나의 코밑에 바싹 다가앉았다. 나는 또 그 말할 수 없는 매력있는 향기를 느끼었다.

"왜 오시지 않았어요, 홍."

하고, 한숨을 휘 쉬더니 나의 눈 속을 물끄러미 들여다보며,

"편지 보셨어요?"

"응."

"그날 밤새도록 기다리니 어디 와야지."

춘심은 말을 이었다.

"그러면 그렇지, 무슨 두드러진 정이 있어 이 못난이를 찾을라고. 기다리는 년이 미친년이지…… 잠 못 잔 것이 어떻게 앵한지를 몰랐어요."

하고, 이 매정한 놈아 하는 것처럼 눈을 깔아메친다.

"워낙 술이 취해서 여기 온다는 것이 친우들에게 끌리어 집으로 간 모양이야. 아침에 잠이 깨고야 알았어."

라고 나는 변명하였다.

"그저께 밤에 유일관에 갔다가 집에 오니 오셨다겠지요. 놀음에 왜 갔던고 싶었습니다. 오늘은 오시려니 하고 어제는 아무 데도 아니 갔지요. 거짓말? 이 금심이한테 물어 보세요, 거짓말인가……그래 생각다 못해 편지를 하였습니다."

그리고 요리집에 갈 적마다 나를 만날 줄 알고 남모르게 기뻐하던 것과 진덥지 않은 딴 사람만 있고 그리운 내 얼굴을 못 볼 제 얼마나 상심하였으며 얼마나 흥미 삭연(索然)하던 것을 하소연하였다.

"속없는 사나이도 다 많지."

춘심은 말을 이었다.

"수(誰)야 모(某)야 다 앉은 자리 정 가는 곳은 한 곳뿐이라, 이런 소리를 하지 않겠습니까. 그러면 저희들끼리 네니내니 하겠지요. 무슨 아리알심이나 있는 듯이 눈을 끔벅끔벅하며 남의 옆구리를 꾹꾹 찌르겠지요. 하하하하…… 정 가는 곳은 이곳뿐인데."

하고 나의 등을 가볍게 두드렸다.

"춘심 아씨 모시러 왔습니다."

꺽세인 차부(車夫)의 목소리가 우리의 정담을 깨뜨렸다.

"어디서 왔는가?"

"해동관에서 왔어요."

춘심의 눈썹은 보일 듯 말듯 찌푸려졌다. 무엇을 한참 생각하더니 큰소리로,

"거기 있게, 지금 갈 터이니."라고 일렀다.

"술잔 값이나 주어 보내지."

나는 대담스럽게 이런 말을 하였다. 그만치 춘심을 보내기 싫었다.

"그럴 수 없어요? 미리 수유받은 것이 되어서 그럴 수도 없고……."

하면서 나의 손을 꼭 쥔다.

"어쩌면 좋아!"

라고 안타깝게 속살거리고는 몸을 나에게 쓰러붙이었다.

"……무슨 말을 하고, 나 곧 올 터이니 기다리겠습니까?"

"그리 쉽게 올 수 있을라구."

"집안에 우환이 있다고 하고서 인사나 하고 선걸음에 돌아올 터야. 기다리고 계셔요."

"글쎄."

"글쎄가 아니라 꼭 기다리세요."

"기다리지."

"꼭 기다리세요. 아홉점 안으로는 기어이 올 터이니⋯⋯."
"그래, 아홉점까지만 기다리지."
"가시면 일후(日後) 봐도 말도 안할 테야."
"아홉점만 지나면 간다."

7

한번 간 춘심은 돌아올 줄 몰랐다. 바람이 문을 찌걱거리게 할 적마다 몇 번은 오는가 오는가 하였는지 모르리라. 나는 누울락앉을락하였다. 일어서 거닐기도 하였다. 마디고 마딘 시간이언만 아홉점이 지났다. 열점이 지났다⋯⋯.

온갖 의혹이 고여오르기 시작하였다. 그의 말과 속이 같을진대 여태껏 아니 올 리 없으리라. 그 정 맺힌 눈치도 그 안타까운 몸짓도 모두 허위이런가 가식이런가. 나의 생각이란 염두에도 없고 어느 유야랑(遊冶郎)과 안기고 안으며 뺨도 비비고 입도 맞추면서 덧없이 깊어 가는 밤을 한하는지 누가 알리요! 그런 줄 모르고 눈이 멀뚱멀뚱하게 오기를 고대하는 나야말로 숙맥일다! 천치일다!

내가 여기서 그의 돌아옴을 기다리는 모양으로 그는 거기서 나의 감을 기다리고 아니 있는지 누가 증명하랴! 암만해도 오늘 낮 새로 한점에 놀음 수유를 받으면서 잘 수유조차 아울러 받았을 것 같다.

그렇지 않으면 처음 볼 때 왜 냉정하였으랴! 냉연함은 충동이었고 나중의 꿀을 담아 붓는 듯한 언사와 표정은 지은 솜씨일다!

'해동관에서 나를 부르지 않았어요?' 한 것은 노골적으로 나를 욕보이는 수작이었다. 격퇴하는 칼날이었다.

'괘씸한 것 같으니.'

나는 속으로 부르짖고, 있지도 않은 위약자를 노려나 보는 듯이 미닫이를 물끄러미 바라보다가 벌떡 몸을 일으켰다.

"조금만 더 기다리십시오. 곧 올 것인데…… 지금 열점 아닙니까? 반 시만 더 기다려요."

곁에 있던 금심은 따라일어나 나의 앞을 막으며 간청하였다. 그와 나는 벌써 꽤 친숙하게 되었다.

"고만 갈 터이야. 아홉점까지 기다리란 것을 열점까지 기다렸으면 무 던하지."

하고 나는 그의 팔을 가볍게 잡아 옆으로 밀치었다.

"안 되어요, 안 되어요, 가시다니. 꼭 못 가시게 하라던데……."

하고 금심은 응석하는 듯이 뒤에 매달려 모자를 벗기려고 애를 쓴다.

"밤새도록 아니 올걸 뭐."

나는 모자를 한 손으로 단단히 붙잡고 웃으며 이런 말을 하였다.

"안 오기는 왜 안 와요. 두고 보시오. 곧 아니 오는가, 가시면 제가 야 단을 맞아요."

하고 애원하는 듯이 쳐다보며,

"잠깐만 더 기다려요. 10분만 5분만…… 네? 네?"

나는 돌아다보고 빙그레 웃으며,

"그래 너희 형이 나를 꼭 잡으라 하던?"

하고 물어 보았다.

"꼭 못 가시게 하라고……."

"정말?"

"정말이고말고요."

"가 볼 일이 있는데……."

입으론 이런 말을 하였지만 이미 갈 뜻은 없었다. 춘심이가 진정으로 나의 기다림을 바랐거니, 어찌 그의 뜻을 저버리랴.

"볼일이 무슨 볼일입니까?"

금심은 나의 마음을 알아챈 듯이 중얼거리자 민속하게 나의 모자를 벗 겨들었다. 그가 개가를 부르며 웃고 쓰러지자 나는 빙그레 웃으며 주저앉

왔다.

춘심은 새로 두점이 넘어 돌아왔다. 그때껏 나는 견딜성 있게도 거기 있었나니 그렁저렁 열두점이 넘고 새로 한점이 넘으매 기다린 것이 아까워서도 갈 수 없었음이다. 치맛자락의 사르르 소리를 듣자 나는 짐짓 한잠이나 든 것같이 눈을 감았다. 밀장은 소리없이 열리었다.

사람의 넋을 사르는 듯한 몸과 마음을 가볍게 하는 듯한 향내가 떠돌았다. 저도 모를 사이에 나는 깊이 호흡을 하고 있었다. 그리고 무슨 강렬한 광선에 쏘일 때처럼 감은 눈이 환하며 눈꺼풀이 부신 듯이 떨리었다.

"아이고, 아니 갔구먼!" 하는 속살거림이 들리었다. 그 음향 가운데는 무한한 감사와 무한한 환희가 품겨 있었다. 감은 눈으로도 가만가만 다가드는 그의 외씨 같은 발을 볼 수 있었다.

그는 금심을 고이 깨워 일으키자 가는 소리로 물었다.

"주무시나?"

"주무시긴 누가 주무세요, 왜 인제야 와요."

금심의 잠꼬대 같은 소리가 대답을 하였다.

나는 눈을 떴다. 춘심은 벌써 내 곁에 앉아 있었다.

"미안한 말을 어찌 다 할는지."

그는 말을 꺼냈다.

"암만 오려니 어디 사람을 놓아야지요. 손님도 안면 있는 이 같으면 사정도 보건만 아는 이란 단지 하나뿐이고 모두 모르는 분이겠지요. 집에 일이 있다니 사람을 놓습니까, 몸이 아프다니 사람을 놓습니까. 하다하다 못해 배가 아프다고 엉구덕을 치니까 영신환이랑 인단이랑 들여오라겠지요. 속이 상해서 죽을 뻔하였습니다. 오죽 지리하셨습니까?"
하다가 문득 금심을 향하며,

"왜 자리를 아니 깔아 드렸니, 좀 편안히 주무시게나 하지."
하고는,

"나는 가신 줄 알았어요. 이 못난이를 웬걸 기다리실라고 하였어요.

이런 줄은 모르고 오죽 괘씸해 생각하셨겠나 하였어요. 밤을 새워도 편지
로 사과나 할까 하였어요. 그런데 와 보니…….”
하고 기쁨을 못 이기는 듯이 말끝을 웃음으로 마치었다.

　나는 부시시 일어나 앉았다. 그러나 선잠을 깬 사람같이 말 한마디 할
수 없었다. 그 열렸다 닫혔다 하는 입술과 그럴 적마다 화판(花瓣)이 벌
어지며 진주 같은 화심(花心)이 나타나는 모양으로 반짝반짝 드러나는
하얀 이빨과 찡겼다 피었다 하는 그린 듯한 눈썹과 그 밑에서 흐리다가
빛나다가 하는 까만 눈을 멀거니 바라보고만 있었다.

　이윽고 금침은 펼쳐졌다. 하건만 나는 화석이나 된 것같이 망연자실하
고 있었다. 어찌 무시무시한 증(症)이 들었다. 이불 속이 곧 지옥인 듯
이 들어갈 정이 없었다. 그만 집으로 갔으면 하였다.

　“그만 자십시다. 매우 곤하실 터인데…….”

　저편도 아주 감개무량한 듯이 고개를 떨어뜨리고 앉아 있다가 슬픈 음
성으로 침묵을 깨뜨렸다.

　“응.”

　“어린애 모양으로 응…….”
하고 춘심은 소리쳐 웃으며 별안간 나를 부둥켜안는다. 나는 마녀에게나
덮친 듯이 머리끝이 쭈뼛하였다. 둘의 그림자는 이불 속으로 사라졌다.
나는 우둘우둘 떨면서 두 번 아니 오리라 생각하였다.

8

　따라 준 독삼탕(獨蔘湯)을 마시고 문간에서 발발 떠는 그와 작별한 나
는 인적없는 쓸쓸한 거리로 나왔다. 식전꼭두는 추웠다. 몹시 추웠다. 추
움 그것이었다. 쓰라리는 발은 자국자국이 얼어붙는 듯하였다. 귀가 떨어
지는 것 같다. 발갛게 단 쇠가 얼굴에 척척 달라붙는 것 같다. 앞으로 획
하고 닥치는 매운 바람은 나의 몸을 썩은 나뭇가지나 무엇처럼 지끈지끈

부수며 세포 속속들이 불어 들어가는 듯싶었다.

'다시는 이런 짓을 아니하리라.' 나는 다시금 생각하였다.

어머님은 고종사촌 혼인 구경 겸 동래(東萊)에 내려가시고 집에 계시지 않았다. 할머님만 속이면 그뿐이다. 어젯밤은 여러 친구에게 끌리어 청량사(淸凉寺)에 나갔다가 술이 취해서 못 왔다는 것을 돌차간(咄嗟間)에 생각해 내었다.

아랫목에 쪼그리시고 앉아 계시던 할머님은 샐쭉한 입을 두 가장자리를 둥글게 호로형(壺蘆形)으로 여시며,

"못된 데만 아니 갔으면, 못된 데만 아니 갔으면."

이라고 소곤거리셨다.

"늦게 놀고 보니 전차가 끊쳤겠지요. 어디 올 수 있습니까, 하는 수 없이 자고 왔습니다."

라고 거짓말을 꾸며 댄 후 나는 우리 방으로 건너왔다.

나는 빙그레 웃었다. 머리를 빗고 있던 아내도 빙그레 웃으며,

"인제 속이 시원하지요."

하였다. 그러나 그의 얼굴빛은 피로 물들인 것 같았다.

나는 그만 나무둥치같이 곤한 잠에 떨어지고 말았다. 오정(午正) 가까이 되어 간신히 아내에게 깨이어 일어난 나는 냉수로 세수를 하면서도 꾸벅꾸벅 졸고 있었다. 사에 들어가기는 갔으되 머리가 뿌연 안개에 깔린 듯이 몽롱하여 일이 손에 잡히지 않았다. 그저 자고만 싶었다. 저녁 숟가락을 놓자마자 또다시 죽은 듯이 잠이 들고 말았다.

그 이튿날 잠을 깨자 제일 먼저 해결해야 될 것은 그것을 어찌 치를까 하는 문제이었다. 말할 것도 없이 돈이 필요하다. 그렇다고 주머니에서 잘각거리는 몇 푼 동전으로는 될 수 없는 일이다.

많지 않은 월급이라도 또박또박 타기나 하였으면 그믐을 하루밖에 아니 지낸 때이니 그것 수세할 것이야 남았으련만 곤란이 도극(到極)한 ×× 사는 사원 월급 지불은커녕 신문 박을 종이도 못 사서 쩔쩔매는 판이다.

집으로 말하여도 아들의 방탕에 이바지할 재정은 없었다.

그러나 몇십 원 장만할 거리는 나에게 있었나니 그것은 유산으로 물려받은 미국제 18금 시계이었다. 오랜 것이라 모양이 예쁘지 않은 대신 투박하고 튼튼하며 달리아 꽃도 앞뒤 뚜껑에 아로새겼고 기계에 보석조차 박힌 값진 물건이었다.

'이것만 잡히면 사오십 원이야 얻겠지.'

춘심이 집에 가던 날이나 이제나 힘 미덥게 생각하였다. 난생 처음으로 전당포를 찾아다녔다. 조심 많은 흰옷 입은 취리(取利)꾼들은 이 속 모를 물건 퇴각하기에 서슴지 않았다. 어느 일본 질옥(質屋)에서 35원에 잡히는 수밖에 없었다.

그 다음 문제는 전달할 수단이었다. 봉투에 넣어 우편으로 보내고 아주 끈을 떼어 버리려 하였다. 양심의 반성도 맹렬하였거니와 한번 겪어 보니 그리 탐탐스럽지도 않았음이라.

그러나 야릇한 염려가 나로 하여금 주저하게 하였다. 봉투에 넣어 보내는 것은 많은 금액에만 쓰는 격식인 것 같았다. 더구나 그리함은 그와 나의 사이를 이도(利刀)로 싹 베어 버리는 것 같았다.

그는 실망하리라. 실망한 그만치 나를 욕하리라. 영구히 그를 대할 낯이 없으리라 함에 어찌 차마 못할 일인 듯싶었다. 끊는 데도 톱으로 슬근슬근 나무 썰듯 누그러운 방법이 없지 않으리라고 생각하였다.

'그것은 꾸며 대는 소리이다! 정말 끊으려면 저야 실망을 하든 욕을 하든 대할 낯이 없든 꺼릴 것이 무엇이냐. 그런 염려를 하는 것은 끊으려면서, 아니 끊으려는 것이다!'

나는 마음 어디인지, 이런 가책을 느끼었다.

'끊고 아니 끊는 문제보다도 네가 침닉(沈溺)이 될까 아니 될까가 더 중대한 문제이다. 빠지지만 않으면 그뿐 아니냐. 슬근슬근 정을 붙여 둔들 너에게 해로울 것이야 무엇 있나. 울적하고 무료할 제 일시에 위안거리는 꽤 될 것이다.'

다른 소리가 또 이렇게 변명하는 듯하였다. 마침내 이런 결론을 얻었다.

'이왕이면 한번 보기나 하자. 그 역시 사람이니 너무 매몰스럽게 함은 내 도리가 아니다.'

맹숭맹숭한 정신으로야 직접으로 돈을 건넬 수 없었다. 어느 요리점에 데리고 가서 재미있게 놀다가 그도 취하고 나도 취한 후 그의 품속에 슬그머니 넣어 주리라 하였다.

여기에 대하여 아내는 극렬히 반대하였다. 아내의 태도는 하룻밤 사이에 돌변하였다. 그의 주장을 의지하면 그런 짓은 성공도 하고 재산도 넉넉한 뒤에 할 일이었다. 하룻밤이면 무던하지 이틀밤부터는 과한 짓이었다. 참말 끝을 떼려 할진댄 춘심을 아니 보는 것이 상책인 동시에 돈을 봉투에 넣어 보냄이 지당한 일이었다. 그리고 돈도 다 줄 것이 아니니 20원이면 넉넉하였다. 10원은 내가 쓰고 5원은 자기가 써야 되겠노라 하였다.

"무슨 짝에 35원템이나 주어요, 만날 용돈이 없어 허덕지덕하면서. 나도 한 5원 있어야 되겠어요. 먹고 싶은 것 좀 사서 먹을 터이에요."

아내는 이렇게 말을 마쳤다. 태기 있은 지 삼사 개월 되는 그는 불가항의 힘으로 도미국이 먹고 싶었다. 물 많은 배가 먹고 싶었다. 나는 이 요구를 아니 들을 수 없었다. 그리고 돈만 치르고 열점이 아니 넘어 돌아올 것을 재삼 타이른 후 나는 춘심의 집으로 왔다.

"오늘은 오실 줄 알고 아무 데도 아니 갔지."

춘심은 웃는 낯으로 나를 맞으며 이런 말을 하였다. 그는 못 알아볼이 만큼 예뻤다. 끊으리 말리 한 것이 죄송할 지경이었다.

그의 집에서 그리 멀지 않은 식도원으로 나는 춘심을 끌고 왔다.

우리는 한동안 먹기도 하고 마시기도 하였다. 이야기도 하고 웃기도 하였다. 포옹도 하고 '키스'도 하였다. 홀연 춘심은 내 손을 잡아당기어 제 바지를 만져 보이고,

"꽤도 뻣뻣하지요. 따뜻하라고 서양목(西洋木)으로 바지를 해 입었더니만……."

"툭툭한 게 좋구면."

나는 무심한 듯이 대답을 하였으나 춘심의 그 말에 무슨 깊은 뜻이 있는 것 같았다. 사치만 일삼는 시체 기생과 다른 저의 질소(質素)를 자랑함일까? 또는 명주바지를 해 달란 말인가? 마침 그때에 그는 게으르게 기지개를 켠다. 누구에게 절이나 할 것처럼 깍지낀 손을 내밀었다. 나는 반지 하나 없는 그의 손가락을 보았다. 명월관 지점에서 처음 만나던 때에 나는 그의 손가락에 적어도 두어 개 반지가 끼인 것을 보았거늘! 나는 아까 의심조차 한꺼번에 푼 듯싶었다.

'흥, 내가 반지를 해 줄까 하고?'

나는 속으로 '요년' 싶었다. 그러면서 해 주고 싶었다. 이 묵연(默然)의 욕망을 못 채워 주는 것이 남아(?)로 치욕인 듯하였다. 마음이 괴로워 견딜 수 없었다. 더 많은 것을 바라는 의사표시를 보기 전에 한시바삐 주려던 돈을 주었으면 하였다. 그러나 요리값이 얼마인지 알 수 없어 주저하고 있었다.

"고만 가요."

그는 후끈후끈 다는 뺨을 나의 어깨에 쓰러뜨리며 나의 마음을 안 듯이 소곤거렸다.

요리값은 8원 얼마이었다. 나는 남은 돈 20원을 쥔 주먹을 내어밀며,

"저어…… 이것 담배용에나 보태 쓰라."

라고, 목에 걸린 소리로 머뭇머뭇하였다. 그는 나를 물끄러미 바라보다가 고개를 흔들며 "싫어요, 싫어요."라고 부르짖었다.

"얼마 안 된다마는 정으로 받으렴, 돈이 아니고 정이다."

"기생은 돈 주어야 정 붙는 줄 언제부터 알았소. 흥, 돈! 돈! 기생년은 정을 정으로 못 찾고 돈으로 찾는담!"

하고 춘심은 한숨을 내쉬었다.

나는 어찌할 줄 몰랐다.

"홍, 돈이 정, 정이 돈! 기생년의 팔자란!"

춘심은 또 한 번 괴로운 한숨을 토하였다. 애달픈 슬픔에 싸인 그 뜨거운 입김이 마치 나의 심장을 스치는 듯하였다.

그도 사람이다, 여성이다. 시들고 곯아졌을지언정 그의 가슴에도 사사의 움은 있으리라. 지금 그 말은 연몰(煙沒)해 가는 사람의 애끊는 신음이리라. 나는 마치 그 사랑을 파악하려는 것처럼 그를 휩싸안았다. 나는 그의 가슴에 온미(溫味)와 고통을 느끼었다. 마치 그의 사랑이 나에게 이렇게 속살거리는 듯하였다.

"나는 다 식지 않았습니다. 오히려 봄날과 같이 따뜻합니다. 나의 숨은 아주 지지 않았습니다. 오히려 맥이 뜁니다. 오오! 나를 덥혀 주세요! 북돋워 주세요!"

그 말에 응하는 것처럼 나의 목소리도 소곤거렸다.

"덥혀 주고말고, 북돋워 주고말고, 아아 불쌍한 사랑의 넋이여!"

우리는 10분 동안 서로 떨어지지 않았다. 떨어진 뒤에도 우리는 어깨를 겨누고 같이 걸었다. 돌아온 데는 물론 그의 집이다!

그러나 나는 그의 망토 포켓 안에 지폐 두 장을 넣고 말았다.

9

내일 단성사 ××권번(卷番, 춘심의 다니는 조합) 온습회(溫習會)에서 다시 만남을 기약하고 나는 아침 늦게야 그의 집을 떠났다. 그만큼 대담스럽게도 되었다. 그만큼 애련(愛戀)도 깊었다. 5분 전에 잠깐 어디 나갔다 오는 사람같이 신추럽게 돌아왔다. 비난과 책망을 미연에 막기 위하여 엄연히 긴장한 얼굴로 건넌방에 들어왔다. 아내는 없었다. 그 대신 나의 책상 위에 무슨 글발이 있었다. 그것은 아내의 필적이었다.

전일에는 이 몸을 사랑하시옵더니 이제는 이 몸을 버리니 슬프고 애달픈 심사 둘 데 없사와 이 세상을 떠나려 하나이다. 이몸이야 죽사온들 아까울 것 없지마는 다만 뱃속에 든 어린것 불쌍코 가련하옵니다.

두루마기는 다리어 장 안에 넣어 두었으니 이몸 보는 듯이 입으시기 바라나이다. 길이 못 뵈올 것을 생각하온즉 죽어도 눈을 감을 수 없사외다. 다행히 모진 목숨이 끊어지지 않사오면 뵈옵고 첩첩이 쌓인 서러운 사정을 하소연할까 하옵니다.

나는 매우 감동되었다. 정말 유언장을 본 것같이 가슴이 찌르르하였다. 눈물이 핑 돌았다. 물론 거짓이고 희롱인 줄이야 모름이 아니로되 거짓이면서도 거짓이 아닌 듯싶었다. 희롱이면서도 희롱이 아닌 듯싶었다. 혹 사실이나 아닐는지!

"할멈! 아씨 어디로 가셨나?"

나는 마루로 뛰어나가며 허전허전하는 소리로 떨었다.

"몰라요! 왜, 방에 안 계세요."

밥을 먹는 듯한 할멈은 제 방에서 이렇게 대답하였다. 사실이나 아닐까.

나는 안방으로 주방으로 뒷간으로 허둥거리며 찾아다녔다. 아내의 그림자는 볼 수 없었다!

"아씨, 어디 가셨어. 어서 아르켜 달라니까 그래."

나는 광 속에 들어갔다 나오며 다시금 부르짖었다. 대답은 없고 히히 웃는 소리가 들리었다. 나는 곧 행랑방문을 열어 보았다.

"아씨가 여기 계실라고요."

할아범은 온 얼굴에 주름을 밀며 태평건곤(泰平乾坤)으로 빙그레하였다.

마침내 나는 다락 속에 숨은 아내를 발견하였다.

"여기 있구면!"

나는 죽은 이가 살아온 것처럼 반갑게 부르짖었다. '콜럼버스'가 신대륙을 발견한 때도 이만치 기쁘지 않았으리라. 아내는 웃으며 내려왔다.

"다락이 저승이야."

우리가 건넌방으로 단둘이 들어왔을 제 나는 웃으며 그를 조롱하였다. 은닉자도 방글방글 웃고만 있었다.

"그것이 무슨 짓이람. 유언을 써 놓았으면 죽을 것이지 왜 다락 속에 들어앉았담."

"왜 모진 목숨이 끊기지 않으면 다시 만나자 하지 않았어요."

하고 아내는 해죽 웃었다.

"이번은 그랬지만 한 번만 더 가 보아요. 정말 아니 죽나."

아내의 얼굴빛은 갑자기 바뀌어졌다. 슬픔의 그림자에 그의 얼굴은 그늘지고 말았다.

"참 그렇게 날 속일 줄은 몰랐습니다. 돈만 주고 열점 안으로 오신다 해 놓고 아니 오시는 데가 어디 있습니까…… 이제나 오실까 저제나 오실까 암만 기다리니 어디 오셔야지요. 새로 한점을 치고, 두점을 치고 석점을 치겠지요. 그제야 아니 오시는 줄 알았습니다. 자려도 잠은 아니 오고 그년을 쓸어안고 있는 꼴만 보이겠지요…… 참말 애닯고 슬퍼서 견딜 수 없었습니다. 고만 죽고 몰랐으면 하였습니다. 그래 요 앞 우물에 빠질까 하였습니다. 내가 한 것에 왜 남의 손을 대이랴 하고 밤중에 일어나 당신의 두루마기를 다렸습니다. 내 손에 옷 얻어입기도 이것이 마지막이다 하니……."

말을 마치지 못하여 그의 코가 연분홍색을 띠어 실룩실룩 경련하기 시작하였다. 그러자마자 두 줄기 눈물이 흰 선을 그리며 뺨으로 흘렀다.

뒤미처 투명한 액체는 흐르고 또 흐른다. 이것을 보고야 아무리 춘심의 지주망(蜘蛛網)에 감긴 나인들 어찌 그의 고충을 살피지 못하랴. 실행은 안했지만 사(死)를 생각한 것은 해보다도 명백한 일이다. 그런 생각이 든 것만큼 그의 속은 쓰렸으리라. 아팠으리라.

"울기는 왜, 울기는 왜."

라고, 나는 위로하였다. 그러나 나의 눈도 젖기 비롯하였다. 속눈썹에 뜨거운 눈물이 몰림을 느꼈다.

"또 가시렵니까, 또 가시렵니까."

이윽고 아내는 울음에 껄덕이며 다그쳤다.

"또 갈 리 있나, 또 갈 리 있나."

말뿐만 아니라 마음으로도 맹세하였다.

그러나 춘심과 만나자고 기약한 때는 왔다! 그 이튿날 저녁이다. 단성사에 갈까말까? 이것은 해결키 어려운 문제였다. 암만해도 가고 싶다. 가도 무방할 핑계를 얻으려고 애를 썼다. 단성사는 춘심의 집이 아니다. 공공의 구경터다. 춘심을 보러 가는 게 아니라 구경하러 가는 것이다. 또 이번 흥행은 ×× 양악대에 기부하기 위하여 우리 사(社)에서 주최한 것이니 가 보아야 할 의무가 있다. 누구가 나를 보더라도 춘심을 만나려고 오지 못할 데를 왔단 말은 아니할 것이다. 아니 가는 것이 도리어 남으로 하여금 이상하게 여기게 할 것이다. 또 춘심을 만날 기회는 이후라도 많을지니 보아도 수류운공(水流雲空)할 시련이 필요하다. 보기 위해서 가는 것이 아니라 정을 끊기 위해서 반드시 가 보아야 되리라.

이유는 얼마든지 있었지만 혼자 가기가 무엇하든 차 마침 C가 구경 가자고 왔다. 나는 즐거이 따라나섰다.

여덟점 가까이 되었을 때라 위층 아래층 할것없이 관람석은 입추의 여지도 없었다. 휘황한 불빛도 담배 연기와 사람의 입김에 흐리멍텅하였다. 나는 압박과 질식을 느끼었다.

나의 눈은 부인석에서 춘심을 찾고 있었다. 눈코는 분간할 수 없고, 분면(粉面)의 윤곽만 총총히 인형같이 꽂혀 있다. 모두 춘심이 같으면서 모두 아니었다.

"저 무대 뒤로 들어갑시다. 거기는 난로도 있고 차도 있으니, 그리고 구경하기도 좋을 터이지."

하고 C는 나를 그리로 끌었다. 거기에는 푸른 것, 붉은 것, 누른 것 가지 가지 의상이 눈을 현란케 하며 모두 비슷비슷한 기생이 우물우물하였다. 특별히 못생긴 것도 없고 특별히 잘난 것도 없었다. 향기는 고만두고 썩어 가는 몸과 마음의 송장 냄새가 그곳 일면에 자욱하였다. 나는 일종의 공포와 구역을 느꼈다. 그야말로 계집 냄새가 날 지경이었다. 그 가운데에도 춘심의 그림자는 보이지 않았다.

'이러다 춘심을 만나면 어찌할꼬?' 나는 문득 생각하였다. 만나면 또 알 수 없는 매력에 끌리지나 않을까. 아니 끌린다 하자. 그러면 보아서 무엇할 것인가, 멀리서 그도 나를 보고 나도 그를 본다. 보고 흩어진다. 쑥스러운 일이로다! 쑥스럽게 아니하려면 돌아가는 길에 술잔이나 나누어야 되리라. 적어도 인력거나 태워 보내야 된다. 그러하거늘 나의 주머니에는 벌써 쇠전 한 닢도 없었다. 만나면 큰일이다.

"고만 가요."

나는 C한테 턱없는 요구를 하였다.

"왔다가 구경도 아니하고 가잔 말이야."

춘심이와 탁 마주칠까 하는 공겁심(恐怯心)이 머리를 쳐들었다. 마음이 조마조마하여 견딜 수 없다. 몇 번 C를 졸랐건만 그는 내 말에 귀도 기울이려 아니하였다.

"가고 싶거든 혼자 가구려."

C는 마침내 성가신 듯이 말을 던지고 어느 기생과 이야기하기에 골몰하였다. 나는 하릴없이 또 머뭇머뭇하였다. 그럴 사이에 어째 건너편을 보고 나는 깜짝 놀랐다. 회색 망토에 까만 '하부다이'수건을 두른 춘심이가 어느 결엔지 거기 와 있다! 다행히 나는 저를 보았건만 저는 나를 못 알아본 모양이었다. 나는 불시에 돌아섰다. 무대로 드나드는 왼편 문은 잠겨 있다. 나가려면 춘심의 곁을 지나야 되겠다! 이야말로 진퇴유곡이다! 그래도 되든 말든 두판 집고 한번 나가나 보자. 나는 그리로 향하고 급히 걸었다. 일평생에 관계되는 중대한 일을 단행할 때처럼 나는 더할

수 없이 흥분하였다. 그는 나를 보았다. 둘의 거리는 한 자도 아니 된다. 마침 지나치는 사람은 많고 그곳은 좁았다. 나는 춘심에게 외면을 하고 사람 틈바구니에 휩쓸리어 쏜살같이 이 난관을 넘으려 하였다. 나 좀 보아요 하는 듯이 그는 살금살금 나의 외투자락을 잡아당겼다. 그 찰나에 나의 발길이 머뭇하려다 뒷사람에게 밀리어 획 빠져나왔다. 문간을 나섰다.

안심의 숨을 내쉴 겨를도 없이 후회가 뒤미쳤다. 범치 못할 죄악을 범한 듯하였다. 얼른 본 춘심의 얼굴은 전보다 십 배 백 배 더 아름다웠던 것 같았다. 그 가야금 병창을 못 견딜이만큼 듣고 싶었다. 도로 들어갈까? 문지기 보기가 부끄러워 그럴 수 없었다. 발이 뒤로 당길 듯하면서도 앞으로 앞으로 옮겨졌다. 가슴은 미친 바람에 뒤집히는 바다 모양으로 울렁거리었다. 머리는 벼락에 맞은 듯하였다. 어느 때 시작된지 모르는 빗줄이 얼굴을 때렸건만 찬 줄도 몰랐다. 분화산(噴火山) 모양으로 온몸이 뭉을뭉을 타는 듯하였다. 무슨 까닭인지, 나로는 알 수 없다. 심리학자는 설명하고 싶은 대로 하여라!

10

며칠 동안 발을 끊었다. 그러나 알 수 없는 무슨 힘이 나를 끌음을 어찌할 수 없었다. 그 힘은 어디 얼마나 달아나나 보자고 그가 나를 매놓은 실과 같았다. 달아나면 달아나는 대로 그 실은 풀리었다. 하되 잠깐 걸음을 멈추면 그 실은 차츰차츰 감기어 뒤로뒤로 이끌었다. 어느 때는 머리올같이 가늘고 가늘게 되어 이것이 터진다, 이것이 터진다, 고만 이리 와요, 이리 와요, 살근살근 달래며 마음이 간질간질하게 잡아당기기도 하였다. 어느 때는 쇠사슬 모양으로 굵고 튼튼하게 되어 이리 안 올 테야, 이리 안 올 테야, 위협하는 듯이 쭉쭉 집어채기도 하였다. 이편에서 버티는 힘이 부족하면 획 따라가는 수도 있다. 하루는 그 집 골목까지 따라간 일이 있다. 그 집 대문을 보자 "에, 뜨거라." 하고 나의 넋은 달음박질하였다. 바른길로 일없이 진고개를 올라갔다. 늘 하는 모양으로 책사(冊肆)에서 책사로 돌아다니다가 저물게야 수표교(水標橋)로 빠져 돌아오는 길이었다.

대관원(大觀園)에서 어떤 젊은 신사가 기생 하나를 데리고 나온 것을 보았다. 나의 맘은 다시 동요하였나니 그 기생의 걸음걸이며 뒷모양이 하릴없는 춘심이었음이라 나는 걸음을 재게 하였다 느리게 하였다 하며 요모조모 살피기를 마지않았다. 그 나붓이 늘어진 귀밑머리조차 천연 춘심이었다. 그럴 즈음에 그 기생은 힐끗 돌아보았다. 마치 내가 뒤따라옴을 아는 것처럼. 얼굴이 같을 뿐만 아니라 사죄하는 듯한 웃음조차 건네는 듯도 하였다. 나는 그 자리에 사라지는가 의심하였다. 그러나 내가 쏜살같이 그의 곁을 스치며 모든 것을 꿰뚫어보려는 일별(一瞥)로 그가 춘심이 아님을 간파하였다. 완전히 나의 착각임을 깨달았다.

나는 이런 일을 금방(金房) 은방(銀房) 앞에서, 전차 정류장에서 한두 번 겪지 않았다. 마치 나의 눈에 춘심이란 색안경이 끼여 도처에 춘심을 발견하는 것 같았다. 홀로 시각뿐만 아니다. 나의 관능이란 관능은 모두 그러하였다. 그 고소한 머리기름 냄새를 아내의 머리에서 맡기도 하였다. 그 야릇한 향기를 나의 소매에서 느끼기도 하였다. 그의 소리, 살, 냄새는 벌써 그의 전유물이 아니고 낱낱이 나의 속 깊이 잠겨 있는 듯하였다. 이 모든 것을 환원 작용으로 본 임자와 어우러지라고 발버둥을 하고 있거늘 그래도 끈을 떼었거니 하고 있었다. 정말 떼어졌을까? 보라! 어느 연회에서 다시금 만난 우리는 어찌 되었는가!

처음은 서로 눈인사만 교환하였다. 그리고 피차 모르는 사람 모양으로 시침을 떼고 있었다.

하건만 연회가 끝나고 요리점 문 밖을 나왔을 제 그의 손은 나의 손을 힘있게 쥐었다.

"어쩌면 그렇게 매정하십니까?"

그는 말을 꺼내었다. 얼마든지 비난을 하라는 것처럼 나는 빙글빙글 웃고만 있었다.

"돌아서신 줄은 나도 알았지만, 그렇게 아니 오실 줄은 몰랐어요. 그 이튿날 망토 속에 돈 20원 든 것을 보고 남자란 다 마찬가지이다. 이걸로 정을 끊는구나 하였지요……."

"아니 무엇 그런 것은 아니야. 저어……."

"남의 말을 좀 들어요…… 이것이 들어 남의 좋은 사이를 갈랐구나 하고 그 지전 두 장을 쪽쪽 찢어 버리고 싶었어요. 이다지도 남의 마음 쓰는 것을 모르는가 하니 야속해 견딜 수 없었어요. 어쩌면 내 마음을 알아 줄까…… 편지로나 세세사정(細細私情) 그려 볼까…… 별별 생각을 다 하다가 에라 치워라, 매몰스러운 사나이에게 내 속을 왜 빼앗기리 하고 한 발이나 되게 쓰던 편지를 갈갈이 찢어 버렸지요."

하고는 그때의 괴로운 한숨을 모아 두었다가 인제 쉰다는 듯이 길이길이 숨을 내쉬었다.

"요사이 조금 바빠서……."라고, 일종 '프라이드'를 느끼면서 나는 중얼거렸다.

"그런 말 말아요."

춘심은 성난 듯이 잡았던 손을 뿌리치며,

"마음에 있으면 꿈에라도 보인다고 아무리 바쁘기로니 잠시 잠깐 다녀갈 틈이야 없단 말입니까. 내가 미친년이지, 내가 미친년이야. 나 같은 것이 정이니 무엇이니 하는 게 개밥에 도토리지……."

"가고야 싶지만 어디 가겠던? 영업에 방해만 될 뿐이니……."

"내가 장사를 합니까. 영업이 무슨 영업이란 말씀이오. 그 이면 치레를 하는 것부터가 마음에 없어서 그러는 것이지요. 짜장 보고 싶어 보시오. 그런 생각이 나기는 하는가. 참 사나이라 다릅니다그려. 나는 암만 잊으려 해도 어디 잊혀집디까. 왜 만났던고, 하루도 몇 번을 후회를 하였는지 몰랐어요. 정이란 사람이 만든 것이지만 인력으로 못할 것은 정입

디다."

그의 손은 다시금 나의 손을 쥐었다. 문득 깨달으니 나는 벌써 그의 집 마당에 서 있었다.

11

마음의 방축은 고만 터지고 말았다. 유혹의 흐름은 거리낌없이 밀렸다. 이 물결 가운데는 싸늘한 이지와 뜨거운 감정이 서로 부딪고 서로 마주쳤건만 이지는 흔히 쩔쩔 끓는 열수(熱水)에 넣은 얼음조각 모양으로 사라졌다. 모든 것을 잊고 나는 종종 춘심을 방문하였다. 그 역시 언제든지 나를 환영하는 것 같았다.

"왜 그처럼 아니 오세요."

그는 중문간에서 마당으로 삐죽이 나타나는 나를 보자 빙그레 웃으며 이렇게 부르짖는 것이 항례(恒例)이었다.

"아까 왜 만나지 않았어."

어느 때는 내가 이렇게 대답할 경우도 있었다.

"참 그랬지요. 나는 깜빡 잊었지. 금방 보고도 금방 아니 본 것 같아요."

하고, 둘이 웃는 수도 있었다. 그리고는 밖이야 햇발이 따뜻하든 달빛이 밝든 밀장은 합문(合門)이 되었다. 사랑은 낙원을 지을 수 있다. 진세(塵世)의 아무런 풍치와 아무런 풍정도 이에 미칠 것이 무엇이랴! 거울같이 마주만 앉으면 그뿐이다! 말은 말끝을 좇고 웃음은 웃음 뒤를 이었다. 피차의 처지를 설명하자 오뇌(懊惱)도 하고 번민도 한다. 그러나 사랑으로 하여 하는 오뇌요 번민이라, 딴 일로 말미암은 그것보다 달랐다. 그것은 하고 싶어하는 때문이다.

"그런 생각을 다 하면 무엇합니까, 한시라도 재미있게 놀면 그뿐이지."

찰나주의자(利那主義者)인 그는 이렇게 끝을 맺고 가야금을 뜯기도 하였다. 이러다 돌아오는 날은 만족과 행복을 느끼었다.

물린 것이 아니지만 며칠 아니 보아도 참을 수 있었다. 하지만 어쩌 갔다가 못 만나면 하루도 두세 번을 가고 싶었다. 저나 나 무슨 고장이 생겨서 곧 아니 헤어질 수 없게 된 때도 그러하였다. 어머님이 밤 열점 반 차로 동래(東萊)에서 돌아오시던 날이었다. 정거장을 나가는 길에 나는 춘심의 집에 들렀다. 금심이가 있기 때문에 키스 한 번 못하고 나는 몸을 일으키는 수밖에 없었다.

"왜 벌써 가세요."

금심은 나에게 매달리며 모자 집으려는 팔을 막았다.

"아니 집에 가 보아야 될 일이 있다."

라고 대답하였다. 웬일인지 말소리가 내 귀에도 허전허전하는 것 같았다. 어쩌 춘심에게는 가야 될 사정을 말할 수 없는 것 같았다.

"애, 그만두어라. 오긴 어려워도 가긴 잘 가지. 만 날 천 날 간다, 간다."

라고 춘심은 새모록하게 긁어잡아당겼다. 모자는 썼건만 그 음향이 전기같이 나에게 끼치어 몸을 꼼짝도 할 수 없었다. 잠깐 답답한 침묵에 온 방 안 공기가 응결되는 듯싶었다. 금심은 물끄러미 쳐다보고만 있다. 춘심은 차마 가는 뒤꼴을 못 보겠다고 하는 듯이 고개를 푹 숙이고 있다. 시키시마(敷島)의 궐련을 빼어 입으로 그 담배를 불어 빼고 흰 종이로 볼록볼록하게 만들고 있다.

차라리 가지 말라고 나의 소매를 잡아당겼던들 이렇게 가기 어렵지 않으련만!

"아이고, 좀 붙잡으세요."

민망하였던지 금심이가 마침내 침묵을 깨뜨렸다.

"고만두어라. 양류(楊柳)가 천만홍인들 가는 임 어이하리."

라고 춘심은 노래부르는 어조로 한숨만 내쉬었다. 하건만 나를 쳐다본 애

끓는 정이 서린 추파는 무어라가 형용할 수 없는 느낌을 주었다. 다만 한 시간이라도 반 시간이라도 더 놀았으면 하였다. 그러나 기차 대일 정각은 이미 임박하였다. 마루까지 나오는 수밖에 없었건만 그와 작별치 않고는 차마 내려설 수가 없다. 나는 닫혔던 미닫이를 다시금 열었다. 그는 여전히 고개를 숙이고 있다. 오직 한 번이라도 나를 보아나 주었으면!

"그냥 가려니 발이 떨어지지 않는걸."

나는 진정을 농담으로 엄벙하였다. 그는 얼굴을 들었다. 하염없이 웃으며,

"아무리 무정한 님인들 작별이야 안할 수 없지."

하고, 일어서 나온다.

사람 눈 없는 어슴푸레한 마루에서 둘의 그림자는 하나이 되었다.

"밤에 볼일이 무슨 볼일이오?"

그는 물었다. 그 소리는 성난 듯도 하고 우는 듯도 하였다.

"어머님이 오늘 밤에 오신대. 시방 정거장에 나가는 길이야."

"진작 그런 말씀을 하실 게지. 그러면 어서 나가셔야 되겠구려."

하면서도 나를 놓지는 않았다. 더욱더욱 그의 몸이 달라붙음을 느끼었다. 나의 다리가 마루 끝에 내려서렬 적마다 무릎으로 막았다. 입으로 가지 말라는 것보다 그 몸짓의 말이 더욱 웅변이었다.

이윽고 나는 구두를 신었다. 그도 나를 따랐다. 중문과 대문 어간에서 우리의 그림자는 또 한 번 합하였다.

"어서 가세요."

"응."

"나는 어찌할꼬."

"일찍이 좀 자려무나."

나는 그가 녹주홍등(綠酒紅燈)에 시달리며 밤마다 밤마다 잘 잠을 못 자는 것을 생각하고 이런 말을 하였다.

"어디 잠이나 오나요. 어슴푸레하게 달은 비치고……."

그날은 봄의 기운이 벌써 뚜렷한 밤이었다. 담회색 구름은 연기같이 흐르고 있다. 무어라고 말할 수 없는 봄향기에 채운 이 공기, 이 정적, 이 박명(薄命), 더구나 베일에 감긴 처녀의 나체 같은 어스름달, 이 모든 것들에게는 비밀의 정열의 발효를 느낄 수 있었다. 봄마음으로는 잠이 아니 올 밤이다. 나도 한참 황홀하였다.

"참 가셔야지, 차 시간 늦을라."

하고, 그는 문득 감았던 팔을 풀었다.

"자아, 가십시다."

하면서, 그는 양인(洋人)이 하듯 내 팔을 얼싸끼고 께름한 발자국을 옮겼다. 그러면서,

"이러고 멀리멀리 갔으면."

이라고 꿈 꾸는 듯이 말을 하였다.

문득 전등 밑에서 우리는 떨어졌다.

"어서 들어가."

나는 한마디를 던지고 돌아섰다. 두어 걸음 가다가 뒤를 돌아다보니 그는 그대로 서 있다. 두 눈이 이상하게 빛나는 것 같다. 내 마음 탓인지 모르되 분명히 눈물이 도는 듯하였다. 몇 걸음 가다가 또 돌아보았다. 반만 대문 안 어둠 속으로 사라진 그의 초연히 돌아선 꼴이 눈에 띄었다. 그것이 아주 사라지자 청승궂게 부르는 노래 한 가락이 나의 뒤를 따라왔다.

욕망이난만(欲忘而難忘)이요, 불사이자사(不思而自思)로다. 갈 거(去) 자 서러 마라 보낼 송(送)자 나도 있다.

이런 뒤로는 더욱 깊어진 듯하였다.

12

어디서 술이 좀 취한 나는 열점 가까이 되어 웬걸 있으려고 하면서도
에멜무지로 그의 잠긴 중문을 두드리며 불러 본 일이 있었다.

"놀음 가고 없습니다."

아니나다를까 굵다란 남자의 소리가 이렇게 대답하였다. 하릴없이 발
을 돌리려 할 때였다.

"네에!"

이번에는 쇠된 여자의 목청이 들리었다. 금심의 소리리라. 짤짤 끄는
신 소리를 들을 겨를도 없이 중문을 열리었다.

시난고난이 드러누워 있는 춘심을 보았다. 핏기 하나 없는 샛노란 얼굴
에도 나를 반기는 웃음은 움직였다. 그리고 신음하는 소리를 떨었다.

"아이고 오세요, 오세요…… 나는 어제부터 이렇게 아파요…… 이럴
때 오셨으면 하던 차이에요."

나는 가엾어 못 견디겠다는 표정으로 그의 머리를 짚으며,

"어디가 그렇게 아프담…… 나는 없단 말을 듣고 곧 가려고 하였지
……."

라고 하였다.

"아버지께서 모르시고 그런 것이에요. 목소리가 당신 같길래 금심이더
러 나가 보아라, 아마 ××씬가 보다 하였어요."

제 아픈 것은 둘째치고 딴 것이 매우 마음에 키이는 것같이 변명하였
다.

"나도 그런 줄 알았어. 그런데 어디가 그렇게 아파?"

"무얼 몸살 좀 났는가 보아. 그것이야 어쨌든 요사이 왜 그리 안 왔
습니까? 어디가 아프면 당신 생각이 열 곱 스무 곱 더 나서 짜장 견딜 수
없습니다…… 암만한 제 마음을 아시겠소……."

그의 말마따나 나는 며칠 동안 그를 멀리 하였나니, 그것은 빈손으로 오기가 뻔뻔스럽고 추근추근하다는 생각 때문이었다. 나만 오면 딴 이의 부르는 것을 따는 것이 민망도 하였음이다. 더구나 홀대가 나를 기다리고 있다는 고통을 아니 느끼고 올 수 없었음이다. 그러나 어째 와서 보면 나의 예상은 노상 틀리었다. 그의 일거일동과 일빈일소(一嚬一笑) 어느 것에 나를 비난하는 무엇을 찾기 어려웠다. 오늘 역시 그러하였다.

"고맙군, 고마워. 그렇게 나를 생각해 주니……."

나는 참말 감사 안할 수 없었다.

"늘 저러겠다…… 참말이다? 고마울 게 무엇이에요. 어디 나리가 생각하라서 생각합니까. 절로 생각해지니, 생각하는 게지……."

"이랬든저랬든 고마우이, 이것은 참말이다."

"그래 참말이에요? 나리가 참말이라니 나도 참말을 좀 하리까? 나는 화류장에 노는 계집이올시다. 노는 계집이라 이 손님하고도 놀고 저 손님하고도 놉니다. 요리집에서 요리집으로 불리어 다닙니다. 번화하게 웃고 지냅니다. 그래도 때때로 외로운 생각이 들어요. 곧 울고 싶어요. 시체말로 나지미가 많으면 많을수록 어째 쓸쓸해서 견딜 수 없어요. 요새 문자로 꼭 한 사람에게 연애를 하였으면 하는 생각이 하루도 열 두 번이나 나겠지요."

그는 폐부에서 짜낸다는 어조로 이렇게 늘어놓았다. 온통 허위는 아닌 고백이리라. 참된 사랑을 할 수 없음은 위에 없는 심적 비극일 것이다. 환락의 맨 밑에는 비애가 가로누워 있음도 혹 사실일 것이다. 술에 물커지고 육(肉)에 해어진 백공천창(百孔千瘡) 뚫린 넋의 신음을 나는 듣는 듯싶었다. 춘심은 말을 이었다.

"나리를 알게 되자, 어찌 전일(前日)에 생각하던 대로 된 것 같아요…… 그런데 웬일인지 더욱 애닯고 슬퍼서 어찌할 수 없었습니다. 그전 슬픔은 여기에 대면 아무것도 아니었습니다. 나리를 보면 웃음은 나오면서도 가슴이 메어지는 듯하여요. 고만 죽었으면 하는 생각이 들어요. 나리를 아삭아삭 물어뜯고 싶겠지요. 그러나 물어뜯기는 건 제 가슴이지요. 독한 벌레에게나 쏘인 것처럼 쓰리고 아팠어요. 이것이 무슨 까닭인지 ······.”

이 피를 뿜는 듯한 언언구구(言言句句)가 단 쇠끝 모양으로 나의 가슴에 들어박혔다. 따근따근한 고통을 느끼면서 신랄한 쾌감을 맛보았다. 나도 그를 지근지근 물어 주고 싶었다. 물지는 못할망정 나의 입술은 그의 입술을 열렬하게 빨고 있었다. 그 위에 핀 키스의 꽃을 뿌리째 뽑아 버리려는 것처럼······ 이윽고 뜨뜻한 무엇이 나의 얼굴에 축축하게 젖음을 느끼었다. 나는 낯을 떼었다. 그는 울고 있다. ‘다이아몬드’ 알맹이 같은 눈물방울이 번쩍이는 그의 속눈썹에 송송 솟는 것을 보았다. 나는 다시금 그를 움켜안았다······.

“놓아 주세요, 놓아 주세요.”

하고 얼굴을 돌리며 눈물을 씻는다.

“헤프게도······ 웃지나 말아 주세요. 속없는 년이라고 웃지나 말아 주세요······ 일없는 사나이의 우는 꼴을 볼 때 미쳤다, 울기는 왜 울어, 하고 속으로 웃는 일이 있습니다. 그 품앗이로 오늘은 내가 울고 나리가 웃겠지요!”

하고 울음을 멈추려고 한동안 애를 쓰다가 암만해도 못 참겠다 하는 듯이 흑흑 느끼며,

“나같이 못난 것 생각 마시고 부모 봉양이나 잘 하세요. 처자나 잘 기르세요. 아까운 청춘에 이런 데 다니시지 마시고 만 사람이 우러러보게 잘 되십시오. 나는 진정으로 나리께 바라는 것은 이것뿐입니다. 나도 이를 악물고 나리를 잊겠습니다······ 아아, 우리가 왜 알게 되었던가······ 다시 오시지 말아 주세요. 내 눈에 보이지 말아 주세요. 나에게는 아버지가 있습니다. 딸자식 하나만 바라는 불쌍한 아버지가 있습니다. 그의 노경(老境)을 편안히 지낼 만한 거리를 아니 장만하고는 내 몸이라도 내 몸이 아닙니다. 어제도 딴 년처럼 사나이 삿갓 못 씌운다고 야단을 만났

습니다…… 내 한 몸 같으면…….”

말끝은 오열에 멈춰지고 말았다. 마침 그때였다. 중문 흔드는 소리가 요란히 들리었다. 춘심을 데리러 또 인력거가 왔다. 옆방에 있던 금심은 나갔다 들어왔다. 춘심은 눈물을 숨기었다.

“저어…….”

금심은 나를 보고 매우 말하기 어려운 듯이,

“저어…… 김 승지 영감이 식도원에서…….”

“아파서 못 간다 하려무나.”

금심이가 미처 대답하기 전에 위협하는 듯한 차부의 소리가 가로질렀다.

“그러지 말고 가세요, 김 승지 영감이 부르세요. 또 올걸입시오.”

“아픈 데 어찌 간단 말인가.”

“꼭 모시고 오래요, 괜히 남 걸음 시키지 마시고.”

“웬만하면 가 보게그려.”

나는 곁에서 말참여를 하였다.

이 김 승지란 자는 나의 가장 위험한 경쟁자이었다. 춘심의 말에 의지하면 궐자(厥者)는 1년 전부터 자기에게 마음을 두어 가용(家用)도 대주고 세간도 장만해 주었으되 상관(相關)(?)은 없었다. 궐(厥)은 서울에서 굴지하는 부호의 장자이니 재산은 유여하지만 그 인물에 이르러서는 영(零)이었다. 그 검고 얽은 얼굴이란 보기만 하여도 지긋지긋하되 돈 하나로 말미암아 괄시할 수 없는 손님이었다. 빚 6천 원 갚아 주고 5천 원짜리 집 사 준다는 조건 밑에 궐은 춘심을 떼어들이려는 중이었다. 금력으로 싸울 수는 없다. 인격이나 사랑으로 대항하려는 나는 궐이 부른 줄 알면 피해 주는 것이 항례이었고 가기 싫다는 것을 가 보라고 권한 적도 있었다. 그러나 궐자로 말미암아 우연의 길운(吉運)과 초자연의 기행(奇幸)을 믿게 되어 습득횡령(拾得橫領)을 꿈 꾼 것만 여기 자백해 두자. 춘심은 버티고 가지 않았다.

얼마 아니 되어 궐자가 친히 왔다. 금심이가 미닫이를 열자 춘심은 일 어앉으며 인사하였다.

"어디가 그리 아프담."

"어째 몸도 아프고 머리도 아프고……."

"예끼, 몸살이 난 게로군. 그런 줄 모르고 나는 식도원에서 요리를 시 켜 놓고 불렀지. 시킨 요리를 퇴할 수도 없고 또 혼자야 먹을 수 있나. 그 래 이리 가져오라 하였지."

"아이고 그렇습니까, 퍽도 미안합니다. 좀 올라오시지요."

"손님이 계신데…… 나 곧 갈 터이야."

나의 피는 혈관에서 불을 피우며 미쳐 날뛰었다. 어떻게 생긴 놈인지 상판이라도 보고 싶었다. 그리고 춘심의 앞에서 보기좋게 모욕해 주고 싶 은 잔혹한 생각이 불같이 일어났다. 그래서 나의 관대와 아량을 보이는 듯이,

"아니 관계없습니다. 들어오시지요."

라고 하였다.

"네, 고맙습니다. 곧 가겠습니다."

간다면서도 가지 않았다. 궐과 나는 한참 버티고 있었다. 그럴 사이에 요리상 온다는 것이 나의 용기를 꺾었다. 그것 오기 전에 나는 이 자리를 아니 떠날 수 없었다.

"더 노시다가 가시지요."

춘심은 미안해 못 견디는 듯이 말을 하였다.

"신진대사라니 먼저 온 사람은 가야지."

라고 점잖은 말을 하고 나왔다. 마루에 걸터앉은 이 경쟁자를 해치고 싶 어 나는 전신을 떨었다.

"똑 내가 가야 들어가시겠습니까?"

하고, 나는 눈살로 궐자를 쏘며 웃음 속에 도전의 칼날을 빛내었다.

"이것 안되었습니다. 매우 미안합니다."

하고, 궐자도 홍소(哄笑)하며 눈의 불을 흘리었다. 궐의 얼굴은 마치 이글이글 타는 숯불 위에 놓여 있는 불고기 덩이 같았다. 모르면 모르되 나의 얼굴빛도 그러하였으리라. 어찌하였든 나는 밀리어나왔다. 패배하고 말았다. 분해서 견딜 수 없다. 다시 들어가, 아까는 내가 나갔으니 인제는 노형이 나가시오 하고도 싶었다. 그것보다 딴사람을 들여보내 들부수는 것이 나으리라 하고 나는 미친 듯이 달음박질하였다. C의 여관 문을 두드렸다. C는 없었다. 나는 밤이 깊어 가는 줄을 모르고 다방골 근처를 빙빙 돌며 헛되이 보복 수단을 강구하고 있었다.

　그런 창피를 당했으면 다시는 그의 집에 아니 갈 것이련만 나는 마치 흉한에게 빼앗겼던 애인의 안부를 살피려는 것처럼 그 이튿날도 춘심을 방문하였다. 이만큼 나는 춘심에게 정신을 잃게 되었다.

　13

　나는 임질에 걸리고 말았다. 공교하게 그 몹쓸 병은 옮았을 그때로 나타나지 않고 며칠 후에야 증세가 드러났다. 거의 행보를 못할이만큼 남몰래 아팠다. 춘심으로 하여 이런 고통을 겪건만 조금도 그가 괘씸치 않았다. 나의 머리는 아주 이지적이었다. 그야 무슨 죄이랴. 짐승 같은 남자 하나가 그의 정조를 유린하고 그의 육체를 다독(茶毒)하였다. 저도 모를 사이에 그 독균은 또 다른 남자에게로 옮겨갔다. 저주할 것은 이 사회이고 한할 것은 내 자신이라 하였다. 그러나 그의 집에 가기는 싫었다. 한 일주일 후이리라. 내가 사에서 돌아오니 마당에 이불이 널리고 농짝이 들내어 있었다. 그날은 춘기 대청결이었다.

　어머님이 나를 보고 웃으시면서,

　"건넌방에 가 보아라, 춘심의 부고가 와 있다."

라고 하셨다. 어머님도 물론 그 일을 아셨다. 처음은 야단도 치셨지만 엎지른 물을 담을 수 없고 어머님 오기 전 아내가 거짓 유언을 쓴 뒤로부터

는 춘심의 집에 간대도 온밤을 새운 일은 없으므로 그들은 모두 나에게
알면서 속고 있었다.

나는 가슴이 조금 뜨끔하면서도 웃으며,

"공연히 거짓말 마세요. 부고가 무슨 부고예요."

"아니 가 보아. 내가 거짓말인가."

나는 이상하게 생각하면서도 말씀대로 하였다. 이것이 웬일인가? 전일
(前日)에 얻어 온 춘심의 사진이 갈기갈기 찢기어 있다! 그의 참혹히 죽
은 시체나 본 것처럼 간담이 서늘하였다. 칼로 에어 내는 듯한 슬픔을 느
끼었다. 그러자 뒤미처 불덩이 같은 의분(?)이 치받쳐올랐다. 묻지 않아
도 아내의 소위인 줄 알 겨를도 없이 알았다. 지난날의 모든 현숙(賢淑)
으로 할지라도 이 악행을 기울 수 없었다. 아니다. 착하다고 믿었던 때문
에 더욱 용서할 수 없었다. 이 잔인한 학살자(?)를 찾아 원수를 갚으려
고 나는 맹연히 문을 차고 나왔다.

범죄자는 머리에 흰 수건을 쓰고 마루에서 무엇을 치우고 있었다. 나는
그를 잡아먹을 듯이 노려보며 독하게 소리를 질렀다.

"그것이 무슨 짓이야. 무슨 고약한 짓이야. 천하 못된 것 같으
니……."

그는 나를 어이없이 쳐다보다가 같이 성을 내며,

"무엇이요, 그까진 년의 사진 좀 뜯으면 어때요. 야단칠 일도 퍽도 없
는가 보다."

그가 이렇게 들이대기는 오늘이 처음이었다. 분노는 비등하였다. 나는
성을 어찌할 줄 몰라 침을 부글부글 흘리며 더듬거렸다.

"무엇이 어쩌고 어째? 뜯으면 어떠냐?"

"어때요, 그런 개 같은 년……."

저편도 씨근거렸다. 푸르족족해진 입술이 바르르 떨고 있다.

허파가 벌컥 뒤집히는 듯하였다. 숨이 칵 막힘을 느끼자 문득 때아닌
눈물이 핑그르 눈초리에 넘치었다.

나는 모든 것을 잃은 까닭이다! 이날 이때까지 나의 사랑하는 아내가 이런 계집일 줄이야 꿈에도 생각지 못한 까닭이다. 아아, 나는 어찌할까?

"몰랐다. 몰랐다. 그런 계집인 줄을 참말 몰랐다. 왜 춘심이가 개 같은 년이야! 너보다 몇 곱이 나을지 모르지. 그의 사진을 왜 뜯어? 그 사진을 왜 뜯어? 둘도 없는 나의 애인이다! 이 세상에서 참으로 나를 사랑하는 이는 오직 그 하나뿐이다! 참 착한 여자다! 어진 여자다! 말이 기생이지 참말 지상 선녀이다. 왜 내가 그에게 아니 갔던고? 왜 아니 갔던고? 나는 가련다. 그에게로 나는 가련다."

나는 흥분에 겨워 시나 읊조리는 어조로 눈물 소리를 떨었다.

"가지, 누가 못 가게 하나. 아주 끌려 덮여졌구면!"

아내는 어디까지 냉랭하였다.

나는 집을 뛰어나왔다. 미친 듯이 춘심에게로 달렸다. 문간에서 금심을 만났다. 그는 조금도 반기는 빛이 없었다.

"형 있니?"

"어제 살림 들어갔어요."

하고, 금심은 입을 삐죽하고 고만 안으로 사라졌다.

남겨 놓은 그 한마디 말은 비수같이 나의 심장을 찔렀다. 이때야말로 어안이 벙벙하였다. 한동안 화석(化石)과 같이 우두커니 서 있었다. 하늘도 무너지고 땅도 꺼지는 듯하였다.

눈앞이 캄캄하였다. 하건만,

"흥, 살림을 들어갔다."

라고 소곤거리고 돌아서는 수밖에 없었다.

집 잃은 어린애나 같이 속으로 울며불며 거리로 거리로 방황하였다. 그러다 하릴없이 집으로 돌아왔건만 집에서는 또 얼마나 무서운 사실이 나를 기다리고 있었는지!

아내는 요강에 걸터앉아 온몸을 부들부들 떨고 있다. 차마 볼 수 없이 새빨갛게 얼굴을 찡그리고 있다. 그 눈에서는 고뇌를 못 이기는 눈물이 그렁그렁하였다.

나는 모든 것을 깨달았다. 병독(病毒)은 벌써 그의 순결한 몸을 범한 것이다. 오늘 청결하느라고 힘에 넘치는 격렬한 일을 한 까닭에 그 증세가 돌발한 것이다! 춘심의 사진을 처음 볼 때에 웃고만 있던 그로서 그것을 찢게 된 신산(辛酸)한 심리야 어떠하였으랴!

그의 태중에는 지금 새로운 생명이 움직이고 있다. 결과가 어찌 될까?

싸늘한 전율에 나는 전신을 떨었다. 찡그린 두 얼굴은 서로 뚫을 듯이 마주보고 있었다. 육체를 점점이 썩어들어가는 모진 독균의 거취를 살피려는 것처럼.

그리고 나는 독한 벌레에게 뜯어먹히면서 몸부림을 치는 어린 생명의 약한 비명을 들은 듯싶었다.

할머니의 죽음

〈조모주 병환 위독〉

3월 그믐날 나는 이런 전보를 받았다. 이는 ××에 있는 생가(生家)에서 놓은 것이니 물론 생가 할머니의 병환이 위독하단 말이다. 병환이 위독은 하다 해도 기실 모나게 무슨 병이 있는 게 아니다. 벌써 여든둘이나 넘은 그 할머니는 작년 봄부터 시름시름 기운이 쇠진해서 가끔 가물가물하기 때문에 그 동안 자손들로 하여금 한두 번 아니게 바쁜걸음을 치게 하였다. 그 할머니의 5년 맏인 양조모(養祖母)는 갑자기 울기 시작하였다.

"아이고…… 이승에서는 다시 못 보겠다. 동서라도 의로 말하면 친형제나 다름이 없었다. 60년을 하루같이 어디 뜻 한번 거슬러 보았을까……."

연해연방 이런 넋두리를 섞어 가며 양조모는 울었다. 운다 하여도 눈가장자리가 붉어지고 목소리가 떨릴 뿐이었다. 워낙 연만한 그는 제법 울음답게 울 근력조차 없었다.

"그래도 그 할머니는 팔자가 좋으시다. 자손이 늘은 듯하고…… 아이고."

끝으로 이런 말을 하며 울음이 한숨으로 변하였다. 자기가 너무 수
(壽)한 까닭으로 외동자들을 앞세워 원이 되고 한이 되어 노상 자기의 생
을 저주하는 그는 아들이 둘(본래 셋이더니 그 중에 중부(仲父)가 일찍이
돌아갔다), 직손자가 여덟이나 되는 그 할머니를 언제든지 부러워하였다.

"지금 돌아가시면 호상(好喪)이지. 아드님이 백발이 허연데……."

라고, 양모(養母)도 맞방망이를 치며 눈을 멍하게 뜬다. 나도 과연 그렇
기도 하겠다 싶었다.

나는 그날 ×차로 ××를 향하고 떠났다.

새로 석점이 지나 기차를 내린 나는 벌써 돌아가시지나 않았나고 염려
를 마지 않으며 캄캄한 좁은 골목을 돌아들어 생가(生家)의 삽짝〔柴扉〕
가까이 다다를 제 곡성이 나는 듯하여 마음이 조마조마하였다. 하지만 다
행히 그 불길한 소리는 들리지 않았다. 삽짝은 빠끔히 열려 있었다.

마당에 들어서니 추녀 끝에 달린 그을음 앉은 괘등(掛燈)이 간 반밖에
아니 되는 마루와 좁직한 뜰을 쓸쓸하게 비추고 있었다. 우물 둑과 장독
간의 사이에 위는 거적으로 덮고 양 가는 삿자리로 두른 울막을 보고 나
는 가슴이 덜컹하고 내려앉았다. 상청(喪廳)이 아닌가…….

그러나 나의 어림의 짐작은 틀리었다. 마루에 올라선 내가 안방 아랫방
에서 뛰어나온 잠 못 잔 피로한 얼굴들에게 이끌리어 할머니의 거처하는
단간 건넌방으로 들어가니 할머니는 깔아진 듯이 아랫목에 누웠으되 오히
려 숨은 붙어 있었다.

그 앞에 앉은 나를 생선의 그것과 같은 흐릿한 눈자위로 의아롭게 바라
본다.

"얘가 누굽니까? 어머니, 얘가 누구입니까?"

예안(禮安) 이씨로, 예절 알기와 효성 있기로 집안 중에 유명한 중모
(仲母)는 나를 가리키며 병자의 귀에 대고 부르짖었다.

"몰라……."

환자는 담이 그르렁그르렁하면서 귀찮은 듯이 대꾸하였다.

"제가 누구입니까, 할머니!"

나는 그 검버섯이 어룽어룽한 뼈만 남은 손을 만지며 물어 보았다. 나의 소리는 떨리었다.

"저를 모르시겠습니까? 제가 ××이 아닙니까."

"응, 네가 ××이냐……."

우는 듯이 이런 말을 하고 그윽하나마 내가 잡은 손에 힘을 주는 듯하였다. 그 개개 풀린 눈동자 가운데도 반기는 빛이 역력히 움직였다.

할머니의 병환이 어젯밤에는 매우 위중해서 모두 밤새움을 한 일, 누구누구 자손을 찾던 일, 그 중에 내 이름도 부르던 일, 지금은 한결 돌린 일…… 온갖 것을 중모는 나에게 알려 주었다.

나는 그날 밤을 누울락앉을락, 깰락졸락 할머니 곁에서 밝혔다. 모였던 자손들이 제각기 돌아간 뒤에도 중모만은 할머니 곁을 떠나지 않았다. 불교의 독신자인 그는 잠 오는 눈을 비비기도 하고 기침으로 목청을 가다듬기도 하면서 밤새도록 염불을 그치지 않았다. 그 소리는 적적한 새벽녘에 해로가(薤露歌)와 같이 처량히 들렸다. 나는 새삼스럽게 그 효심의 지극함과 그 정성의 놀라움에 탄복하였다.

아침 저녁으로 각지에 흩어져 있는 자손들이 모여들기 시작하였다. 방이라야 단지 셋밖에 없는데 안방은 어머니, 형수들이 점령하고 뜰 아랫방 하나 있는 것은 아버지, 삼촌, 당숙들에게 빼앗긴 우리 젊은이 패, 사육촌 형제들은 밤이 되어도 단 한 시간을 눈붙일 곳이 없었다. 이웃집과 누누이 교섭한 끝에 방 한 칸을 빌려서 번차례로 조금씩 쉬기로 하였다. 이 짧은 휴식이나마 곰비임비 교란되었나니 그것은 10분들이로 집에서 불러들이는 까닭이다. 아버지와 삼촌네들의 큰심부름 잔심부름도 적지 않았지만 할머니 곁에 혼자 앉은 중모의 꾸준한 명령일 때가 많았다. 더욱이 밤새 1시에나 2시에나 간신히 잠을 들어 꿀보다 더 단잠이 온몸에 나른하게 퍼진 새벽녘에 우리는 끄들리어 일어나는 수밖에 없었다.

"할머님 병환이 이렇듯 위중하신데 너희는 태평치고 잠을 잔단 말이냐?"

우리가 건넌방에 들어서면 그는 다짜고짜로 야단을 쳤다. 그 중에도 가장 나이 어리고 만만한 내가 이 꾸중받이가 되었다. 인정사정없는 그의 태도가 불쾌는 하였지만 도덕적 우월을 빼앗긴 우리는 대꾸 한마디 할 수 없었다.

"다들 뭐란 말이냐. 나는 한 달이나 밤을 새웠다. 며칠들이나 된다고."

졸음 오는 눈을 비비는 우리를 보고 그는 자랑스럽게 또 이런 꾸중도 하였다.

'놀라운 효성을 부리는 게 도무지 우리 야단칠 밑천을 장만하는 게로구나.'

나는 속으로 꿀걱꿀걱하며 이런 생각을 하였다.

한번은 또 그의 명령으로 우리는 건넌방에 모여들었다. 그 방문은 열어제치었는데 문지방 위에 할머니의 지팡이가 놓이고 그 밑에 또 신으시던 신이 놓여 있었다. 방 안 할머니의 머리맡에는 다라니(陀羅尼)가 걸려 있다.

'할머니가 운명을 하시나 보다!'

우리는 번개같이 이런 생각을 하며 할머니 곁으로 다가들었다. 그는 담을 그르렁그르렁 거리며 혼혼히 누워 있었다. 중모는 흐르는 눈물을 걷잡지 못하며 그의 귀에 들이대고 울음소리로 아미타불과 지장보살을 구슬프게 부르짖고 있었다.

한동안 엄숙한 긴장이 여기 있었다, 모두 같은 일을 기대하면서.

10분! 20분! 환자의 신상에는 아무 별증이 나타나지 않았다.

"아마, 잠이 드신 모양입니다."

이윽고 아버지가 이 긴장한 침묵을 깨뜨렸다. 그리고 중모를 향하여,

"잠 주무시게시리 염불을 고만 뫼십시오."

하고 나가 버렸다. 그 뒤를 따라서 빽빽하게 들어섰던 자손들이 하나씩 둘씩 헤어졌다.

그래도 눈물을 섞어 가며 염불을 말지 않던 중모가 얼마 뒤에 제물에 부처님 찾기를 그치었다. 그리고 끝끝내 남아 있던 나에게 할머니가 중부가 왔다고 하던 일, 자기를 데리러 교군이 왔다던 일, 중모의 손을 비틀며 어서 가자고 야단을 치던 일을 이야기하였다. 그러다가 숨구멍에서 무엇이 꿀꺽하더니 그만 저렇게 정신을 잃으신 것을 설명해 듣기었다.

그날 저녁때에 할머니는 여상히 깨어나셨다. 이런 일이 한두 번이 아니었다. 몇 번이나 신과 지팡이가 놓였다 치였다, 다라니가 벽에 걸리었다 떼였다 하였다. 그러는 동안에 자손의 얼굴은 자꾸자꾸 축이 나 갔었다. 말하기는 안 되었지만 모두 불언중에 할머니가 하루바삐 끝장나기를 기다리고 있었다. 관조차 마추어서 칠까지 먹여 놓았다. 내가 처음 오던 날 상청(喪廳)이 아닌가고 놀랐던 그 울막도 이 관을 놓아 두려는 의짓간이었다.

그러하건만 할머니는 연해 한모양으로 그물그물하다가 또 정신을 차리었다. 아니 정신이 돌아오는 때가 도리어 많아 간다. 자기 앞에 들어서는 자손들을 거의 틀림없이 알아맞혔다.

그리고 가끔 몸부림을 치면서 일으켜 달라고 야단을 쳤다. 이럴 때 중모는 거북스럽게도 염불을 모시었다.

"어머니 어머니, 가만히 계세요. 가만히 계세요."

그는 몸부림하는 할머니를 제지하면서 이렇게 타일렀다.

"저를 따라 염불을 뫼셔요. 나무아미타불, 나무아미타불."

"나 일어날란다."

"에그, 왜 그리세요. 가만히 계세요, 제발 덕분에. 나무아미타불, 나무아미타불……."

"나무아미타불, 나무아미타불."

할머니는 마지못하여 중모를 따라 두어 번 입술을 달싹달싹하더니 또 얼굴을 찡그리며 애원하는 어조로 "인제 고만 뫼시고 날 좀 일으켜다고. 내 인제 고만 가련다."

"인제 가세요! 가만히 누워 계시지요. 왜 일어나시긴. 나무아미타불 …… 왕생극락…… 나무아미타불……."

할머니는 귀찮아 못 견디겠다는 듯이 팔을 내어저으며,

"듣기 싫다, 염불 소리 듣기 싫다! 인제 고만 해라."

하며 몸을 일으키려고 애를 쓴다.

"그게 무슨 말씀입니까."

중모는 질색을 하며 더욱 비장(悲壯)하게 부처님을 찾았다.

"듣기 싫다! 듣기 싫어. 나는 고만 갈 테야."

할머니는 또 이렇게 재우쳤다.

나는 이 광경을 보고 적이 의외의 감이 있었다. 할머니는 중모보다 못하지 않은 불교의 독신자이다. 몇십 년을 하루같이 새벽마다 만수향을 켜놓고 염불 모시기를 잊지 않은 어른이다. 정신이 혼혼된 뒤에도 염주 담은 상자와 만수향만은 일일이 아랑곳하던 어른이다.

"……하루에도 만수향을 세 갑 네 갑 켜시겠다. 금방 사다 드리면 세 개씩 네 개씩 당장 다 켜 버리시고 또 안 사 온다고 꾸중이시구나……."

작년 가을 내가 귀성하였을 제 계모가 웃으며 할머니의 노망 이야기를 하는 가운데 만수향 켜는 것을 그 하나로 헤아렸다.

그러하던 할머니가 왜 지금 와서 염불을 듣기 싫다는가? 그다지 할머니는 일어나고 싶으신가? 죽어 가면서도 일어나려는 이 본능 앞에는 모든 것이 권위를 잃는 것인가?

"저렇게 일어나시려니 좀 일으켜 드리지요."

나는 보다 못해 이런 말을 하였다.

"안 된다, 일으켜 드릴 수가 없다. 하도 저러시길래 한번 일으켜 드렸더니 어떻게 아파하시는지 차마 뵈올 수가 없었다."

"어째 그래요?"

나는 이렇게 반문하였다. 이 반문에 대한 중모의 설명은 더욱 놀라운 것이었다.

할머니가 작년 봄부터 맑은 정신을 잃은 결과에 늙은이가 어린애 된다고, 뒤를 가리지 않게 되었다. 게다가 이 두어 달 전부터 물을 자꾸 청해 잡수시고 옷에고 욧바닥에 함부로 뒤를 보았다. 그것을 얼른 빨아 드리지 못한 때문에 제물에 뭉쳐지고 말라붙은데다가 뜨거운 불목에 데이어 궁둥이 언저리가 모두 벗겨졌다. 그러므로 일어나려면 그곳이 당기고 박이어 아파하는 것이라 한다.

이 말을 들은 나는 할머니를 모로 누이고 그 상처를 보았다. 그 자리는 손바닥 넓이만치나 빨갛게 단 쇠로 지진 듯이 시커멓게 벗겨졌는데 그 위에는 하얀 테가 징그럽게 끼었고 그 가장자리는 독기를 품고 아른아른히 부르터올라 있다.

나는 차마 더 볼 수가 없었다. 이것이 무슨 일인가! 양조모(養祖母), 양모(養母)가 부러워하던 늘은 듯한 자손은 다 무엇을 하고 우리 할머니를 이 지경이 되게 하였는가? 왜 자주 옷을 갈아입혀 드리며 빨아 드리지 못하였는가? 이 직접 책임자인 계모가 더할 수 없이 괘씸하였다.

그러나 가만히 생각해 보면 그를 그르다고도 할 수 없다. 위에도 말하였거니와 할머니가 이리 된 지는 하루이틀이 아니다. 벌써 몇달이 되었다. 이 긴 시일에 제아무리 효부(孝婦)라 한들 하루도 몇 번을 흘리는 뒤를 그때 족족 빨아 낼 수 없으리라. 더구나 밤에 그런 것이야, 일일이 알 수도 없으리라. 하물며 계모는 시집 오던 첫날부터 골머리를 앓을이만큼 큰 병객이다. 병명은 의원을 따라 혹은 변두머리라고도 하고 혹은 뇌진이라고도 하고 혹은 선천부족(先天不足)이라고도 하였지마는 하나도 고쳐 주지는 못하였다. 삼십이 될락말락하건만 육십이나 칠십이 다 된 노인 모양으로 주야장천 자리 보전하고 누워 있는 터이다. 제 몸이 괴로우니 모든 것이 싫은 것이다. 그리고 나까지 아우르면 아버지 슬하에 아들만 넷이나 되건마는 지금 육십 노경에 받드는 어느 아들, 어느 며느리 하나이 없다. 집안이 넉넉지 못한 탓으로 사방에 흩어져서 제 입 풀칠하기에 눈코를 못 뜨는 까닭이다.

이 책임을 누구에게 돌릴까? 나는 알 수가 없었다. 쓴 물만 입 안에 돌 뿐이다.

그후에 또 이런 일이 있었다. 어느 때 내가 할머니 곁에 갔을 적이었다. 할머니는 그 뼈만 남은 손으로 나의 손을 만지고 있었다.

"××아, ××아."

할머니는 문득 나를 불렀다.

"인제는 다시 못 보겠다, 인제는 다시 못 보겠다."

"왜 그런 말씀을 하십니까?"

"인제 내가 안 죽니, 그런데 너, 내 청 하나 들어 주겠니?"

"네? 무슨 말씀입니까?"

"나, 나 좀 일으켜 다고."

나는 눈물이 날 듯이 감동하였다. 어찌 차마 이 청을 떼칠 건가. 나는 다짜고짜로 두 손을 할머니 어깨 밑으로 넣으려 하였다. 이것을 본 중모는 깜짝 놀라며 나를 말렸다.

"얘, 네가 왜 또 그러니, 일으켜 드리면 아파하신대두 그애가 그리네."

"그때 약을 사다 드렸으니 그 자리가 인제는 아물었겠지요."

나는 데었단 말을 듣던 그날 약 사다 드린 것을 생각하고 이런 말을 하였다.

"아니야, 아직 다 낫지 않아. 오늘 아침에도 일으켜 드렸더니 몹시 아파하시더라."

나는 주춤하였다. 할머니의 앓는 것이 애처로웠음이다.

"어머니! 어머니! 가만히 누워 계세요, 네? 일어나시면 아프십니다."

중모는 또 자상히 타이르듯 말하였다. 할머니는 물끄러미 나와 중모를 번갈아보시더니 단념한 듯이 눈을 감았다. 한참 앉아 있다가 나는 몸을 일으켰다. 이때에 할머니가 눈을 번쩍 뜨며 문득,

"어데를 가?"

라고 물었다. 나는 주춤 발길을 멈추었다. 할머니는 퀭한 눈으로 이윽히 나를 쳐다보더니 무엇을 잡을 듯이 손을 내저으며 우는 듯한 소리로,

"서방님! 제발 나를 좀 일으켜 주십시오. 서방님, 제발 나를 좀 일으켜 주십시오."라고 부르짖었다.

"에그머니! 그게 무슨 말입니까? 그애가 ××이 아닙니까. 서방님이 무엇이에요."

중모는 바싹 할머니에게 다가들며 애처롭게 알으켜 드렸다. 이때 마침 할머니가 잡수실 배즙을 가지고 들어오던 둘째 형수가 무슨 구경거리나 생긴 듯이 안방을 향(向)하고 외쳤다.

"에그, 할머니 좀 보아요! 서울 아우님더러 서방님! 서방님! 하십니다."

이 외침을 듣고 자부들은 모여들었다. 그들의 눈은 호기심에 번쩍이고 있었다. 나는 또 할머니의 청을 물리칠 수는 없었다. 그것이 어떠한 나쁜 영향을 초치(招致)할지라도 아니 일으켜 드릴 수 없었다.

그러나 할머니는 욧바닥 위로 반 자를 떠나지 못하여,

"아야야……."

라고, 외마디소리를 쳤다. 나는 얼른 들어 올리던 손을 뺄 수밖에 없었다.

다시금 눕기 싫어하던 요 위에 누운 뒤에도 할머니는 앓기를 말지 않았다. 적지 아니한 꾸중을 모시었다.

이윽고 조금 진정이 되더니만 또 팔을 내저으며 기를 쓰고 가슴을 덮은 이불자락을 자꾸자꾸 밀어 내리었다. 감기나 들까 염려하는 중모는 그것을 꾸준히 도로 집어올렸다.

할머니는 손을 내어밀더니 이번에는 내 조끼 단추를 붙잡아 당기었다.

"왜, 이리 하십니까, 단추를 빼란 말씀입니까?"

할머니는 고개를 끄덕이었다. 끄덕였다 하여도 끄덕이려는 의사를 보였을 뿐이었다. 나는 단추 한 개를 빼었다. 그래도 할머니는 자꾸 조끼의 단추와 씨름을 말지 아니하였다. 나는 단추를 낱낱이 빼는 수밖에 없었다. 그리고 나니 그는 또 옷고름과 실랑이를 시작하였다.

"옷고름을 끄를까요?"

"응!"

나는 또 옷고름을 끌렀다. 끄른 뒤엔 할머니는 또 소매를 잡아당기었다.

"왜 이리 하세요?"

"버, 벗어라, 답답지 않니."

여기저기서 물어 멈추려고 애쓰는 웃음이 키키 하였다.

나는 경멸과 모욕의 시선을 그들에게 던졌다. 자기가 얼마나 답답하고 갑갑하기에 나의 단추 끼운 것과 옷고름 맨 것과 저고리 입은 것조차 답답해 보일 것이랴! 여기는 쓰디쓴 눈물과 살을 저미는 슬픔이 있어야 하겠거늘, 이 기막힌 광경을 조소로 맞아야 옳을까?

나는 곧 그들에게 침이라도 뱉고 싶었다. 하되 나의 마음을 냉정하게 살펴본즉 슬프다! 나에게는 그들을 모욕할 권리가 없었다. 형수들 앞에서 앞가슴을 풀어젖히라는 할머니가 민망스럽기도 하고 딱하기도 하였다. 환자를 가엾다고 생각하면서도 나의 속 어디인지 웃음이 움직인 것은 부정할 수 없는 사실이었다. 더구나 내가 젊은이 패가 모인 이웃집 방에 들어갔을 제 무슨 재미스러운 일이나 보고 온 사람 모양으로 득의양양하게 이 이야기를 하고서 허리를 분질렀다…….

거기에서는 할머니의 병세에 대하여 의논이 분분하였다. 그들은 하나도 한가한 이가 없었다. 혹은 변호사, 혹은 은행원, 혹은 회사원으로 다 무한년하고 있을 수 없는 형편이었다.

"나는 암만해도 내일은 좀 가 보아야 되겠는데 나는 그 전보를 보고 벌

써 돌아가신 줄 알았어. 올 때에 친구들이 북포(北布)니 뭐니 부의(賻
儀)를 주기에 아직 돌아가시지도 않았는데 이게 웬일이냐, 하니까, 그 사
람들 말이, 돌아가셔도 자손들에게 그렇게 전보를 놓느니, 하데그려. 그
래 모두 받아 왔는데…… 허허허…….”

　그 중에 제일 연장자로 쾌활하고 말 잘 하는 백형(伯兄)은 웃음 섞어
이런 말을 하고 있었다.

　“암만해도 오늘내일 돌아가실 것 같지는 않는데…… 이거 큰일났는
걸, 가는 수도 없고…….”

　“따는 곧 돌아가실 것 같지는 않아…….”

　은행원으로 있는 육촌은 이렇게 맞방망이를 쳤다.

　“의사를 불러서 진단을 해 보는 것이 어떨까요?”

　부산 방직회사에 다니는 사촌이 이런 제의를 하였다.

　“옳지, 참 그래 보아야 되겠군.”

　아버지께 이 사연을 아뢰었다.

　“시방 그물그물하시지 않나, 그러면 하여간 의원을 좀 불러 올까.”

　의원은 아버지와 절친한 김 주부(金主簿)를 청해 오기로 하였다.

　갓을 쓴 그 의원은 얼마 아니되어 미륵 같은 몸뚱이를 환자 방에 나타
내었다. 매우 정신을 모으는 듯이 눈을 내리감고 한나절이나 진맥을 하더
니 고개를 절레절레 흔들며 물러앉는다.

　“매우 말씀하기 안되었소마는 아마 오늘 밤이 아니면 내일은 못 넘길
것 같소.”

　매우 말하기 어려운 듯이, 기실 조금도 말하기 어렵지 않은 듯이, 그
의원은 최후의 판결을 언도하였다.

　“글쎄, 그래 워낙 노쇠하셔서 오래 부지를 하실 수 없지…….”

　그러면 그렇지 하는 얼굴로 아버지는 맞방망이를 쳤다.

　가려던 자손은 또 붙잡히었다. 그러나 할머니는 그날 저녁부터 한결 돌
리었다. 가끔 잡수실 것을 찾기도 하였다. 잡숫는 건 고작해야 배즙, 국

물에 만 한 술도 안 되는 진지였다. 죽과 미음은 입에 대기도 싫어하였다. 그리고 전일에 발라 드린 양약의 효험이 나서 상처가 아물었던지 자부와 손부에게 부축되어 꽤 오래 일어나 앉게도 되었다.

그 이튿날이 무사히 지나가자 한의(漢醫)의 무지를 비소(誹笑)하고, 다른 것은 몰라도 환자의 수명이 어느 때까지 계속될 시간 아는 데 들어서는 양의(洋醫)가 나으리라는 우리 젊은 패의 주장에 의하여 의원 원장으로 있는 천엽 의학사(千葉醫學士)를 불러 오게 되었다. 그는 진찰한 결과에 다른 증세만 겹치지 않으면 이삼 주일은 무려(無慮)하리라 하였다.

"그래, 그저 그럴 거야, 아직 괜찮으신데 백주에 서둘고 야단을 했지."

하고 일이 바쁜 백형은 그날 밤으로 떠나 갔다.

그 이튿날 아침이었다.

우리가 집에 돌아오니까 할머니 곁을 떠난 적 없는 중모가 마당에서 한가롭게 할머니의 뒤 흘린 바지를 빨고 있다가 웃는 낯으로 우리를 맞으며,

"할머님이 오늘 아침에는 혼자 일어나셨다. 시방 진지를 잡수시고 계시다. 어서 들어가 뵈어라."

나는 뛰어들어갔다. 자부와 손부의 신기해 여기는 시선을 받으면서 할머니는 정말 진지를 잡숫고 있었다. 나는 빙글빙글 웃으며,

"할머니, 어떻게 일어나셨습니까?"

할머니는 합죽한 입을 오물오물하여 막 떠 넣은 밥알맹이를 삼키고,

"내가 혼자 일어났지, 어떻게 일어나긴. 흉악한 놈들, 암만 일으켜 달라니 어데 일으켜 주어야지. 인제 나 혼자라도 일어난다."

하며 자랑스럽게 대답하였다.

"어제 의원이 왔지요, 인제 할머니가 곧 나으신대요."

"정말 낫겠다고 하던, 응?"

하고, 검버섯 핀 주름을 밀며 흔연(欣然)한 웃음의 그림자가 오래간만에

그의 볼을 스쳤다. 나의 눈엔 어쩐지 눈물이 핑 돌았다.

　그날 밤차로 모였던 자손들은 제각기 흩어졌다. 나도 그날 밤에 서울로 올라왔다.

　어느 아름다운 봄날이었다…… 말갛게 갠 하늘은 구름 한점 없고 아른 아른한 아지랑이가 그 하늘거리는 깁 올이로 봄비단을 짜내는 어느 아름 다운 봄날이었다.

　나는 깨끗하게 춘복(春服)을 차리고 친구 몇몇과 우이동 앵화(櫻花) 구경을 막 나가려던 때이었다. 이때에 뜻 아니한 전보 한 장이 닥치었다.

　〈오전 3시 조모주 별세〉

까막잡기

"자네 음악회 구경 아니 가려나?"

저녁 먹던 맡에 상춘(相春)은 학수(學朱)를 꼬드겼다. 상춘은 사내보다 여자에 가까운 얼굴의 남자였다. 분을 따고 넣은 듯한 살결, 핏물이 드는 듯한 붉은 입술, 초승달 모양 같은 가늘고도 진한 눈썹, 은행 꺼풀 같은 눈시울——여자라도 여간 어여쁜 미인이 아니리라. 그와 정반대로 학수의 얼굴은 차마 볼 수 없는 못생긴 것이었다. 살빛의 검기란 아프리카의 흑인인가 의심할 만하다. 조금 거짓말을 보태면 귀까지 찢어졌다고 할 수 있는 입, 장도리나 무엇으로 펵펵 찍어서 내려앉힌 듯한 콧대, 광대뼈는 불거지고, 뺨은 후벼 파 놓은 듯 그 우툴두툴한 품이 마치 천병만마가 지나간 고전쟁터와 같은 느낌이 있었다. 이 미남과 추남의 표본이라고 할 만한 두 청년은 한고장 사람으로, 같이 ××전문학교에 다니는 터였다.

"오늘 저녁에 어디 음악회가 있나?"

"있구말구, 종로 청년회관에 학생 주최로 춘계 대음악회가 있다네. 종로로 지나다니면서 그 광고도 못 봤단 말인가. 참말이지 이번 음악회는 굉장하다네. 그 학당의 자랑인 꽃 같은 여학생들의 코러스는 말할 것도 없거니와 조선서 음악깨나 한다는 사람은 총출이라네. 그리고 그 나라에서도 울렸다는 프우크 양의 독창도 있고, 또 요사이 러시아에서 돌아온 리니코라이의 바이얼린 독주도 있고……."

"여보게, 그만 늘어놓게. 그만 해도 기막히게 훌륭한 음악회인 줄 알겠네. 그러나 내가 어디 음악을 아는가. 내 귀에는 한다는 성악가의 독창이나 돼지 목 따는 소리나 다른 것이 없네. 바이얼린으로 타는 좋다는 곡조나 어린애의 앙을거리는 울음이나 마찬가지이데."

"그래, 음악회에 가기 싫단 말인가?"

"자네 혼자 다녀오게."

"여보게, 음악은 모른다고 하더라도 여학생 구경이라도 가세그려. 주최가 여학교측이고 보니 그 학교 학생은 물론이겠고, 서울 안의 하이칼라 여학생은 다 끌어 올 것일세." 하고 매우 초조한 듯이 "입장권은 내가 삼세. 음악이 싫거든 여학생 구경이라도 가세그려."

"왜?"

"왜라니, 여학생의 구경이라도 가자는밖에."

학수는 뱉듯이,

"여학생은 보아 쓸 데가 무엇이란 말인가?"

상춘은 펄쩍 뛰며,

"쓸 데란 말이 웬 말인가? 자네같이 쓸 데 있는 것만 찾는다면 인생은 쓸쓸한 황야일 것일세. 캄캄한 그믐밤일 것일세. 아름다운 음악을 들으며 아름다운 여성을 보는 것이 벌써 시가 아닌가? 행복이 아닌가?"

"시다? 행복이다? 흥, 내야 자네같이 어디 취미성이 있어야지." 빈정거리듯이 이런 말을 하건마는, 찡그린 그 얼굴에는 말할 수 없는 고뇌의 그림자가 떠돌았다. 상춘은 제 동무의 말은 들은 체 만 체하고 꿈 꾸는 듯하는 눈자위를 더욱 반들반들하게 적시며 시나 읊조리는 어조로,

"여자는, 더구나 새로운 학문을 배우는 여학생은 인생이란 거친 들의

꽃일세. 어두운 밤의 불일세. 햇발이 왜 따스한 줄 아나? 그들의 가슴을 덥히기 위함일세. 달빛이 왜 맑은 줄 아나? 그들의 얼굴을 바래기 위함 일세. 꽃이 피기도 그들의 눈을 기쁘게 하려는 까닭이요, 새가 울기도 그들의 귀를 즐겁게 하려는 까닭일세. 그런데……."
하고 잠깐 가쁜 숨을 돌렸다.

학수의 얼굴엔 고뇌의 그림자가 더욱더욱 짙어 가며 담박 울음이 터져 나올 듯이 온 상판의 근육이 경련적으로 떨린다.

"듣기 싫네, 듣기 싫어. 그만 해도 자네가 시와 소설을 많이 본 줄 알겠네."

"……그런데 말이지, 그들이 하나도 아니고, 둘이 아니고, 백여 명이 모였단 말이다. 생각을 해 보게. 백여 명이 모였단 말이다. 그곳은 백화 난만한 꽃동산일 것일세. 거기 종달새격으로 꾀꼬리격으로 피아노가 운다, 바이얼린이 쩔떡인다, 그나 그뿐인가. 꽃 그것이 노래를 부르니, 이게 낙원이 아니고 어디가 낙원이란 말인가. 거기 가기를 싫어하는 자네는 사람이 아닐세. 사내가 아닐세. 목석일세."
하고, 상춘은 못 견디겠다는 듯이 벌떡 일어나 방 안을 왔다갔다한다. 그의 눈에는 쉴 새 없이 미소가 떠올랐다. 제 얼굴에 지나치게 자신을 가진 그는, 여성과 접촉을 안했기에망정이지 접촉만 하고 보면——불행한 일은 아직 여성과 흠씬 접촉해 본 일이 없다——손끝 한번 까딱해서, 눈한번 깜짝해서 다 저에게 꿀 같은 사랑을 바치려니 생각한다. 젊고, 어여쁘고, 지식 있고, 마음이 상냥한 여성은 언제든지 저의 애인이 될 가능성이 있다. 그러므로 그들을 비난하거나 미워할 생각은 꿈에도 없었다. 따라서 그는 어디까지 여성 찬미자, 더구나 새로운 학문을 배우는 배운 여성의 찬미자였다. 그들의 말이 나오면 턱없이 흥분하는 법이었다.

"사람이 아니라도 좋고, 사내가 아니라도 좋아. 음악회 구경도 싫고, 여학생 구경도 다 싫으이." 마침내 학수도 버럭 화증을 내었다. "참말이지, 요새 여학생은 눈잔등이 시어서 못 보겠데. 기름을 바를 대로 바르고, 왜 귀밑머리는 풀고 다니는지, 살찐 종아리 자랑인지는 모르지만 왜 정강이까지 올라오는 잠방이를 입고 다니는지, 발등뼈가 퉁겨 나와야 맛인가, 구두 뒤축은 왜 그리 높은지, 암만해도 까닭 모를 일이어. 옆에만 지나가도 그 퀴퀴한 향수 냄새란 구역질이 날 지경이다. 그리고 이름이 좋아서 하늘타리로′ 사랑은 자유라야 쓰느니, 연애는 신성한 것이니 하면서 얼굴만 반드레해도 그만 반하고, 피아노 한 채만 보아도 마음이 솔깃하고, 애꾸눈이라도 서양 갔다 온 사람이면 추파를 건넨다든가, 그런 천착하고, 경박하고, 허영에 뜬 년들에게 침을 께 흘리는 놈도 흘리는 놈이지. 그래, 그런 것들이 우글우글 끓는 음악회에 간단 말인가. 차라리 요귀가 끓는 지옥엘 가는 게 낫지. 바로 제가 젠체하고 단 위에 올라서서 몸짓 고갯짓을 하면서 주리난장을 맞는 듯이 아가리를 딱딱 벌리는 꼴이란 장님으로 못 태어난 것이 한이 될 지경이다.”라고 학수도 까닭 모를 흥분에 목소리를 떨며 그 험상궂은 얼굴이 푸르락붉으락하며 부르짖었다. 제 스스로 제 얼굴이 다시 더 못생길 수 없이 못생긴 것을 잘 아는 그는 여성을 대할 적마다 저 아닌 남으론 상상도 못할 만큼 심각한 고통을 느꼈다. 여성의 시선이 제 얼굴에 떨어지면 못생긴 제 얼굴이 열 곱, 스무 곱 더 못생겨지는 듯싶었다. 조소와 멸시를 상상하지 않고는 여성의 눈결을 느낄 수 없었다. 이러구러 그는 어느 결엔지 미소지스트(주＝여자를 미워하고 싫어하는 이)가 되고 말았다. 구식 여자보다 자유 연애를 ──저는 일평생 가야 맛보지 못할 자유 연애를 한다는 신식 여자가 더욱이 밉고, 싫고, 침이라도 뱉고 싶을 만치 더럽고 추해 보였다.

상춘은 어이없어 학수를 바라보다가,

“여보게, 웬 야단인가, 여학생하고 무슨 불공대천지원수나 졌단 말인가. 모욕을 해도 분수가 있지.”

“아따, 그러면 자네는 여학생한테 무슨 재생지은덕이나 입었단 말인가, 왜 여학생이라면 사지를 못 쓰나?”

두 친구는 잠간 마주보면서 입을 다쳤다. 이윽고, 상춘은 또 방 안을 거닐다가 화증 난 듯이 문을 열고, 퉤 하고 침을 뱉었다. 봄밤이다. 생각 젖은 처녀의 눈동자 같은 봄밤이다. 전등 불빛의 세력 범위를 벗어난 어스름한 마당 구석에는 달빛조차 어른거린다. 단성사인지 우미관인지 사람 모으는 젓소리가 바람결에 들린다.

상춘에게는 일 찰나가 몇 세기나 되는 듯싶었다. 아름다운 음악회의 광경이 무지개같이 그의 머리에 비친다. 그는 마치 애인과 밀회할 시간이 늦어 가는 모양으로 앉았다 일어섰다 조를 비빈다. 저 혼자 같으면 좋으련만 같이 있는 처지에 학수를 버리고 가는 것이 실없는 말다툼으로 감정이나 낸 듯싶고, 그보다 많은 여자에게 제가 얼마나 잘난 것을 돋보이게 하려면 못생긴 동반자가 필요도 하였다. 그는 다시 제 동무를 달래고, 꼬드기고 조르기 시작하였다. 오늘 저녁이 봄밤인 것과, 이러고 들어박혀 있을 때가 아닌 것과, 정 음악이 듣기 싫고 여학생이 보기 싫더라도, 제 얼굴을 보아 가 달라고 비수발괄하였다. 친구 따라 강남도 간다니 이렇게 청을 하는데 아니 갈 게 무어냐고 성도 내었다. 얼굴과 달라 마음은 싹싹한 학수라 그렇게 조르는 친구의 청을 떨치기도 무엇하고, 또 얼마큼 상춘이의 달뜬 기분이 전염이 되어 혼자 빈 방을 지키기도 을씨년스러웠다. 마침내 학수는 싫으나마 도수장에 끌려가는 소 모양으로 상춘을 따라서고 말았다.

상춘이와 학수가 음악회에 들어선 때에는 벌써 회를 여는 관현악이 아 뢸 적이었다. 만일 상춘이가 대분발을 해서 이 원을 내고 일등표 두 장을 사지 않았던들——그들은 일등표를 산 덕택에 바로 여자석 옆 악단 멀지 않게 자리를 잡을 수 있었다——구경도 못하고 돌아설 뻔하였다. 그다지 모인 사람이 많았다. 상춘의 짐작과 틀리지 않아 자리를 반분하다시피 여자의 구경꾼도 많았다. 띄엄띄엄 쪽찐 이와 땋은 이가 없지 않았으되, 대개는 푸수수한 틀에 퍼머의 꽃밭이었다. 그래, 탐스럽게 핀 적은 목단화 송이의 동산이었다. 머리를 꽃송이에 견주면 보얀 목덜미는 그 흰 줄기이러라. 문에 쑥 들어서면서 이 송이와 줄기만 보아도 젊은이의 가슴은 이상하게 뛰놀았다.

그윽한 향수와 기름내 많은 젊은 몸에서 발산하는 훈훈한 살내, 입내, 옷내——그곳의 공기는 온실과 같이 눅눅하고 따스하였다. 일분은 음악으로 하고 구분은 이성으로 하여 모인 이들은 우단을 감는 듯한 포근한 느낌과 아지랑이에 싸인 듯한 황홀한 심사에 사라지며 있다. 이따금 파릇파릇 잎 나는 포플러 가지를 흔들고 온 듯한 바람이 우 하고 유리문을 찌걱거리면 시방이 봄철인 것과, 꽃구경이 한창인 것과, 오늘 저녁이야말로 음악 듣기에 꼭 좋은 밤임을 새삼스럽게 생각해 내며, 공연히 마음이 놀아나서 이성의 눈결은 더 많이 이성에게로 몰키었다.

상춘은 아까부터 보아 둔 여학생이 하나 있었다. 그이는 모시 치마와 옥양목 저고리를 입은 얼굴 갸름한 처녀인데, 저와 슬쩍 한 번 눈결이 마주친 후로 자꾸 저를 보는 듯하였다. 가장 잘 음악을 아는 체로 얼굴에 미소를 띠고 발로 박자를 맞추는 사이, 그이의 눈결은 꼭 저만 쏘고 있는 듯하였다. ——고개만 돌리면 그와 나의 시선은 또 마주치렷다. 그는 부끄러워 얼굴을 붉혔다. 남에게 무안을 주는 것은 좋지 못한 일이다. 얼마든지 나를 보게 해 두자. 아마도 나에게 마음이 끌린 모양이야. 얼마든지 보라지. 가만히 내버려둬——열기 있고 자릿자릿한 눈살의 쏘임을 견디다 못해서 상춘은 문득 고개를 돌렸다. 저편에서 어느 결에 눈결을 돌렸다. 그이의 눈은 저 아닌 바이얼린을 타는 이를 똑바로 보고 있다. 인제 이편에서 한동안 노리며 보아 주기를 기다렸으나, 그이는 매우 감동된 듯이 눈을 번쩍이며 깽깽이 시루는 이의 손을 따르고 있을 뿐이었다. 빌어먹을! 하고, 성낸 듯이 제 고개를 돌이키자마자 어째 저편의 고개가 얼른 제편으로 돈 듯하였다. 또 놓쳐서 될 말인가 하고 이번에는 날쌔게 돌아다보았다. 그편의 눈은 한결같이 바이얼린에 박혔을 뿐, 몇 번을 고개를 바루었다 틀었다 해 보건만 한결같이 그이의 눈은 저를 쏘지 않았다.

'나를 보지 않는군, 안 보면 대순가.' 화증낸 듯이 속으로 중얼거리고 또 다른 눈 맞는 이를 찾아 내려 하였다. 한참이나 헛되이 돌아다니던 눈이 얼마 만에 저를 보고 웃는 듯한 눈을 잡아 내었다. 그이의 얼굴은 동 그스름한데 아까 저 보던 이보다 몇 곱절이나 아름다운 듯싶었다. 옳다구 나 할 새도 없이 염통이 파득파득 소리를 내었다. 슬쩍 눈결을 피하였다 가 슬쩍 눈결을 던지매, 그이는 시방도 웃기는 웃건마는 곁에 앉은 제 동 무와 속살거리고 웃을 뿐이고 저를 보지는 않았다. 또 아까번으로 눈살을 놓았다 거두었다 하는 사이에 용하게 두 번째 그이의 눈을 맞출 수가 있 었다.

'두 번이다, 두 번이야. 이번 것은 틀림없이 나한테 호의를 가졌나 보 다.'

상춘은 이렇게 확신있게 속살거리며, 사람이 헤어져 돌아갈 때에 문 앞 에서 기다리면 그이가 나와 저를 보고 반겨 웃을 것과, 저더러 같이 가자 든가 그렇지 않으면 저를 따라올 것과 어떻게 꿀 같은 사랑을 맛볼 것을 생각하였다. 악수, 키스, 달밤에 산보, 꽃 사이의 헤매임──그림보다도 더 아름다운 정경을 역력히 그리고 있을 때였다.

곁에 앉아 있던 학수, 신트림이나 올라오는 사람 모양으로 보기 싫게 찡그린 얼굴을 주체를 못하는 듯이 숙였다 들었다 하며 여자편과 외면을 하고 될 수 있는 대로 남자의 편을 향하고 있는 학수, 맡지 않으려 할수 록 코를 뒤흔드는 이성의 냄새와 느끼지 않으려 할수록 몸에 서리는 이성 의 훈기에 축축이 진땀이 흘렀다. 으스러한 기가 들었다 하던 학수가 한 창 꿈결 같은 환상에 녹는 상춘의 옆구리를 꾹 찔렀다. 제 친구의 존재를 깜박 잊어버렸던 상춘은 발부리에서 메추라기가 날아간 듯이 놀래었다.

학수는 목 안에서 나는 듯한 그윽한 소리로,

"여보게 상춘이, 여보게 상춘이, 여기 변소가 어딘가? 오줌이 마려워 서 견딜 수 없네."

"뭐?"

하고 상춘은 네 말을 못 알아듣겠다는 듯이 물끄러미 학수를 보았다.

학수는 여간 급하지 않은 듯이,

"변소가 어디란 말일세. 오줌이 마려워서 죽을 지경일세."

"뭐, 오줌이 마려워? 참게, 참아." 상춘은 뱉듯이 퉁을 주었다. 저의 꽃다운 환상을 이 따위 일에 부순 것이 속이 상하였다.

"여보게, 인제 더 참을 수 없네. 여기 오는 마테 마려운 것을 이때까지 참았네. 인제 할 수 없네. 아랫배가 뻐적지근하게 아파 견딜 수가 없네."

"원, 사람도. 그러면 저 문으로 나가게."

상춘은 어처구니없이 픽 웃고는 악단의 오른편에 있는 조그마한 문을 가리키며 "나가면 오른편에 층층대가 있으니, 그리 내려가면 거기 변소가 있데." 하였다.

학수는 엉거주춤하고 겸연쩍은 듯이 고개를 숙이고 가리키는 대로 그 문을 열고 밖으로 나왔다. 밝은 데 있다가 나온 까닭에 눈앞이 캄캄하였다. 손으로 더듬어서 층층대를 내려는 왔으나 어디가 어디인지 도무지 알 수가 없었다. 공장 옆에 있는 변소를 대강당 밑에서 찾으니 찾아질 리가 없었다. 헛되이 층층대를 끼고 얼무적얼무적하다가 하는 수 없이 '층층대 밑에라도' 할 지음이었다. 괴상하고 야릇한 일이 일어나기는 그때였다. 문득 뒤에서 똑, 찍, 똑, 찍 하는 소리가 들리자 방망이 같은 무엇이 훌쩍 어깨를 넘을 겨를도 없이 등뒤에 물신한 것이 닿으며 보드랍고 싸늘한 무엇이 눈을 꼭 감긴다. 학수는 전신에 소름이 쭉 끼치며 하도 놀래어 '악' 소리도 지를 수 없었다.

"내가 누구예요?" 물어 주기는 웃음과 함께 낮으나마 또렷또렷한 목성이 묻는다.

"왜 아무 말도 않으셔요?" 하는 소리가 나면서 눈 가렸던 물건이 떨어진다. 일시에 등에 대었던 것도 떨어지며 가벼운 힘이 어깨를 흔들자 눈앞에 보얀 얼굴이 얼른하였다. 이 불의에 나타난 괴물이 학수의 얼굴을 알아보자마자 그편에서도 매우 놀란 듯 "에그머니!" 하는 부르짖음과 함께 그 괴물은 천방지축으로 달아난다.

학수는 일없이 제 앞에 나는 듯이 떠나 가는 괴물의 뒤 꼴을 바라보고 있었다. 얼마 후 놀랐던 가슴이 가라앉은 뒤에야 시방 제 눈을 감기고 달아난 것이 결코 귀신도 아니요, 괴물도 아니요, 한갖 아름다운 여성임을 확실히 깨달을 수 있었다. 그러자, 그 여성의 닿였던 자리가 전기로나 지진 듯이 욱신욱신하고 근질근질해 온다. 무주룩하게 어깨를 누르는 팔뚝, 말씬말씬하게 등때기를 비비는 젖가슴, 위뺨과 눈 언저리에 옹거미 모양으로 붙였던 두 손을 참보다도 참다히 느낄 수가 있었다. 그 근처의 공기조차 따스하고 향긋하게 코 안으로 기어드는 듯하였다.

그는 몽유병자의 걸음걸이로 그 여자의 간 곳을 향해서 몇 걸음 걸어가 보았다. 그때에 찾고 찾아도 찾을 수 없던 뒷간인 듯한 집이 보였다. 그는 늘어지게 소변을 보고 몸이 날듯이 가뜬해 오매 이 이상한 일의 까닭을 캐어 보았다.

그것은 어렵지 않게 풀 수 있는 수수께끼였다. 눈을 감긴 이는 저의 애인과 함께 이 음악회에 왔음이러라. 그런데, 그들은 무슨 까닭으로든지 이 층층대 밑에서 남몰래 만나자고 무슨 군호로——눈짓 같은 것으로 맞추었음이러라. 사내가 그 군호를 몰랐던지, 그렇지 않으면 사내의 발길은 더디고, 계집의 발길은 일찍이 층층대 아래서 학수가 어릅어릅하는 걸 보고 꼭 제 애인인 줄만 여겨서 아양피움으로 까막잡기를 하였으리라. 이윽고, 그 층층대를 도루 올라와서 음악회에 통한 문을 여는 학수는 제 얼굴이 여지없이 못생긴 것과 여성에 대한 미움을 씻은 듯이 잊어버렸다. 전등불이 급작스럽게 밝아지며 모든 사람이 저에게 호의 있는 시선을 보내는 듯하였다. 그 중에도 여자들은 미소를 건네는 듯하였다. 바이얼린은 이미 끝났음이러라. 어느 양녀 하나이 보얀 손가락을 복같이 쏘대이게 하며, 피아노를 치고 있다. 전 같으면 시답지 않을 그 악기의 소리가 제 가슴 속에 무슨 은실 같은 것을 스쳐서 어느 결엔지 먼질린 밤길이 춤 추는 듯이 박자를 맞춘다.

그는 바루 여자석의 옆걸상 줄에 있는 제 자리에 한 뒤 걸음 남겨 놓고 걸상 둘 밖에 나온 어느 여학생의 구두코를 짓척하고 밟아 버렸다. 학수는 그 얼굴에 애교를 넘쳐 흘리며 제 잘못을 사과하였다. 그 여학생은 당황히 발을 끌어들이며 괜찮다 하였다. 발 밟힌 이의 얼굴이 아무 일도 아니 일어난 것처럼 새침하게 바루어진 뒤에도 발 밟은 이는 사과를 되풀이하며 빙글빙글 웃는다. 그 여학생은 한번 힐끗 학수를 쳐다보더니 고개를 팍 숙이고는 제 옆 동무를 꾹 찌르며 웃는다. 제 자리에 앉는 학수도 자기의 한 일이 가장 재미있고 우스운 것같이 킬킬 소리를 내어 웃는다. 그러는 가운데 언뜻 깨달으니 그 여학생이 갈 데 없는 제 눈을 감기던 사람 같았다. 북받치는 웃음으로 하여 가늘게 떠는 그의 그스름한 어깨, 서너 올의 머리카락이 하늘리는 보얀 귀밑——그렇다, 그렇다, 그 여자다. 내 눈을 감기고 달아난 그 여자다 하였다. 이런 생각을 하고 있을 제 그 여학생이 입이 비죽비죽하는 웃음을 간신히 참으며 또 한 번 학수의 편을 보았다. 그의 광대뼈가 조금 내민 것을 알아보자 학수는 그이가 아니로구나 하고 고개를 쩔레쩔레 흔들었다.

찡그린 상판을 남자편으로 향하고 있던 학수는 인제 번쩍이는 얼굴을 여자편에게로만 돌려 저와 까막잡기하던 이를 찾기에 골몰하였다. 여러 번 그이인 듯한 여학생을 찾아 내었건만 눈썹이 경성드뭇하고, 입이 크거나 작거나, 이마가 좁기도 하며, 코가 높거나 낮거나 해서 정말 그이를 알아맞히는 도리가 없었다. 그릇 알았든 옳게 알았든 비록 눈도 한번 못 깜짝일 짧은 동안이라 할지라도 저를 애인으로 생각해 준 그 여자는 여성으로서의 모든 아름다움을 갖추고 있었을 듯하였음이다.

상춘은 상춘으로 그 얼굴이 동그스름한 여학생과 눈을 맞추며 기뻐하고 있었다. 시선이 맞질리기가 벌써 네 번이나 된다.

음악회는 그럭저럭 끝나고 말았다.

상춘은 저와 네 번이나 눈이 마주친 그이를 기다리면서, 학수는 혹 제 동무들과 휩쓸리어 나오는지 모르는, 제 눈 감기던 그이를 기다리면서 두 청년은 청년회관 문 앞에 서 있다. ——상춘의 그이는 나왔다. 무슨 할 말이나 있는 듯이 상춘은 한 걸음 다가들었건만, 그이는 거들떠보지도 않고 제 갈 데로 가 버렸다. 나오는 이 족족 새로이 얼굴을 검사해 보았건만 학수의 그이는 없었다.

사람들이 다 헤어진 뒤에도 잘난이와 못난이는 아름다운 꿈을 앗기는 듯이 우두커니 서 있었다.

아까 음악당의 유리창을 비걱거리던 바람은 휙휙 먼지를 날리며 포플러 가지를 우쭐거리게 한다. 반 남아 서쪽에 기울어진 초승달은 새 아씨의 파리한 뺨 같은 모양을 구름자락 사이에 드러내었다.

"달이 있군." 상춘은 하늘을 쳐다보며 한숨지었다. "시방, 집에 가면 잠 오겠나? 우리 종로를 한번 휘돌까?"

두 청년은 걷기 시작하였다. 광화문통까지 올라갔다가 도루 내려왔다. 그들의 묵고 있는 집은 사동(寺洞)에 있었다.

"음악회란 기실 아무것도 보잘게 없어. 그 많은 여학생 가운데 하나나 그럴 듯한 게 있어야지." 상춘은 탄식하는 듯이 이런 혼잣말을 하였다.

"왜, 그렇게 가자고 사람을 들볶더니."

"갈 적에는 좋았지만 나와 보니 그런 싱거운 일이 없네그려, 돈 이 원만 날아갔는걸."

"나는 재미있던데."

상춘은 턱없이 빙글빙글하는 학수를 바라보며 의아한 듯이,

"왜, 음악회라면 대경질색을 하더니."

"딴 음악회는 다 재미없어도 오늘 것은 매우 재미있었어…… 그런데 여보게, 사랑 맡은 귀신은 장님이라지?"

"그것은 왜 묻나?"

"글쎄 말일세."

"그렇다네. 사랑을 하면 곧 이성의 눈이 감긴단 말이겠지."

"흥, 그러면 나는 오늘 저녁에 사랑을 하였는걸. 사랑 맡은 귀신의 은총을 입었는걸."

"사랑을 하였다니?"

"흥, 세상에는 이상한 일도 있지."

"무슨 일이 그렇게 이상하단 말인가?"

"이야기할까?"

"이야기할 테면 하게그려." 상춘은 별로 흥미가 끌리지 않는 듯하였다. 학수는 주춤 걸음을 멈추더니, 다짜고짜로 등뒤에서 상춘의 눈을 감기었다.

"이게 무슨 미친 짓인가?" 상춘은 놀라 부르짖었다.

"내가 사내가 아니고 여자일 것 같으면 자네 마음이 어떠하겠나?"

"그게 다 무슨 소리인가?"

"오늘 음악회에서 어느 여자가 나를 그리 했다네."

상춘은 어이없이 웃으며,

"예끼, 미친 사람……."

"미치기는 누가 미쳐. 왜, 거짓말인 줄 아나?" 하고 학수는 입에 침이 없어 아까 층층대 밑에서 일어난 일의 자초지종을 이야기하였다.

호기의 눈을 번득이고 있던 상춘은 이야기가 끝나자 웬일인지 그 여자를 여지없이 타매하였다. 어디 밀회할 곳이 없어서 그 어둠침침한 층층대 밑에서 그런 짓을 하느냐는 둥, 그런 년이 있기 때문에 여학생의 풍기가 문란하다는 둥, 필연 여학생의 모양을 한 은근자나 갈보라는 둥, 내가 그런 일을 당했으면 꼭 붙들어 가지고 톡톡이 망신을 주었으리라는 둥, 그리 못한 학수가 반편이라는 둥…….

"왜, 셈이 나나? 생각을 해 보게, 보들보들한 손이 살짝 내 눈을 가리었단 말이지. 내 등에 그 따뜻한 가슴이 닿았단 말이지, '내가 누구예요?' 하는 그 목소리! 그야말로 꾀꼬리 소리란 말이지……."

하고 학수는 못 견디겠다는 듯이 몸을 비꼬자마자 상춘을 부둥켜안았다.

"이 사람이 정말 미쳤나?" 하고 상춘은 사정 없이 뿌리쳤다. 학수는 넘어질 듯이 비틀비틀하면서 헛허 하고 소리쳐 웃었다. 그들은 벌써 사동 입새에 다다랐다.

상춘은 부인 상회로 무슨 살 것이나 있는 듯이 들어간다. 어디 갔다가 돌아오는 길에는 이 상회를 거치는 것이 그의 버릇이었다. 전일엔 상춘이 가 암만 졸라도 좀처럼 들어가지 않던 학수이언만, 오늘 밤에는 서슴지 않고 상춘을 따라 들어설 수 있었다.

상회에 들어온 뒤에도 학수의 온 얼굴에 퍼진 웃음의 그림자는 사라지지 않았다. 이 꼴을 보고 상춘은 의미있게 웃고는 벙글거리는 이를 슬며시 색경과 경대를 벌려 둔 데로 끌고 와서 귀에 대고 소곤거렸다.

"여보게, 거울 좀 보게."

벙글거리던 이는 무심코 거울을 들여다보았다. ──저놈이 웬 놈인가. 지옥의 굴뚝 속에서 뛰어나온 아귀 같은 상판으로 빙그레 웃는 저놈이 웬 놈인가. 입은 찢어진 듯이 왜 저리 크며, 잔등이 옴폭한 콧구멍은 왜 저리 넓은가. 학수는 제 앞에 나타난 이 추(醜)의 그것 같은 괴물을 차마 제 자신으로 생각할 수 없었다. 얼마 전에 사랑 맡은 넋신의 은총을 입은 제 자신으로 생각할 수 없었다. 그러나, 이 더할 수 없이 못생긴 괴물이야말로 갈 데 없는 저임에 어찌하랴. 다른 사람 아닌 제 본체임에 어찌하랴?

──그의 눈앞은 갑자기 한 그믐밤같이 캄캄하였다.

운수 좋은 날

새침하게 흐린 품이 눈이 올 듯하더니 눈은 아니 오고 얼다가 만 비가 추적추적 내리었다.

이날이야말로 동소문 안에서 인력거꾼 노릇을 하는 김 첨지에게는 오래간만에도 닥친 운수 좋은 날이었다. 문안에(거기도 문밖은 아니지만) 들어간답시는 앞집 마나님을 전찻길까지 모셔다 드린 것을 비롯으로 행여나 손님이 있을까 하고 정류장에서 어정어정하며 내리는 사람 하나하나에게 거의 비는 듯한 눈길을 보내고 있다가 마침내 교원인 듯한 양복쟁이를 동광학교(東光學校)까지 태워다 주기로 되었다.

첫번에 30전, 둘째 번에 50전, 아침 댓바람에 그리 흔치 않은 일이었다. 그야말로 재수가 옴붙어서 근 열흘 동안 돈 구경도 못한 김 첨지는 10전짜리 백동화 서 푼, 또는 다섯 푼이 찰깍하고 손바닥에 떨어질 제 거의 눈물을 흘릴 만큼 기뻤었다. 더구나 이날 이때에 이 80전이라는 돈이 그에게 얼마나 유용한지 몰랐다. 컬컬한 목에 모주 한 잔도 적실 수 있거니와 그보다도 앓는 아내에게 설렁탕 한 그릇도 사다 줄 수 있음이다.

그의 아내가 기침으로 쿨룩거리기는 벌써 달포가 넘었다. 조밥도 굶기를 먹다시피 하는 형편이니 물론 약 한 첩 써 본 일이 없다. 구태여 쓰려면 못 쓸 바도 아니로되 그는 병이란 놈에게 약을 주어 보내면 재밀 붙여서 자꾸 온다는 자기의 신조(信條)에 어디까지 충실하였다. 따라서 의사에게 보인 적이 없으니 무슨 병인지는 알 수 없으되 반듯이 누워 가지고, 일어나기는 새로 모로도 못 눕는 걸 보면 중증은 중증인 듯. 병이 이대도록 심해지기는 열흘 전에 조밥을 먹고 체한 때문이다. 그때도 김 첨지가 오래간만에 돈을 얻어서 좁쌀 한 되와 10전짜리 나무 한 단을 사다 주었더니 김 첨지의 말에 의지하면 그 오라질년이 천방지축(天方地軸)으로 냄비에 대고 끓였다. 마음은 급하고 불길은 달지 않아 채 익지도 않은 것을 그 오라질년이 숟가락은 고만두고 손으로 움켜서 두 뺨에 주먹덩이 같은 혹이 불거지도록 누가 빼앗을 듯이 처박질하더니만 그날 저녁부터 가슴이 당긴다, 배가 켕긴다고 눈을 홉뜨고 지랄병을 하였다. 그때 김 첨지는 열화와 같이 성을 내며,

"에이, 오라질년, 조랑복은 할 수가 없어. 못 먹어 병, 먹어서 병, 어쩌란 말이야! 왜 눈을 바루 뜨지 못해!"
하고 김 첨지는 앓는 이의 뺨을 한번 후려갈겼다. 홉뜬 눈은 조금 바루어졌건만 이슬이 맺히었다.

김 첨지의 눈시울도 뜨끈뜨끈하였다.

이 환자가 그러고도 먹는 데는 물리지 않았다. 사흘 전부터 설렁탕 국물이 마시고 싶다고 남편을 졸랐다.

"이런 오라질 년! 조밥도 못 먹는 년이 설렁탕은, 또 처먹고 지랄병을 하게."
라고 야단을 쳐 보았건만, 못 사 주는 마음이 시원치는 않았다. 인제 설렁탕을 사 줄 수도 있다. 앓는 어미 곁에서 배고파 보채는 개똥이(세 살먹이)에게 죽을 사 줄 수도 있다. 80전을 손에 쥔 김 첨지의 마음은 푼푼하였다.

그러나 그의 행운은 그걸로 그치지 않았다. 땀과 빗물이 섞여 흐르는

목덜미를 기름 주머니가 다 된 광목수건으로 닦으며, 그 학교 문을 돌아
나올 때였다. 뒤에서 "인력거!" 하고 부르는 소리가 난다.

자기를 불러 멈춘 사람이 그 학교 학생인 줄 김 첨지는 한번 보고 짐작
할 수 있었다. 그 학생은 다짜고짜로,

"남대문 정거장까지 얼마요."

라고 물었다. 아마도 그 학교 기숙사에 있는 이로 동기방학을 이용하여
귀향하려 함이라. 오늘 가기로 작정은 하였건만 비는 오고 짐은 있고 해
서 어찌할 줄 모르다가 마침 김 첨지를 보고 뛰어나왔음이리라. 그렇지
않으면 왜 구두를 채 신지 못해서 질질 끌고, 비록 '고구라' 양복일망정
노박이로 비를 맞으며 김 첨지를 뒤쫓아 나왔으랴.

"남대문 정거장까지 말씀입니까."

하고, 김 첨지는 잠깐 주저하였다. 그는 이 우중에 우장도 없이 그 먼 곳
을 철벅거리고 가기가 싫었음일까? 처음 것, 둘쨋 것으로 고만 만족하였
음일까? 아니다, 결코 아니다. 이상하게도 꼬리를 맞물고 덤비는 이 행
운 앞에 조금 겁이 났음이다. 그리고 집을 나올 제 아내의 부탁이 마음에
켕기었다. 앞집 마나님한테서 부르러 왔을 제 병인은 그 뼈만 남은 얼굴
에 유일의 생물 같은 유달리 크고 움푹한 눈에 애걸하는 빛을 띠며,

'오늘은 나가지 말아요. 제발 덕분에 집에 붙어 있어요. 내가 이렇게
아픈데…….'

라고, 모기 소리같이 중얼거리고 숨을 걸그렁걸그렁하였다. 그때에 김 첨
지는 대수롭지 않은 듯이,

'아따, 젠장맞을년, 별 빌어먹을 소리를 다 하네. 맞붙들고 앉았으면
누가 먹여 살릴 줄 알아?'

하고 훌쩍 뛰어나오려니까 환자는 붙잡을 듯이 앞을 내저으며,

'나가지 말라도 그래, 그러면 일찍이 들어와요.'

하고, 목메인 소리가 뒤를 따랐다…….

정거장까지 가잔 말을 들은 순간에 경련적으로 떠는 손, 유달리 큼직한

눈, 울듯한 아내의 얼굴이 김 첨지의 눈앞에 어른어른하였다.

"그래 남대문 정거장까지 얼마란 말이오?"

하고 학생은 초조한 듯이 인력거꾼의 얼굴을 바라보며 혼잣말같이,

"인천 차가 열한점에 있고, 그 다음에는 새로 두점이든가."

라고 중얼거린다.

"1원 50전만 줍시오."

이 말이 저도 모를 사이에 불쑥 김 첨지의 입에서 떨어졌다. 제 입으로 부르고도 스스로 그 엄청난 돈 액수에 놀래었다. 한꺼번에 이런 금액을 불러라도 본 지가 그 얼마 만인가? 그러자 그 돈 벌 용기가 병자에 대한 염려를 사르고 말았다. 설마 오늘내로 어떠랴 싶었다. 무슨 일이 있더라도 제일 제이의 행운을 곱친 것보다도 오히려 갑절이 많은 이 행운을 놓칠 수 없다 하였다.

"1원 50전은 너무 과한데."

이런 말을 하며 학생은 고개를 기웃하였다.

"아니올시다. 잇수로 치면 여기서 거기가 시오 리가 넘는답니다. 또 이런 진 날에 좀 더 주셔야지요."

하고 빙글빙글 웃는 차부의 얼굴에는 숨길 수 없는 기쁨이 넘쳐흘렀다.

"그러면 달라는 대로 줄 터이니 빨리 가요."

관대한 어린 손님은 그런 말을 남기고 총총히 옷도 입고 짐도 챙기러 갈 데로 갔다.

그 학생을 태우고 나선 김 첨지의 다리는 이상하게 거뿐하였다. 달음질을 한다느니보다 거의 나는 듯하였다. 바퀴도 어떻게 속히 도는지 굴다느니보다 마치 얼음을 지쳐 나가는 '스케이트' 모양으로, 미끄러져 가는 듯하였다. 언 땅에 비가 내려 미끄럽기도 하였지만.

이윽고 끄는 이의 다리는 무거워졌다. 자기 집 가까이 다다른 까닭이다. 새삼스러운 염려가 그의 가슴을 눌렀다.

'오늘은 나가지 말아요. 내가 이렇게 아픈데!'

이런 말이 잉잉 그의 귀에 울렸다. 그리고 병자의 움쑥 들어간 눈이 원망하는 듯이 자기를 노리는 듯하였다. 그러자 엉엉하고 우는 개똥이의 곡성을 들은 듯싶다. 땔국땔국 하고 숨 모으는 소리도 나는 듯싶다.

"왜 이리우, 기차 놓치겠구먼."

하고 탄 이의 초조한 부르짖음이 간신히 그의 귀에 들어왔다. 언뜻 깨달으니 김 첨지는 인력거 채를 쥔 채 길 한복판에 엉거주춤 멈춰 있지 않은가.

"네, 네."

하고 김 첨지는 또다시 달음질하였다. 집이 차차 멀어 갈수록 김 첨지의 걸음에는 다시금 신이 나기 시작하였다, 다리를 재게 놀려야만 쉴 새 없이 자기의 머리에 떠오르는 모든 근심과 걱정을 잊을 듯이.

정거장까지 끌어다 주고 그 깜짝 놀란 1원 50전을 정말 제 손에 쥠에, 제 말마따나 10리나 되는 길을 비를 맞아 가며 질퍽거리고 온 생각은 아니하고, 거저나 얻은 듯이 고마웠다. 졸부나 된 듯이 기뻤다. 제 자식 뻘밖에 안 되는 어린 손님에게 몇 번이나 허리를 굽히며,

"안녕히 다녀옵시요."

라고 깍듯이 재우쳤다.

그러나 빈 인력거를 털털거리며 이 우중에 돌아갈 일이 꿈밖이었다. 노동으로 하여 흐른 땀이 식어지자 굶주린 창자에서, 물 흐르는 옷에서 어슬어슬 한기가 솟아나기 비롯하매 1원 50전이란 돈이 얼마나 괜찮고 괴로운 것인 줄 절절히 느끼었다. 정거장을 떠나는 그의 발길은 힘 하나 없었다. 온몸이 옹송그려지며 당장 그 자리에 엎어져 못 일어날 것 같았다.

"젠장맞을 것! 이 비를 맞으며 빈 인력거를 털털거리고 돌아를 간담, 이런 빌어먹을, 제 할미를 붙을 비가 왜 남의 상판을 딱 때려!"

그는 몹시 횟증을 내며 누구에게 반항이나 하는 듯이 게걸거렸다. 그럴 즈음에 그의 머리엔 또 새로운 광명이 비쳤나니 그것은 '이러구 갈 게 아니라 이 근처를 빙빙 돌며 차 오기를 기다리면 또 손님을 태우게 될는지

도 몰라.'란 생각이었다. 오늘 운수가 괴상하게도 좋으니까 그런 요행이
또 한 번 없으리라고 누가 보증하랴. 꼬리를 굴리는 행운이 꼭 자기를 기
다리고 있다고 내기를 해도 좋을 만한 믿음을 얻게 되었다. 그렇다고 정
거장 인력거꾼의 등쌀이 무서우니 정거장 앞에 섰을 수는 없었다. 그래
그는 이전에도 여러 번 해 본 일이라 바로 정거장 앞 전차 정류장에서 조
금 떨어지게, 사람 다니는 길과 전찻길 틈에 인력거를 세워 놓고 자기는
그 근처를 빙빙 돌며 형세를 관망하기로 하였다. 얼마 만에 기차는 왔고
수십 명이나 되는 손이 정류장으로 쏟아져 나왔다. 그 중에서 손님을 물
색하는 김 첨지의 눈엔 양머리에 뒤축 높은 구두를 신고 망토까지 두른
기생 퇴물인 듯, 난봉 여학생인 듯한 여편네의 모양이 띄었다. 그는 슬근
슬근 그 여자의 곁으로 다가들었다.

"아씨, 인력거 아니 타시랍시요?"

그 여학생인지 뭔지가 한참은 매우 태깔을 빼며 입술을 꼭 다문 채 김
첨지를 거들떠보지도 않았다. 김 첨지는 구걸하는 거나 무엇같이 연해
연방 그의 기색을 살피며,

"아씨, 정거장 애들보담 아주 싸게 모셔다 드리겠습니다. 댁이 어디신
가요?"

하고, 추근추근하게도 그 여자의 들고 있는 일본식 버들고리짝에 제 손을
대었다.

"왜 이래, 남 귀치않게."

소리를 벽력같이 지르고는 돌아선다. 김 첨지는 어럽시요 하고 물러섰
다.

전차는 왔다. 김 첨지는 원망스럽게 전차 타는 이를 노리고 있었다. 그
러나 그의 예감은 틀리지 않았다. 전차가 빡빡하게 사람을 싣고 움직이기
시작하였을 제 타고 남은 손 하나이 있었다. 굉장하게 큰 가방을 들고 있
는 걸 보면 아마 붐비는 차 안에 짐이 크다 하여 차장에게 밀려 내려온
눈치였다.

김 첨지는 대어 섰다.

"인력거를 타시랍시요."

한동안 값으로 실랑이를 하다가 60전에 인사동까지 태워다 주기로 하였다. 인력거가 무거워지매 그의 몸은 이상하게도 가벼워졌고 그리고 또 인력거가 가벼워지니 몸은 다시금 무거워졌건만 이번에는 마음조차 초조해 온다. 집의 광경이 자꾸 눈앞에 어른거리어 인제 요행을 바랄 여유도 없었다. 나무등걸이나 무엇 같고 제 것 같지도 않은 다리를 연해 꾸짖으며 갈팡질팡 뛰는 수밖에 없었다. 저놈의 인력거꾼이 저렇게 술이 취해 가지고 이 진 땅에 어찌 가노라고 길 가는 사람이 걱정을 할이만큼 그의 걸음은 황급하였다. 흐리고 비 오는 하늘은 어둠침침하게 벌써 황혼에 가까운 듯하다. 창경원 앞까지 다다라서야 그는 턱에 닿은 숨을 돌리고 걸음도 늦추잡았다. 한 걸음 두 걸음 집이 가까워 올수록 그의 마음조차 괴상하게 누그러졌다. 그런데 이 누그러짐은 안심에서 오는 게 아니요, 자기를 덮친 무서운 불행을 빈틈없이 알게 될 때가 박두한 것을 두리는 마음에서 오는 것이다. 그는 불행에 다닥치기 전 시간을 얼마쯤이라도 늘리려고 버르적거렸다. 기적에 가까운 벌이를 하였다는 기쁨을 할 수 있으면 오래 지니고 싶었다. 그는 두리번두리번 사면을 살피었다. 그 모양은 마치 자기 집, 곧 불행을 향하고 달아나는 제 다리를 제 힘으로는 도저히 어찌할 수 없으니 누구든지 나를 좀 잡아 다고, 구해 다고 하는 듯하였다.

그럴 즈음에 마침 길가 선술집에서 그의 친구 치삼이가 나온다. 그의 우글우글 살찐 얼굴에 주홍이 듣는 듯, 온 턱과 뺨을 시커멓게 구레나룻이 덮였거늘, 노르탱탱한 얼굴이 바짝 말라서 여기저기 고랑이 패고 수염도 있대야 턱밑에만 마치 솔잎 송이를 거꾸로 붙여 놓은 듯한 김 첨지의 풍채하고는 기이한 대상을 짓고 있었다.

"여보게 김 첨지, 자네 문안 들어갔다 오는 모양일세그려, 돈 많이 벌었을 테니 한잔 빨리게."

뚱뚱보는 말라깽이를 보던 맡에 부르짖었다. 그 목소리는 몸짓과 딴판으로 연하고 싹싹하였다. 김 첨지는 이 친구를 만난 게 어떻게 반가운지 몰랐다. 자기를 살려 준 은인이나 무엇같이 고맙기도 하였다.

"자네는 벌써 한잔 한 모양일세그려, 자네도 오늘 재미가 좋아 보이." 하고, 김 첨지는 얼굴을 펴서 웃었다.

"아따, 재미 안 좋다고 술 못 먹을 낸가? 그런데 여보게, 자네 왼몸이 어째 물독에 빠진 새앙쥐 같은가? 어서 이리 들어와 말리게."

선술집은 훈훈하고 뜨뜻하였다. 추어탕을 끓이는 솥뚜껑을 열 적마다 뭉게뭉게 떠오르는 흰 김, 석쇠에서 뻐지짓뻐지짓 구워지는 너비아니구이며 저육이며 간이며 콩팥이며 북어며 빈대떡…… 이 너저분하게 늘어놓인 안주 탁자에 김 첨지는 갑자기 속이 쓰려서 견딜 수 없었다, 마음대로 할 양이면 거기 있는 모든 먹을 먹이를 모조리 깡그리 집어삼켜도 시원치 않았다. 하되 배고픈 이는 위선 분량 많은 빈대떡 두 개를 쪼기로 하고 추어탕을 한 그릇 청하였다. 주린 창자는 음식맛을 보더니 더욱더욱 비어지며 자꾸자꾸 들이라 들이라 하였다. 순식간에 두부와 미꾸라지 든 국 한 그릇을 그냥 물같이 들이켜고 말았다. 셋째 그릇을 받아들었을 제 데우던 막걸리 곱배기 두 잔이 더웠다. 치삼이와 같이 마시자 원원이 비었던 속이라 찌르르 하고 창자에 퍼지며 얼굴이 화끈하였다. 눌러 곱배기 한 잔을 또 마셨다. 김 첨지의 눈은 벌써 개개 풀리기 시작하였다. 석쇠에 얹힌 떡 두 개를 숭덩숭덩 썰어서 볼을 불룩거리며 또 곱배기 두 잔을 부어라 하였다.

치삼은 의아한 듯이 김 첨지를 보며,

"여보게 또 붓다니, 벌써 우리가 넉 잔씩 먹었네, 돈이 40전일세." 하고 주의시켰다.

"아따 이놈아, 40전이 그리 끔찍하냐? 오늘 내가 돈을 막 벌었어. 참 오늘 운수가 좋았느니."

"그래 얼마를 벌었단 말인가?"

"30원을 벌었어, 30원을! 이런 젠장맞을 술을 왜 안 부어…… 괜찮다 괜찮다, 막 먹어도 상관이 없어. 오늘 돈 산더미같이 벌었는데."

"어, 이 사람 취했군, 그만두세."

"이놈아, 이걸 먹고 취할 내냐, 어서 더 먹어."

하고는 치삼의 귀를 잡아채며 취한 이는 부르짖었다. 그리고 술을 붓는 열다섯 살 됨직한 중대가리에게로 달려들며,

"이놈, 오라질놈, 왜 술을 붓지 않어."

라고 야단을 쳤다. 중대가리는 희희 웃고 치삼을 보며 문의하는 듯이 눈짓을 하였다. 주정꾼이 이 눈치를 알아보고 화를 버럭 내며,

"에미를 붙을 이 오라질놈들 같으니, 이놈 내가 돈이 없을 줄 알고."

하자마자 허리춤을 흠칫흠칫하더니 1원짜리 한 장을 꺼내어 중대가리 앞에 펄쩍 집어던졌다. 그 사품에 몇 푼 은전이 잘그랑 하며 떨어진다.

"여보게, 돈 떨어졌네, 왜 돈을 막 끼얹나."

이런 말을 하며 일변 돈을 줍는다. 김 첨지는 취한 중에도 돈의 거처를 살피는 듯이 눈을 크게 떠서 땅을 내려다보다가 불시에 제 하는 짓이 너무 더럽다는 듯이 고개를 소스라치자 더욱 성을 내며,

"봐라, 봐! 이 더러운 놈들아, 내가 돈이 없나, 다리 뼉다구를 꺾어 놓을 놈들 같으니."

하고 치삼의 주워 주는 돈을 받아,

"이 원수엣 돈! 이 육시를 할 돈!"

하면서 팔매질을 친다. 벽에 맞아 떨어진 돈은 다시 술 끓이는 양푼에 떨어지며 정당한 매를 맞는다는 듯이 쨍 하고 울었다.

곱배기 두 잔은 또 부어질 겨를도 없이 말려 가고 말았다. 김 첨지는 입술과 수염에 붙은 술을 빨아들이고 나서 매우 만족한 듯이 그 솔잎 송이 수염을 쓰다듬으며,

"또 부어, 또 부어."

라고 외쳤다.

또 한 잔 먹고 나서 김 첨지는 치삼의 어깨를 치며 문득 껄껄 웃는다. 그 웃음소리가 어떻게 컸는지 술집에 있는 이의 눈은 모두 김 첨지에게로 몰리었다. 웃는 이는 더욱 웃으며,

"여보게 치삼이, 내 우스운 이야기 하나 할까? 오늘 손을 태우고 정거장에까지 가지 않았겠나."

"그래서."

"갔다가 그저 오기가 안됐데그려, 그래 전차 정류장에서 어름어름하며 손님 하나를 태울 궁리를 하지 않았나. 거기 마침 마나님이신지 여학생님이신지, 요새야 어디 논다니와 아가씨를 구별할 수가 있던가? 망토를 잡수시고 비를 맞고 서 있겠지. 슬근슬근 가까이 가서 인력거 타시랍시요 하고 손가방을 받으려니까 내 손을 탁 뿌리치고 홱 돌아서더니만 '왜 남을 이렇게 귀찮게 굴어!' 그 소리야말로 꾀꼬리 소리지, 허허!"

김 첨지는 교묘하게도 정말 꾀꼬리 같은 소리를 내었다. 모든 사람은 일시에 웃었다.

"빌어먹을 깍쟁이 같은 년, 누가 저를 어쩌나, '왜 남을 귀찮게 굴어!' 어이구, 소리가 처신도 없지, 허허."

웃음소리들은 높아졌다. 그러나 그 웃음소리들이 사라지기 전에 김 첨지는 훌쩍훌쩍 울기 시작하였다. 치삼은 어이없이 주정뱅이를 바라보며,

"금방 웃고 지랄을 하더니 우는 건 또 무슨 일인가?"

김 첨지는 연해 코를 들이마시며,,

"우리 마누라가 죽었다네."

"뭐, 마누라가 죽다니, 언제?"

"이놈아 언제는. 오늘이지."

"예끼 미친놈, 거짓말 말아."

"거짓말은 왜, 참말로 죽었어, 참말로…… 마누라 시체를 집에 뻐들쳐 놓고 내가 술을 먹다니, 내가 죽일 놈이야, 죽일 놈이야."

하고 김 첨지는 엉엉 소리를 내어 운다.

치삼은 흥이 조금 깨지는 얼굴로,

"원 이 사람이, 참말을 하나, 거짓말을 하나, 그러면 집으로 가세, 가."

하고 우는 이의 팔을 잡아당기었다.

치삼의 끄는 손을 뿌리치더니 김 첨지는 눈물이 글썽글썽한 눈으로 싱그레 웃는다.

"죽기는 누가 죽어."

하고 득의가 양양,

"죽기는 왜 죽어, 생떼같이 살아만 있단다. 그 오라질년이 밥을 죽이지. 인제 나한테 속았다."

하고 어린애 모양으로 손뼉을 치며 웃는다.

"이 사람이 정말 미쳤단 말인가? 나도 아주먼네가 앓는단 말은 들었었는데."

하고, 치삼이도 어느 불안을 느끼는 듯이 김 첨지에게 돌아가라고 권하였다.

"안 죽었어, 안 죽었대도 그래."

김 첨지는 홧증을 내며 확신있게 소리를 질렀으되 그 소리엔 안 죽은 것을 믿으려고 애쓰는 가락이 있었다. 기어이 1원 어치를 채워서 곱배기 한 잔씩 더 먹고 나왔다. 궂은 비는 의연히 추척추적 내린다.

김 첨지는 취중에도 설렁탕을 사 가지고 집에 다다랐다. 집이라 해도 물론 셋집이요 또 집 전체를 세든 게 아니라 안과 뚝 떨어진 행랑방 한 칸을 빌려 든 것인데 물을 길어 대고 한 달에 1원씩 내는 터이다. 만일 김 첨지가 주기를 띠지 않았던들 한 발을 대문에 들여놓았을 제 그곳을 지배하는 무시무시한 정적, 폭풍우가 지나간 뒤의 바다 같은 정적에 다리가 떨렸으리라. 쿨쿨거리는 기침소리도 들을 수 없다. 그르렁거리는 숨소리조차 들을 수 없다. 다만 이 무덤 같은 침묵을 깨뜨리는, 깨뜨린다느니보다 한층 더 침묵을 깊게 하고 불길하게 하는 빡빡하는 그윽한 소리, 어린애의 젖빠는 소리가 날 뿐이다. 만일 청각이 예민한 이 같으면 그 빡빡

소리는 빨 따름이요, 꿀떡꿀떡하고 젖 넘어가는 소리가 없으니 빈 젖을 빤다는 것도 짐작할는지 모르리라.

혹은 김 첨지도 이 불길한 침묵을 짐작했는지도 모른다. 그렇지 않으면 대문에 들어서자마자 전에 없이,

"이 난장맞을 년, 남편이 들어오는데 나와 보이지도 않아, 이 오라질 년."

이라고 고함을 친 게 수상하다. 이 고함이야말로 제 몸을 엄습해 오는 무시무시한 증을 쫓아 버리려는 허장성세(虛張聲勢)인 까닭이다.

하여간 김 첨지는 방문을 왈칵 열었다. 구역을 나게 하는 추기, 떨어진 삿자리 밑에서 나온 먼지내, 빨지 않은 기저귀에서 나는 똥내와 오줌내, 가지각색 때가 켜켜이 앉은 옷내, 병인의 땀 썩은 내가 섞인 추기가 무딘 김 첨지의 코를 찔렀다.

방 안에 들어서며 설렁탕을 한구석에 놓을 사이도 없이 주정꾼은 목청을 있는 대로 다 내어 호통을 쳤다.

"이런 오라질년, 주야장천(晝夜長川) 누워만 있으면 제일이야! 남편이 와도 일어나지를 못해."

라는 소리와 함께 발길로 누운 이의 다리를 몹시 찼다. 그러나 발길에 채이는 건 사람의 살이 아니고 나무등걸과 같은 느낌이 있었다. 이때에 빽 빽 소리가 응아 소리로 변하였다. 개똥이가 물었던 젖을 빼어 놓고 운다. 운대도 온 얼굴을 찡그려 붙여서 운다는 표정을 할 뿐이다. 응아 소리도 입에서 나는 게 아니고 마치 뱃속에서 나는 듯하였다. 울다가 울다가 목도 잠겼고 또 울 기운조차 시진(嘶盡)한 것 같다.

발로 차도 그 보람이 없는 걸 보자 남편은 아내의 머리맡으로 달려들어 그야말로 까치집 같은 환자의 머리를 꺼들어 흔들며,

"이년아, 말을 해, 말을! 입이 붙었어, 이 오라질년!"

"……."

"으응, 이것 봐, 아무 말이 없네."

"……."

"으응, 또 대답이 없네, 정말 죽었나버이."

이러다가 누운 이의 흰 창을 덮은, 위로 치뜬 눈을 알아보자마자,

"이 눈깔! 이 눈깔! 왜 나를 바라보지 못하고 천장만 보느냐, 응?"
하는 말끝엔 목이 메었다. 그러자 산사람의 눈에서 떨어진 닭의 똥 같은
눈물이 죽은 이의 뻣뻣한 얼굴을 어룽어룽 적시었다. 문득 김 첨지는 미
칠 듯이 제 얼굴을 죽은 이의 얼굴에 한데 비비대며 중얼거렸다.

"설렁탕을 사다 놓았는데 왜 먹지를 못하니, 왜 먹지를 못하니……
괴상하게도 오늘은! 운수가 좋더니만……."

불

시집 온 지 한 달 남짓한 금년에 열다섯 살밖에 안 된 순이는 잠이 어
릿어릿한 가운데도 숨길이 갑갑해짐을 느꼈다. 큰 바위로 내리누르는 듯
이 가슴이 답답하다. 바위나 같으면 싸늘한 맛이나 있으련마는, 순이의
비둘기 같은 연약한 가슴에 얹힌 것은 마치 장마지는 여름날과 같이 눅눅
하고 축축하고 무더운데다가 천 근의 무게를 더한 것 같다. 그는 복날 개
와 같이 헐떡이었다. 그러자 허리와 엉치가 빼개 내는 듯, 쪼개 내는 듯,
갈기갈기 찢는 것같이, 산산이 바수는 것같이 욱신거리고 쓰라리고 쑤시
고 아파서 견딜 수 없었다. 쇠막대 같은 것이 오장육부를 한편으로 치우
치며 가슴까지 치받쳐올라 콱콱 뻗지를 때엔 순이는 입을 딱딱 벌리며 몸
을 위로 추스른다…… 이렇듯 아프니 적이나하면 잠이 깨이련만 온종일
물이기, 절구질하기, 물방아찧기, 논에 나간 일꾼들에게 밥나르기에 더할
수없이 지쳤던 그는 잠을 깨려야 깰 수 없었다. 그렇다고 그가 혼수상태
에 떨어진 것은 물론 아니니 '이러다간 내가 죽겠구먼! 죽겠구먼! 어서
잠을 깨야지, 깨야지.' 하면서도 풀칠이나 한 듯이 죄어붙는 눈을 뜰 수
가 없었다. 흙물같이 텁텁한 잠을 물리칠 수가 없었다. 연해 입을 딱딱

벌리며 몸을 추스르다가 나중에는 지긋지긋한 고통을 억지로 참는 사람 모양으로 이까지 빠드득빠드득 갈아부치었다…… 얼마 만에야 무서운 꿈에 가위눌린 듯한 눈을 어렴풋이 뜰 수 있었다. 제 얼굴을 솥뚜껑 모양으로 덮은 남편의 얼굴을 보았다. 함지박만한 큰 상판의 검은 부분은 어두운 밤빛과 어우러졌는데 번쩍이는 눈깔의 흰자위, 침이 께 흐르는 입술, 그것이 비뚤어지게 열리며 드러난 누런 이빨만 무시무시하도록 뚜렷이 알아볼 수가 있었다.

그러자 가뜩이나 큰 얼굴이 자꾸자꾸 부어오르더니 주악빛으로 지져 놓은 암갈색의 어깨판도 따라서 확대되어서 깍짓동만하게 되고 집채만하게 된다. 순이는 배꼽에서 솟아오르는 공포와 창자를 뒤트는 고통에 몸을 떨었다가 버르적거렸다가 하면서 염치없는 잠에 뒷덜미를 잡히기도 하고 무서운 현실에 눈을 뜨기도 하였다. 그 고통으로부터 겨우 벗어난 때에는, 유월의 단열밤(短夜)이 벌써 새었다. 사내의 어마어마한 윤곽이 방이 비좁도록 움직이자 밖으로 나간다. 들에 새벽일하러 나감이리라. 그제야 순이도 긴 한숨을 쉬며 잠을 깰 수 있었다. 짙은 먹칠이나 한 듯하던 들창이 잿빛으로 변하며 가물가물한 가운데 노랏노랏이 삿자리의 눈이 드러난다. 윗목에 놓인 허술한 경대 위에 번들번들하는 석경이라든지 머리맡 벽에 걸려 있는 누룩장이라든지 '원수의 방'이 분명하다. 더구나 제 등때기 밑에는 요까지 깔려 있다.

'이것은 어찌 된 셈인구?'

순이는 정신을 차리며 생각해 보았다. 어젯밤에 그가 잔 데는 여기가 아닐 테다. 밤이 되면 으레 당하는 이 몹쓸 노릇들을 하루라도 면하려고 저녁 설거지를 마치는 맡에 아무도 몰래 헛간으로 숨었었다. 단지 둘밖에 아니 남은 볏섬을 의지삼아 빈 섬거적을 깔고 두 다리를 쭉 뻗칠 사이도 없이 고만 고달픈 잠에 떨어지고 말았었다. 그런데 어찌 또 방으로 들어왔을까? 그 원수엣 놈이 육욕에 번쩍이는 눈알을 부라리며 사면팔방으로 찾다가 마침내 그를 발견하였음이리라. 억센 팔로 어렵지 않게 자는 그를 안아다가 또 '원수의 방'에 갖다 놓았음이리라. 그리고는 또 원수의 그 노릇…….

이런 생각을 끝도 맺기 전에 흐리터분한 잠이 다시금 그의 사개 물러난 몸을 엄습하였다…….

집 안이 떠나갈 듯한 시어미의 소리가 일어났다.

"안 일어났니! 어서 쇠죽을 끓여야지!"

그 소리가 끝나기도 전에 순이는 빨딱 몸을 일으킨다. 한 손으로 눈을 비비며 또 한 손으로 남편이 벗겨 놓은 옷을 주섬주섬 총망히 주워입는다. 그는 시방껏 자지 않았던가? 그 거동을 보면 자기는 새로 정신을 한껏 모으고 호령일하를 기다리던 군사에 질 바 없었다. 그러니만큼 자던 잠결에도 시어미의 호령은 무서웠음이다.

총총히 마루로 나오니 아직 날은 다 밝지 않았다. 자욱한 안개를 격해서 광채를 잃은 흰 달이 죽은 사람의 눈깔 모양으로 희멀겋게 서쪽으로 기울고 있다.

저녁에 안쳐 놓은 쇠죽 솥에 가자 불을 살랐다. 비록 여름일망정 새벽 공기는 찼다. 더욱이 으슬한 공기를 느끼던 순이는 번쩍하고 불 붙는 모양이 매우 좋았다. 새빨간 입술이 날름날름 집어 주는 솔개비를 삼키는 꼴을 그는 흥미있게 구경하고 있었다. 고된 하룻밤으로 말미암아 더욱 고된 순이의 하루는 또 시작되었다.

쇠죽을 다 끓이자 아침밥 지을 물을 또 아니 이어 올 수 없었다. 물동이를 이고 두 팔을 치켜 그 귀를 잡으니 겨드랑이로 안개 실린 공기가 싸늘하게 기어들었다. 시냇가에 나와서 물동이를 놓고 한번 기지개를 켰다. 안개에 묻힌 올망졸망한 산과 등성이는 아직도 몽롱한 꿈길을 헤매는 듯. 엊그제 농부를 기뻐 뛰게 한 큰비의 덕택으로 논이란 논엔 물이 질번질번한데 흰 안개와 어우러지니 마치 수은이 엉킨 것 같고 벌써 옮겨 놓은 모들은 파릇파릇하게 졸음 오는 눈을 비비고 있다. 이런 가운데 저 혼자 깨었다는 듯이 시내는 쫄쫄 소리를 치며 흘러 간다. 과연 가까이 앉아서 들여다보니 새말간 그 얼굴은 잠 하나 없는 눈동자와 같다. 순이는 풍하며 바가지를 넣었다. 상처가 난 데를 메우려는 듯이 사방에서 모여든 물이 바가지 들어갔던 자리를 둥글게 에워싸며 한동안 야료를 치다가 그리 중상은 아니라고 안심한 것같이 너르게 너르게 둘레를 그리며 물러 나갔다. 순이는 자꾸 물을 퍼내었다.

한 동이를 여다 놓고 또 한 동이를 이려 왔을 제 그가 벌써부터 잡으려고 애쓰던 송사리 몇 마리가 겁없이 동실동실 떠다니는 걸 보았다. 율랑율랑하는 그 모양이 퍽 알미웠다. 숨소리를 죽이고 가만히 두 손을 넣어서 움키려 하였건만 고놈들은 용하게 빠져 달아나곤 한다. 몇 번을 헛애만 쓴 순이는 그만 화가 더럭 나서 이번에는 돌멩이를 주워다가 함부로 물 속의 고기를 때렸다. 제 얼굴에, 옷에, 물만 튀었지, 고놈들은 도무지 맞지를 않았다. 짜증이 나서 울고 싶다. 돌질로 성공을 못한 줄 안 그는 다시금 손으로 움켜 보았다. 그 중에 불행한 한 놈이 마침내 순이의 손아귀에 들고 말았다. 손 새로 물이 빠져 가자 제 목숨도 찾아 가는 것에 독살이 난 듯이 파득파득하는 꼴이 순이에게는 재미있었다. 얼마 안 되어 가련한 물짐승이 죽은 듯이 지친 몸을 손바닥에 붙이고 있을 제 잔인하게도 순이는 땅바닥에 태기를 쳤다. 아프다는 듯이 꼼지락하자 그만 작은 목숨은 사라졌지만 그래도 아니 죽었거니 하고 순이는 손가락으로 건드려 보았다. 그래서 일순간 전에는 파득파득하고 살았던 그것이 벌써 송장이 된 것을 깨닫자 생명 하나를 없앴다는 공포심이 그의 뒷덜미를 집었다. 그 자리에서 곧 송사리의 원혼이 날듯 싶었다. 갈팡질팡 물을 긷고 돌아서는 그는 누가 뒤에서 머리카락을 잡아당기는 듯하였다.

눈코를 못 뜨게 아침을 치르자마자 그는 또 보리를 찧어야 한다. 절구질을 하노라니 허리가 부러지는 것 같다. 무거운 절구에 끌려서 하마터면 대가리를 절구통 속에 찧을 뻔도 하였다. 팔이 떨어지는 것 같다. 그래도 그는 깽깽하며 끝까지 절구질을 아니할 수 없었다.

또 점심이다. 부랴부랴 밥을 다 지어서는 모심기 하는 일꾼(거기는 자기 남편도 끼였다)에게 밥을 날라야 한다. 국이며 밥을 잔뜩 담은 목판이 그의 정수리를 내려누르니 모가지가 자라의 그것같이 움츠려지는 것은 물론이려니와 키까지 졸아든 듯하였다. 이래 가지고 떼어 놓기 어려운 발길을 옮기며 삽짝 밖을 나섰다.

새말갛게 갠 하늘에는 구름 한 점도 없고 중천에 솟은 햇님이 불 같은 볕을 내리퍼붓고 있었다. 질펀한 들에는 '흙의 아들'이 하얗게 흩어져 응석 피듯 어머니의 기름진 젖가슴을 철벅거리며 모내기에 한창 바쁘다. 그들이 굽혔다 폈다 하는 서슬에 옷으로 다 여미지 못한 허리는 새까맣게 찢어 놓은 듯하고 염치없이 눈에까지 흘러드는 팥죽 같은 땀을 닦느라고 얼굴은 모두 흙투성이가 되었다. 그래도 한시라도 속히, 한 포기라도 많이 옮기려고 골똘한 그들은 뼈가 휘어도 괴로운 한숨 한번 쉬지 않는다. 도리어 그들은 노래를 부른다. 가장 자유로운 곡조로 가장 신나게 노래를 부른다.

땅은 흠씬 젖은 물을 끓는 햇발에 바래이고 논두렁에 엉클어진 잡풀들은 사람의 발이 함부로 밟음에 맡기며, 발이 지나가기를 기다려 고개를 쳐들고 부신 햇발에 푸른 웃음을 올리고 있다. 거기는 굳세게, 힘있게 사는 생명의 기쁨이 있고 더욱더욱, 삶을 충실히 하려는 든든한 노력이 있었다. 간단히 말하면 건강이 넘치는 천지였다. 불건강한 물건의 존재를 허락지 않는 천지였다.

이 강렬한 광선의 바다의 싱싱한 공기를 마시기엔 순이의 몸은 너무나 불건강하였다. 눈이 핑핑 내어둘리며 머리가 어찔어찔하다. 온몸을 땀으로 미역감기면서도 으쓱으쓱 한기가 들었다. 빗물이 고인 데를 건너뛰럴 제 물 속에 잠긴 태양이 번쩍하자 그의 눈앞은 캄캄해졌다. 문득 아침에 제가 죽인 송사리란 놈이 퍼드득 하고 내달으며 방어만치나 어마어마하게 큰 몸뚱으로 그의 가는 길을 막았다. 속으로 '악' 외마디소리를 치며 몸을 빼쳐 달아나려고 할 제 그는 그만 무엇인지 분간을 못하게 되었다. 누가 저의 머리채를 잡아서 회술레를 돌리는 듯한 느낌이었다. 그럴 사이에 그는 벼락치는 소리를 들은 채 정신을 잃었다…….

한참 만에야 순이는 깨어났건만 본정신이 다 돌아오지는 않았다. 어리둥절하게 눈만 멀뚱거리고 있는 사이 점심밥을 이고 나가던 일, 넓은 들에서 눈을 부시게 하던 햇발, 길을 막던 송사리 생각이 차례차례로 떠올랐다. 그러면 이고 가던 점심은 어떻게 되었는가? 하면서 휘 사방을 둘러볼 겨를도 없이 그는 외마디소리를 치며 몸을 소스라쳤다. 또다시 그 '원수의 방'에 누웠을 줄이야! 미친 듯이 뛰어나왔다. 그의 눈은 마치 귀신에게 홀린 사람 모양으로 두려움과 무서움에 호동그래졌다.

마당에 널어 놓은 밀을 고밀개로 젓고 있는 시어미는 뛰어나오는 며느리에게 날카로운 눈살을 던지었다. 국과 밥을 모두 못 먹게 만든 것은 그만두더라도 몇 개 아니 남은 그릇을 깨뜨린 것이 한없이 미웠으되 까무러치기까지 한 며느리를 일어나는 맡에 나무라기는 어려웠음이리라.

"인제 정신을 차렸느냐. 왜 더 누워서 조리를 하지 방정을 떨고 나오니. 어서 방으로 들어가서 누워 있으려무나."

부드러운 목소리를 짓느라고 매우 애를 쓰는 모양이다.

그래도 순이는 비실비실하는 걸음걸이로 부득부득 마당으로 내려온다.

"방에 들어가서 조리를 하래도 그래."

이번에는 어성이 조금 높아진다.

"싫어요, 싫어요. 괜찮아요."

순이는 방에 다시 들어가기가 죽기보다 싫었다.

"또 고분고분 말을 아니 듣고 억지를 부리는군."

하다가 속에서 치받치는 미움을 걷잡지 못하겠다는 듯이 고밀개 자루를 거꾸로 들 사이도 없이 시어미는 며느리에게로 달려들었다.

"요 방정맞은 년 같으니, 어쩌자고 그릇을 다 부수고 아실랑아실랑 나오는 건 뭐냐. 요 얌치없는 년 같으니, 저번 장에 산 사발을 두 개나 산산 조각을 맨들고……."

하고 푸념을 섞어 가며 고밀개 자루로 머리, 등, 다리 할 것 없이 함부로

두들기기 시작한다. 순이는 맞아도 아픈 줄을 몰랐다. 으스러지는 듯이
찌뿌두두한 몸에 툭툭하고 떨어지는 매가 도리어 괴상한 쾌감을 일으켰
다.

"요런 악지 센 년 좀 보아! 어쩌면 맞아도 울지 않고 요렇게 있담."
하고 또 한참 매질을 하다가 스스로 지친 듯이 고밀개를 집어던지며,

"요년, 보기 싫다. 어서 부엌에 가서 저녁이나 지어라."

순이는 또 시키는 대로 부엌에 들어가서 밥을 안쳤다.

그럭저럭 하루 해는 저물어 간다. 으슥한 부엌은 벌써 저녁이나 된 듯
이 어둑어둑해졌다. 무서운 밤, 지겨운 밤이 다시금 그를 향하여 시커먼
아가리를 벌리려 한다. 해질 때마다 느끼는 공포심이 또다시 그를 엄습하
였다. 번번이 해도 번번이 실패하는 밤 피할 궁리로 하여 그의 좁은 가슴
은 쥐어뜯기었다. 그럴 사이에 그 궁리는 나서지 않고 제 신세가 어떻게
불쌍하고 가엾은지 몰랐다. 수백 리 밖에 부모를 두고 시집을 온 일, 온
뒤로 밤마다 날마다 당하는 지긋지긋한 고생, 더구나 오늘 시어머니한테
두들겨맞은 일이 한없이 서럽고 슬퍼서 솟아오르는 눈물을 걷잡을 수 없
었다. 주먹으로 씻다가 팔까지 젖었건만 눈물은 그치지 않았다…… 그때
였다. 누가 뒤에서 그의 어깨를 흔들었다. 순이는 무심코 돌아보자마자
간이 오그라붙는 듯하였다. 낮일을 다 하고 돌아왔음이리라. 그의 남편이
몸을 굽혀서 어깨넘어로 그를 들여다보고 있지 않은가. 그 볕에 그을린
험상궂은 얼굴엔 어울리지 않게 보드라운 표정과 불쌍해하는 빛이 역력히
흘렀다. 그러나 솔개에 채인 병아리 모양으로 숨 한번 옳게 쉬지 못하는
순이는 그런 기색을 알아볼 여유도 없었다.

"왜 울어, 울지 말아, 울지 말아!"
라고 꺽세인 몸을 떨어뜨리며 위로를 하면서 그 솥뚜껑 같은 손으로 우는
순이의 눈을 씻어 주고는 나가 버린다.

남편을 본 뒤로는 더욱 견딜 수 없었다. 가슴을 지질러서 막는 바위,
온몸을 바스려 내는 쇠몽둥이, 시방껏 흐르던 눈물도 간 데 없고 다시금

이 지긋지긋한 '밤 피할 궁리'에 어린 머리를 짰다. 아니 밤 탓이 아니다. 온전히 그 '원수의 방' 때문이다. 만일 그 방만 아니면 남편이 또한 눈물을 씻어 주고 나갈 따름이다. 그 방만 아니면 그런 고통을 줄려야 줄 곳이 없을 것이다. 고 '원수의 방!'을 없애 버릴 도리가 없을까? 입때 방을 피하려다가 뜻을 이루지 못한 순이는 인제 그 방을 없애 버릴 궁리를 하게 되었다.

밥이 보그를 넘었다. 순이는 솥뚜껑을 열려고 일어섰을 제 부뚜막에 얹힌 성냥이 그의 눈에 띄었다. 이상한 생각이 번개같이 그의 머리를 스쳐 간다. 그는 성냥을 쥐었다. 성냥 쥔 그의 손은 가늘게 떨렸다. 그러자 사면을 한번 돌아볼 겨를도 없이 그 성냥을 품속에 감추었다. 이만하면 될 일을 왜 여태껏 몰랐던가 하면서 그는 싱그레 웃었다.

그날 밤에 그 집에는 난데없는 불이 건넌방 뒤꼍 추녀로부터 일어났다. 풍세를 얻은 불길이 삽시간에 온 지붕에 번지며 훨훨 타오를 제 뒷집 담 모서리에서 순이는 근래에 없이 환한 얼굴로 기뻐 못 견디겠다는 듯이 가슴을 두근거리며 모로 뛰고 세로 뛰었다.

B사감과 러브레터

C여학교에서 교원 겸 기숙사 사감 노릇을 하는 B여사라면 딱장대요 독신주의자요 찰진 야소꾼으로 유명하다. 사십에 가까운 노처녀인 그는 주근깨투성이 얼굴이 처녀다운 맛이란 약에 쓰려도 찾을 수 없을 뿐인가, 시들고 거칠고 마르고 누렇게 뜬 품이 곰팡 슬은 굴비를 생각나게 한다.

여러 겹 주름이 잡힌 휠렁 벗겨진 이마라든지, 숱이 적어서 법대로 쪽 찌거나 틀어올리지 못하고, 엉성하게 그냥 빗어넘긴 머리꼬리가 뒤통수에 염소 똥만하게 붙은 것이라든지, 벌써 늙어 가는 자취를 감출 길이 없었다. 뾰족한 입을 앙다물고 돋보기 너머로 쌀쌀한 눈이 노릴 때엔 기숙생들이 오싹하고 몸서리를 칠이만큼 그는 엄격하고 매서웠다.

이 B여사가 질겁을 하다시피 싫어하고 미워하는 것은 소위 '러브레터'였다. 여학교 기숙사라면 으레 그런 편지들이 많이 오는 것이지만 학교로도 유명하고 또 아름다운 여학생이 많은 탓인지 모르되 하루에도 몇 장씩 죽느니 사느니 하는 사랑 타령이 날아 들어왔었다. 기숙생에게 오는 사신을 일일이 검토하는 터이니까 그 따위 편지도 물론 B여사의 손에 떨어진다. 달짝지근한 사연을 보는 족족 그는 더할 수 없이 흥분되어서 얼굴이 붉으락푸르락, 편지 든 손이 발발 떨리도록 성을 낸다. 아무 까닭 없이 그런 편지를 받은 학생이야말로 큰 재변이었다. 하학하기가 무섭게 그 학생은 사감실로 불리어 간다. 분해서 못 견디겠다는 사람 모양으로 쌔근쌔근하며 방 안을 왔다갔다하던 그는, 들어오는 학생을 잡아먹을 듯이 노리면서 한 걸음 두 걸음 코가 맞닿을 만큼 바싹 다가들어 서서 딱 마주선다. 웬 영문인지 알지 못하면서도 선생의 기색을 살피고 겁부터 집어먹은 학생은 한동안 어쩔 줄 모르다 간신히 모기만한 소리로,

"저를 부르셨어요?"

하고 묻는다.

"그래 불렀다. 왜!"

팍 무는 듯이 한마디 하고 나서 매우 못마땅한 것처럼 교의를 우당퉁탕 당겨서 철썩 주저앉았다가 학생이 그저 서 있는 걸 보면,

"장승이냐? 왜 앉지를 못해."

하고 또 소리를 빽 지르는 법이었다. 스승과 제자는 조그마한 책상 하나를 새에 두고 마주앉는다. 앉은 뒤에도,

"네 죄상을 네가 알지!"

하는 것처럼 아무 말 없이 눈살로 쏘기만 하다가 한참 만에야 그 편지를 끄집어 내어 학생의 코앞에 동댕이를 치며,

"이건 누구한테 오는 거냐?"

하고 문초를 시작한다. 앞장에 제 이름이 쓰였는지라,

"저한테 온 것이에요."

하고 대답 않을 수 없다. 그러면 발신인이 누구인 것을 재쳐 묻는다. 그런 편지의 항용으로 발신인의 성명이 똑똑지 않기 때문에 주저주저하다가 자세히 알 수 없다고 내대일 양이면,

"너한테 오는 것을 네가 모른단 말이냐?"

하고, 불호령을 내린 뒤에 또 사연을 읽어 보라 하여 무심한 학생이 나즉나즉하나마 꿀 같은 구절을 입술에 올리면, B여사의 역정은 더욱 심해져

서 어느 놈의 소위인 것을 기어이 알려 한다. 기실 보도 듣도 못한 남성의 한 노릇이요, 자기에게는 아무 죄도 없는 것을 변명하여도 곧이듣지를 않는다. 바른대로 아뢰어야 망정이지 그렇지 않으면 퇴학을 시킨다는 둥, 제 이름도 모르는 여자에게 편지할 리가 만무하다는 둥, 필연 행실이 부정한 일이 있으리라는 둥…….

하다못해 어디서 한번 만나기라도 하였을 테니 어찌해서 남자와 접촉을 하게 되었느냐는 둥, 자칫 잘못하여 학교에서 주최한 음악회나 '바자'에서 혹 보았는지 모른다고 졸리다 못해 주워 댈 것 같으면 사내의 보는 눈이 어떻더냐, 표정이 어떻더냐, 무슨 말을 건네더냐, 미주알고주알 캐고 파며 얼르고 볶아서 넉넉히 10년 감수는 시킨다.

두 시간이 넘도록 문초를 한 끝에는 사내란 믿지 못할 것, 우리 여성을 잡아먹으려는 마귀인 것, 연애가 자유이니 신성이니 하는 것도 모두 악마가 지어 낸 소리인 것을 입에 침이 없이 열에 떠서 한참 설법을 하다가 닦지도 않은 방바닥(침대를 쓰기 때문에 방이라 해도 마룻바닥이다.)에 그대로 무릎을 꿇고 기도를 올린다. 눈에 눈물까지 글썽거리면서 말끝마다 하느님 아버지를 찾아서 악마의 유혹에 떨어지려는 어린양을 구해 달라고 뒤삶고 곱삶는 법이었다.

그리고 둘째로 그의 싫어하는 것은 기숙생을 남자가 면회하러 오는 일이었다. 무슨 핑계를 하든지 기어이 못 보게 하고 만다. 친부모, 친동기 간이라도 규칙이 어떠니, 상학중이니 무슨 핑계를 하든지 따돌려 보내기가 일쑤다.

이로 말미암아 학생이 동맹 휴학을 하였고 교장의 설유까지 들었건만 그래도 그 버릇은 고치려 들지 않았다.

이 B사감이 감독하는 그 기숙사에 금년 가을 들어서 괴상한 일이 '생겼다'느니보다 '발각되었다'는 것이 마땅할는지 모르리라.

왜 그런고 하면 그 괴상한 일이 언제 '시작된' 것은 귀신밖에 모르니까.

그것은 다른 일이 아니라 밤이 깊어서 새로 한점이 되어 모든 기숙생들이 달고 곤한 잠에 떨어졌을 때 난데없는 깔깔대는 웃음과 속살속살하는 말낱이 새어 흐르는 일이었다. 하룻밤이 아니고 이틀 밤이 아닌 다음에야 그런 소리가 잠귀 밝은 기숙생의 귀에 들리기도 하였지만 잠결이라 뒷동산에 구르는 마른 잎의 노래로나, 달빛에 날개를 번뜩이며 울고 가는 기러기의 소리로나 흘려 들었다. 그렇지 않으면 도깨비의 장난이나 아닌가 하여 무시무시한 증이 들어서 동무를 깨웠다가 좀처럼 동무는 깨지 않고 제 생각이 너무나 어림없고 어이없음을 깨달으면, 밤소리 멀리 들린다고, 학교 이웃집에서 이야기를 하거나 또 딴 방에 자는 제 동무들의 잠꼬대로만 여겨서 스스로 안심하고 그대로 자 버리기도 하였다. 그러나 이 수수께끼가 풀릴 때는 왔다. 이때 공교롭게 한방에 자던 학생 셋이 한꺼번에 잠을 깨었다. 첫째 처녀가 소변을 보러 일어났다가 그 소리를 듣고 둘째 처녀와 셋째 처녀를 깨우고 만 것이다.

"저 소리를 들어 보아요, 아닌 밤중에 저게 무슨 소리야?"

하고 첫째 처녀는 호동그래진 눈에 무서워하는 빛을 띤다.

"어젯밤에 나도 저 소리에 놀랐었어, 도깨비가 났단 말인가?"

하고, 둘째 처녀도 잠 오는 눈을 비비며 수상해한다. 그 중에 제일 나이 많을 뿐더러(많았자 열여덟밖에 아니되지만) 장난 잘 치고 짓궂은 짓 잘 하기로 유명한 셋째 처녀는 동무 말을 못 믿겠다는 듯 이윽히 귀를 기울이다가,

"딴은 수상한걸. 나도 언젠가 한번 들어 본 법도 하구먼. 무얼 잠 아니 오는 애들이 이야기를 하는 게지."

이때에 그 괴상한 소리는 떽대굴 웃었다. 세 처녀는 귀를 소스라쳤다. 적적한 밤 가운데 다른 파동 없는 공기는 그 수상한 말 마디를 곁에서나 나는 듯이 또렷또렷이 전해 주었다.

"오! 태훈 씨! 그러면 작히 좋을까요."

간드러진 여자의 목소리다.

"경숙 씨가 좋으시다면 얼마나 기쁘겠습니까. 아아, 오직 경숙 씨에게 바친 나의 타는 듯한 가슴을 인제야 아셨습니까!"

정열에 띠인 사내의 목청이 분명하였다. 한동안 침묵…….

"인제 고만 놓아요. 키스가 너무 길지 않아요. 행여 남이 보면 어떡해요."

아양 떠는 여자 말씨.

"길수록 더욱 좋지 않아요. 나는 내 목숨이 끊어질 때까지 키스를 하여도 길다고는 못하겠습니다. 그래도 짧은 것을 한하겠습니다."

사내의 피를 뿜는 듯한 이 말끝은 계집의 자지러운 웃음으로 묻혀 버렸다.

그것은 묻지 않아도 사랑에 겨운 남녀의 허물어진 수작이다. 감금이 지독한 이 기숙사에 이런 일이 생길 줄이야! 세 처녀는 얼굴을 마주보았다. 그들의 얼굴은 놀랍고 무서운 빛이 없지 않았으되 점점 호기심에 번쩍이기 시작하였다. 그들의 머릿속에는 한결같이 '로맨틱'한 생각이 떠올랐다. 이 안에 있는 여자 애인을 보려고 학교 근처를 뒤돌고 곱돌던 사내 애인이, 타는 듯한 가슴을 걷잡다 못하여 밤이 으슥하기를 기다려 담을 뛰어넘었는지 모르리라.

모든 불이 다 꺼지고 오직 밝은 달빛이 은가루처럼 서리인 창문이 소리 없이 열리며 여자 애인이 흰수건을 흔들어 사내 애인을 부른지도 모르리라.

활동사진에 보는 것처럼 기나긴 피륙을 내리워서 하나는 위에서 당기고 하나는 밑에서 매달려 디룽디룽하면서 올라가는 정경이 있었는지 모르리라.

그래서 두 애인은 만나 가지고 저와같이 사랑의 속삭거림에 잦아졌는지 모르리라…… 꿈결 같은 감정이 안개 모양으로 눈부시게 세 처녀의 몸과 마음을 휩싸돌았다.

그들의 뺨은 후끈후끈 달았다. 괴상한 소리는 또 일어났다.

"난 싫어요, 당신 같은 사내는 난 싫어요."

이번에는 매몰스럽게 내어대는 모양,

"나의 천사, 나의 하늘, 나의 여왕, 나의 목숨, 나의 사랑, 나를 살려 주어요, 나를 구해 주어요."

사내의 애를 졸이는 간청…….

"우리 구경 가 볼까."

짓궂은 셋째 처녀는 몸을 일으키며 이런 제의를 하였다. 다른 처녀들도 이·말에 찬성한다는 듯이 따라 일어섰으되 의아와 공구와 호기심이 뒤섞인 얼굴을 서로 교환하면서 얼마쯤 망설이다가 마침내 가만히 문을 열고 나왔다. 쌀벌레 같은 그들의 발가락은 가장 조심성 많게 소리나는 곳을 향해서 곰실곰실 기어간다. 컴컴한 복도에 자다가 일어난 세 처녀의 흰 모양은 그림자처럼 소리없이 움직였다.

소리나는 방은 어렵지 않게 찾을 수 있었다. 찾고는 나무로 깎아세운 듯이 주춤 걸음을 멈출 만큼 그들은 놀래었다. 그런 소리의 출처야말로 자기네 방에서 몇 걸음 안 되는 사감실일 줄이야! 그렇듯이 사내라면 못 먹어 하고 침이라도 배앝을 듯하던 B여사의 방일 줄이야! 그 방에 여전히 사내의 비대발괄하는 푸념이 되풀이되고 있다.

나의 천사, 나의 하늘, 나의 여왕, 나의 목숨, 나의 사랑, 나의 애를 말려 죽이실 테요. 나의 가슴을 뜯어 죽이실 테요. 내 생명을 맡으신 당신의 입술로…….

셋째 처녀는 대담스럽게 그 방문을 빠끔히 열었다. 그 틈으로 여섯 눈이 방 안을 향하여 쏘았다. 이 어쩐 기괴한 광경이냐! 전등불은 아직 끄지 않았는데 침대 위에는 기숙생에게 온 소위 '러브레터'의 봉투가 너저분하게 흩어졌고 그 알맹이도 여기저기 두서없이 펼쳐진 가운데 B여사 혼자, 아무도 없이 제 혼자 일어나 앉았다. 누구를 끌어당길 듯이 두 팔을 벌리고 안경을 벗은 근시안으로 잔뜩 한곳을 노리며 그 굴비쪽 같은 얼굴에 말할 수 없이 애원하는 표정을 짓고는 키스를 기다리는 것같이 입

을 쫑긋이 내어민 채 사내의 목청을 내어 가며 아깟말을 중얼거린다. 그
러다가 그 넋두리가 끝날 겨를도 없이 급작스리 앵돌아서는 시늉을 내며
누구를 뿌리치는 듯이 연해 손짓을 하며 이번에는 톡톡 쏘는 계집의 음성
을 지어,

　　"난 싫어요, 당신 같은 사내는 난 싫어요."

하다가 제물에 자지러지게 웃는다. 그러더니 문득 편지 한 장을(물론 기
숙생에게 온 러브레터의 하나) 집어들어 얼굴에 문지르며,

　　"정 말씀이에요? 나를 그렇게 사랑하세요? 당신의 목숨같이 나를 사
랑하세요? 나를, 이 나를."

하고 몸을 추스리는데 그 음성은 분명 울음의 가락을 띠었다.

　　"에그머니, 저게 웬일이야!"

　　첫째 처녀가 소곤거렸다.

　　"아마 미쳤나 보아, 밤중에 혼자 일어나서 왜 저러고 있을꾸."

　　둘째 처녀가 맞방망이를 친다…….

　　"에그 불쌍해!"

하고, 셋째 처녀는 손으로 고인 때 모르는 눈물을 씻었다.

고　향

대구에서 서울로 올라오는 차중에서 생긴 일이다. 나는 나와 마주앉은 그를 매우 흥미있게 바라보고 또 바라보았다. 두루마기격으로 '기모'를 둘렀고, 그 안에서 옥양목 저고리가 내어 보이며, 아랫도리엔 중국식 바지를 입었다. 그것은 그네들이 흔히 입는 유지 모양으로 번질번질한 암갈색 피륙으로 지은 것이었다. 그리고, 발은 감발을 하였는데 짚신을 신었고, '고부가리'로 깎은 머리엔 모자도 쓰지 않았다. 우연히 이따금 기묘한 모임을 꾸미는 것이다. 우리가 자리를 잡은 찻간에는 공교롭게 세 나라 사람이 다 모였으니, 내 옆에는 중국 사람이 기대었다. 그의 옆에는 일본 사람이 앉아 있었다. 그는 동양 삼국 옷을 한몸에 감은 보람이 있어 일본말도 곧잘 철철대이거니와 중국말에도 그리 서툴지 않은 모양이었다.

"도꼬마데 오이데 데수까? (주＝어디까지 가십니까?)"하고 첫마디를 걸더니만, 동경이 어떠니, 대판이 어떠니, 조선 사람은 고추를 끔찍이 많이 먹는다는 둥, 일본 음식은 너무 싱거워서 처음에는 속이 뉘엇거린다는 둥, 횡설수설 지껄이다가 일본 사람이 엄지와 곤지 손가락으로 짜르게 끊은 꼿꼿한 윗수염을 비비면서 마지못해 깟댁깟댁하는 고개와 함께 "소오

데수까. (주＝그렇습니까.)"란 한 마디로 코대답을 할 따름이요, 잘 받아
주지 않으매, 그는 또 중국인을 붙들고서 실랭이를 하였다. "네쌍나을취
──""을씽섬마." 하고 덤벼 보았으나 중국인 또한 그 기름낀 뚜우한
얼굴에 수수께끼 같은 웃음을 띨 뿐이요, 별로 대꾸를 하지 않았건만, 그
래도 무에라고 연해 웅얼거리면서 나를 보고 웃어 보였다.

그것은 마침 짐승을 놀리는 요술쟁이가 구경꾼을 바라볼 때처럼 훌륭한
제 재주를 갈채해 달라는 웃음이었다. 나는 쌀쌀하게 그의 시선을 피해
버렸다. 그 주적대는 꼴이 어줍지 않고 밉살스러웠다. 그는 잠깐 입을 닥
치고 무료한 듯이 머리를 덕억덕억 긁기도 하며, 손톱을 이로 물어뜯기도
하고, 멀거니 창 밖을 내다보기도 하다가, 암만 해도 주절대지 않고는 못
참겠던지 문득 나에게로 향하며 "어디꺼정 가는기오?"라고 경상도 사투
리로 말을 붙인다.

"서울까지 가요."

"그런기오. 참 반갑구마. 나도 서울꺼정 가는데. 그러면, 우리 동행이
되겠구마."

나는 이 지나치게 반가워하는 말씨에 대하여 무어라고 대답할 말도 없
고, 또 굳이 대답하기도 싫기에 덤덤히 입을 닥쳐 버렸다.

"서울에 오래 살았는기오?" 그는 또 물었다.

"육칠 년이나 됩니다." 조금 성가시다 싶었으되, 대꾸 않을 수도 없었
다.

"에이구, 오래 살았구마. 나는 처음길인데 우리 같은 막벌이꾼이 차를
내려서 어디로 찾아가야 되겠는기오? 일본으로 말하면 '기진야드' 같은
것이 있는기오?"

하고 그는 답답한 제 신세를 생각했던지 찡그려 보았다. 그때, 나는 그의
얼굴이 웃기보다 찡그리기에 가장 적당한 얼굴임을 발견하였다. 군데군
데 찢어진 경성드뭇한 눈썹이 알알이 일어서며, 아래로 축 처지는 서슬에
양미간에는 여러 가닥 주름이 잡히고, 광대뼈 위로 뺨살이 실룩실룩 보이

자 두 볼은 쪽 빨아든다. 입은 소태나 먹은 것처럼 왼편으로 삐뚤어지게
찢어 올라가고, 조이던 눈엔 눈물이 괸 듯 삼십 세밖에 안 되어 보이는
그 얼굴이 십 년 가량은 늙어진 듯하였다. 나는 그 신사스러운 표정이 얼
마쯤 감동이 되어서 그에게 대한 반감이 풀려지는 듯하였다.

"글쎄요. 아마 노동 숙박소란 것이 있지요."

노동 숙박소에 대해서 미주알고주알 묻고 나서,

"시방 가면 무슨 일자리를 구하겠는기오?"라고 그는 매달리는 듯이
또 채쳤다.

"글쎄요. 무슨 일자리를 구할 수 있을는지요." 나는 내 대답이 너무
냉랭하고 불친절한 것이 죄송스러웠다. 그러나, 일자리에 대하여 아무 지
식이 없는 나로서는 이외에 더 좋은 대답을 해 줄 수가 없었던 것이다.
그 대신 나는 은근하게 물었다.

"어디서 오시는 길입니까?"

"흠, 고향에서 오누마." 하고 그는 휘 한숨을 쉬었다. 그러자, 그의 신
세 타령의 실마리는 풀려 나왔다. 그의 고향은 대구에서 멀지 않은 K군
H란 외따른 동리였다. 한 백 호 남짓한 그곳 주민은 전부가 역둔토를 파
먹고 살았는데, 역둔토로 말하면 사삿집 땅을 붙이는 것보다 떨어지는 것
이 후하였다. 그러므로, 넉넉지는 못할망정 평화로운 농촌으로 남부럽지
않게 지낼 수 있었다. 그러나, 세상이 뒤바뀌자 그 땅은 전부가 동양 척
식 회사의 소유에 들어가고 말았다. 직접으로 회사에 소작료를 바치게나
되었으면 그래도 나으련만, 소위 중간 소작인이란 것이 생겨나서 저는 손
에 흙 한번 만져 보지도 않고 동척엔 소작인 노릇을 하며, 실작인에게는
지주 행세를 하게 되었다. 동척에 소작료를 물고 나서 또 중간 소작인에
게 긁히고 보니, 실작인의 손에는 소출의 삼 할도 떨어지지 않았다. 그후
로 '죽겠다', '못살겠다' 하는 소리는 중이 염불하듯 그들의 입길에서 오
르내리게 되었다. 남부여대하고 타처로 유리하는 사람만 늘고, 동리는 점
점 쇠진해 갔다.

　지금으로부터 구 년 전, 그가 열일곱 살 되던 해 봄에 (그의 나이는 실상 스물여섯이었다. 가난과 고생이 얼마나 사람을 늙히는가) 그의 집안은 살기 좋다는 바람에 서간도로 이사를 갔었다. 쫓겨가는 운명이거든 어디를 간들 신신하랴. 그곳의 비옥한 전야도 그들을 위하여 열려질 리 없었다. 조금 좋은 땅은 먼저 간 이가 모조리 차지하였고, 황무지는 비록 많다 하나 그곳 당도하던 날부터 아침거리 저녁거리 걱정이라, 무슨 행세로 적어도 일 년이란 장구한 세월을 먹고 입어 가며 거친 땅을 풀 수가 있으랴. 남의 밑천을 얻어서 농사를 짓고 보니, 가을이 되어 얻은 것은 빈 주먹뿐이었다. 이태 동안을 사는 것이 아니라 억지로 버티어 갈 제, 그의 아버지는 우연히 병을 얻어 타국의 외로운 혼이 되고 말았다. 열아홉 살밖에 안 된 그가 홀어머니를 모시고 악으로 악으로 모진 목숨을 이어가는 중, 사 년이 못 되어 영양 부족한 몸이 심한 노동에 지친 탓으로 그의 어머니 또한 죽고 말았다.

　"모친꺼정 돌아갔구마." "돌아가실 때 흰죽 한 모금도 못 자셨구마." 하고 이야기하던 이는 문득 말을 뚝 끊는다. 그의 눈이 번들번들함은 눈물이 쏟아졌음이리라. 나는 무엇이라고 위로할 말을 몰랐다. 한동안 머뭇머뭇이 있다가 나는 차를 탈 때에 친구들이 사 준 정종병 마개를 빼었다. 찻잔에 부어서 그도 마시고 나도 마셨다. 악착한 운명이 던져 준 깊은 슬픔을 술로 녹이려는 듯이 연거푸 다섯 잔을 마신 그는 다시 말을 계속하였다. 그후 그는 부모 잃은 땅에 오래 머물기 싫었다. 신의주로, 안동현으로 품을 팔다가 일본으로 또 벌이를 찾아 가게 되었다. 구주 탄광에 있어도 보고, 대판 철공장에도 몸을 담아 보았다. 벌이는 조금 나았으나 외롭고 젊은 몸은 자연히 방탕해졌다. 돈을 모으려야 모을 수 없고, 이따금 울화만 치받치기 때문에 한곳에 주접을 하고 있을 수 없었다. 화도 나고 고국 산천이 그립기도 하여서 훌쩍 뛰어나왔다가 오래간만에 고향을 둘러보고 벌이를 구할 겸 서울로 올라가는 길이라 한다.

　"고향에 가시니 반가워하는 사람이 있습디까?" 나는 탄식하였다.

"반가워하는 사람이 다 뭔기오, 고향이 통 없어졌더마."

"그렇겠지요. 구 년 동안이면 퍽 변했겠지요."

"변하고 뭐고간에 아무것도 없더마. 집도 없고, 사람도 없고, 개 한 마리도 얼씬을 않더마."

"그러면, 아주 폐농이 되었단 말씀이오?"

"흥, 그렇구마. 무너지다 만 담만 즐비하게 남았즈마. 우리 살던 집도 터야 안 남았는기오. 만 찾아도 못 찾겠더마. 사람 살던 동리가 그렇게 된 것을 혹 구경했는기오?" 하고 그의 짜는 듯한 목은 높아졌다. "썩어 넘어진 서까래 뚤뚤 구르는 주추는! 꼭 무덤을 파서 해골을 헐어 젖혀 놓은 것 같더마. 세상에 이런 일도 있는기오? 백여 호 살던 동리가 십 년이 못 되어 통 없어지는 수도 있는기오, 후!" 하고 그는 한숨을 쉬며, 그때의 광경을 눈앞에 그리는 듯이 멀건히 먼산을 보다가 내가 따라 준 술을 꿀꺽 들이켜고 "참! 가슴이 터지더마, 가슴이 터져." 하자마자 굵직한 눈물 뒤 방울이 뚝뚝 떨어진다.

나는 그 눈물 가운데 음산하고 비참한 조선의 얼굴을 똑똑히 본 듯싶었다.

이윽고 나는 이런 말을 물었다.

"그래, 이번 길에 고향 사람은 하나도 못 만났습니까?"

"하나 만났구마. 단지 하나."

"친척 되는 분이던가요?"

"아니구마. 한이웃에 살던 사람이구마." 하고 그의 얼굴은 더욱 침울했다.

"여간 반갑지 않으셨겠지요."

"반갑다마다. 죽은 사람을 만난 것 같더마. 더구나 그 사람은 나와 까닭도 좀 있던 사람인데……."

"까닭이라니?"

"나와 혼인 말이 있던 여자구마."

"하아!" 나는 놀란 듯이 벌린 입이 닫혀지지 않았다.

"그 신세도 내 신세만이나 하구마."

하고 그는 또 이야기를 계속하였다. 그 여자는 자기보다 나이 두 살 위였는데, 한이웃에 사는 탓으로 같이 놀기도 하고, 싸우기도 하며 지냈었다. 그가 열네 살 적부터 그들 부모들 사이에 혼인 말이 있었고, 그도 어린 마음에 매우 탐탁하게 생각하였었다. 그런데, 그 처녀가 열일곱 살 된 겨울에 별안간 간 곳을 모르게 되었다. 알고 보니, 그 아비 되는 자가 이십 원을 받고 대구 유곽에 팔아먹은 것이었다. 그 소문이 퍼지자, 그 처녀 가족은 그 동리에서 못 살고 멀리 이사를 갔는데, 그후로는 물론 피차에 한번 만나 보지도 못하였다. 이번에야 빈터만 남은 고향을 구경하고 돌아오는 길에 읍내에서 그 아내 될 뻔한 댁과 마주치게 되었다. 처녀는 어떤 일본 사람 집에서 아이를 보고 있었다. 궐녀는 이십 원 몸값을 십 년을 두고 갚았건만 그래도 주인에게 빚이 육십 원이나 남았었는데, 몸에 몹쓸 병이 들어 나이 늙어져서 산송장이 되니까, 주인 되는 자가 특별히 빚을 탕감해 주고, 작년 가을에야 놓아 준 것이었다. 궐녀도 자기와 같이 십 년 동안이나 그리던 고향에 찾아오니까, 거기에는 집도 없고, 부모도 없고 쓸쓸한 돌 무더기만 눈물을 자아낼 뿐이었다. 하루해를 울어 보내고 읍내로 들어와서 돌아다니다가, 십 년 동안에 한 마디 두 마디 배워 두었던 일본말 덕택으로 그 일본 집에 있게 되었던 것이었다.

"암만 사람이 변하기로 어째 그렇게도 변하는기오? 그 숱많던 머리가 홀렁 다 벗어졌더마. 눈은 푹 들어가고, 그 이들이들하던 얼굴빛도 마치 유산을 끼얹은 듯하더마."

"서로 붙잡고 많이 우셨겠지요."

"눈물도 안 나오더마. 일본 우동집에 들어가서 둘이서 정종만 열 병 따라 뉘고 헤어졌구마." 하고 가슴을 짜는 듯한 괴로운 한숨을 쉬더니만 그는 지낸 슬픔을 새록새록이 자아내어 마음을 새기기에 지쳤음이더라.

"이야기를 다 하면 무얼 하는기오."

하고 쓸쓸하게 입을 다문다. 내 또한 너무도 참혹한 사람살이를 듣기에
쓴물이 났다.

"자, 우리 술이나 마자 먹읍시다." 하고 우리는 주거니받거니 한 되
병을 다 말리고 말았다. 그는 취흥에 겨워서 우리가 어릴 때 멋모르고 부
르던 노래를 읊조렸다.

    볏섬이나 나는 전토는
    신작로가 되고요——
    말 마디나 하는 친구는
    감옥소로 가고요——
    담뱃대나 떠는 노인은
    공동 묘지 가고요——
    인물이나 좋은 계집은
    유곽으로 가고요——

사립 정신병원장

생각하면 재작년 겨울 일이다. 나는 오래간만에야 고향에 돌아갔었다. 십여 호가 넘던 일갓집들이 가을 바람에 나부끼는 포플러 잎보다도 더 하잘것없이 흩어진 오늘날에야 말이 고향이지 기실 쓸쓸한 타향일 따름이다. 비록 초가일망정 이십여 칸이나 되는 우리 집도 다섯 칸 오막살이로 찌그러들어 성 밖 외따른 동리에 초라하게 남았고, 거기는 칠순에 가까운 아버지와 사십이 넘은 계모가 턱을 고이고 앉았을 뿐. 아들도 남부럽지 않게 많지마는 제 입 풀칠하기에 바쁜 그들은 부모님 봉양할 이는 하나도 없었던 것이다. 몇 달 만에야 한 번, 몇 해 만에야 한 번 집 안으로 기어드는 자식은 자식이 아니요 손님이었다. 쌀밥 한 그릇 고깃국 한 대접을 만들어 먹이기에 아버지와 어머니가 얼마나 고심하는 것을 잘 아는 나는 얼른 데미다보고는 선선히 일어서는 것이 항례이었다. 그러나 내가 여기서 내 시세와 우리 집안 형편을 늘어놓자는 것은 아니다. 음산하고 참담한 내 동무 하나의 이야기를 기념삼아 적어 두자는 것이다.

아버지 집을 총총히 뛰어나온 나의 발길은 몇 아니 되는 친구가 구락부 삼아 모이는 L군의 사랑으로 향하였다. 그들은 무조건으로 나를 환영해 주었다. 반가움 즐거움은 이야기의 즐거움으로 옮겨 갔다. 서울 형편 이야기, 글 이야기를 비롯하여 친구들의 가정에 일어난 에피소드까지 우리의 화제에 올랐다.

"W군이 어째 보이지 않나. 요새도 은행에 잘 다니나." 나는 그 사랑의 단골축의 하나인 W군의 소식을 물어 보았다.

"이번 정리 통에 그나마 미역국을 먹었네." 하고 주인 되는 L군이 얼굴을 찌푸린다. 나는 그 말을 듣고 놀랐다. 이 W군으로 말하면 그야말로 헐길할길 없는 형편이었다. 본디 서발 막대 거칠 것 없는 가난한 집안에 태어난 그는 열여덟 살 때에 백부에게로 출계를 하게 되었다. 양자간 덕택으로 즉시 장가는 들 수 있었으나 사람 좋은 양부는 남의 빚봉수로 말미암아 씩씩하지 않은 시골살림이 일조에 판들고 말았다. 그는 처가에 몸을 의탁하는 수밖에 없게 되었다. 그러나 처가 또한 넉넉지 못한 형세이다. 조반석죽도 궐할 때가 많았다. 넉넉한 처가살이도 하기 어렵다 하거든 하물며 가난한 처가살이랴. 목으로 넘어가는 밥 한 알 두 알이 바늘과 같이 그의 창자를 찔렀으리라. 이토록 고생에 부대끼면서도 그는 얼굴 한번 찡그리는 법이 없었다. 그는 언제든지 싱글싱글 웃었다. 그는 말 한 마디를 해도 웃지 않고는 못하는 낙천가였다. 서울에 올라와서 고학을 할 때 살을 에어내는 듯한 겨울날 속옷을 빨다가 손이 몹시 쓰리면 그는 벌떡 일어나 손을 쩔레쩔레 흔들며 '이놈의 손가락이 별안간에 왜 뺏뺏해지나.' 하고는 웃었다. 밥을 짓다가 연기가 눈으로 들어가면 눈물이 그렁그렁한 눈을 비비면서도 그는 히히 하고 웃기를 잊지 않았다. 그 대신 그 몸은 여지없이 말라 갔다. 뼈하고 가죽으로만 접한 듯한 얼굴은 바늘로 찔러도 피 한 점 날 것 같지 않았다. 가장 기쁜 듯이 웃을 때면 입가는 마치 누비를 누벼 놓은 듯이 여러 가닥 주름이 잡히었다.

만사를 웃고 지내는 그이언만 처가살이는 견디지 못하였던지 작년 봄에 남의 협호를 얻어 자기 식구를 끌고 나왔다. 백관으로 살림을 차리고 보니 그 군색한 것이야 당자 아닌 남으론 상상도 못할 일이 있었으리라. 있는 친구에게 쌀되를 꾸어 가면서 그날그날을 보내던 중 여러 가지로 주선한 끝에 T은행의 고원으로 채용이 되었었다. 이십오 원이란 월급이 비록 적지마는 그들의 가정에겐 생명의 줄이었다. 그런데 그 줄이나마나 끊어졌으니 그는 또 무엇을 하며 지낼 것인가. 더구나 그는 벌써 열두 살 먹은 맏딸, 여덟 살 되는 둘째 딸, 네 살 먹은 아들의 아버지가 아니냐.

"그러면 무엇을 먹고 산단 말인가."

나는 탄식하였다.

"요새는 사립 정신병원장이 되셨지요."

하고 익살 잘 부리는 S군이 낄낄 웃었다. 온 방은 이 말에 떽때그르 웃었다.

"사립 정신병원장이라니?" 나는 웬 까닭을 몰라서 재쳐 물었다.

"출근 오전 칠시, 퇴근 오후 육시, 집무중 면회 절대 사절, 일시라도 환자의 곁은 떠나지 못할지니 변소 출입도 엄금……."

하고 S군이 북받치는 웃음을 못 참을 제 방 안에 웃음소리는 또 한 번 높아졌다.

S군의 설명을 들으면 W군에게 P란 친구가 있었다. 워낙 체질이 나약한 그는 어릴 적부터 병으로 자라났다. 성한 날이라고는 단지 하루가 없었다. 가난한 집 자식 같으면 땅김을 벌써 맡았으련마는 다행히 수천석 군의 외동아들로 태어난 덕택에 삼과 녹용의 힘이 그의 끊어지려는 목숨을 간신히 부지해 왔었다. 자식이 그렇게 허약하거든 장가나 들이지 않았으면 좋을걸 재작년에 혼인을 한 뒤부터 그의 병세는 더욱더 처진 모양이었다. 금년 봄에 첫딸은 낳은 뒤론 그는 실성실성 정신에 이상이 생기고말았다.

미치고 보니 자연히 찾아오는 친구도 없고 부모 친척까지 그와 오래 앉아 있기를 꺼리게 되었다. 그렇다고 병자를 내어보낼 수도 없고 혼자 한 방에 감금해 두는 것도 또한 염려스러운 일이다. 그래 W군이 '사립 정신병원장'이 된 것이다. 날이 맞도록 미친 이의 말벗이 되고 보호병 노릇을 하는 보수로 W군은 한 달에 쌀 한 가마니, 돈 십 원씩을 받게 된 것이다.

'사립 정신병원장!' 나는 속으로 한번 외워 보았다. 나의 가슴은 한 그믐밤같이 캄캄해졌다.

그날 저녁에는 W군을 만났다.

"원장 영감, 인제야 퇴근하셨습니까."

하고 S군은 또 낄낄댄다. 방 안에 다시금 웃음이 터졌다. W군도 또한 빙그레 웃었으되 그 샛노란 얼굴엔 잠깐 검은 그림자가 지나가는 듯하였다.

"오늘은 별일 없었나?" 친구들은 W군을 중심으로 둘러앉으며 L군이 물었다. 그들의 눈에는 호기심이 번쩍이었다.

"여보게, 말도 말게, 오늘은 정말 혼이 났네." 하고 W군은 역시 싱글싱글 웃는다.

"왜?" 여러 사람의 눈은 휘둥그래졌다.

"지랄이 점점 늘어가나 보네. 오늘은 문을 첩첩이 닫고 늘 하는 그 지랄을 하더니만 칼을 가지고 나를 찌르려고 덤비데."

"칼은 또 웬 칼인고."

"낮에 밤 깎으라고 내온 것을 어느 새 집어넣었던가 보데."

"그래 그 칼을 빼앗았나?"

"그까짓 것 안 빼앗으면 어떨라고. 설마 미친 놈이 사람 죽이겠나."

하고 W군은 또 웃었다. 그러나 그의 몸은 웬일인지 추운 듯이 떨고 있었다.

"자네도 좀 실성실성하이그려, 미친 놈이 사람을 죽이지 성한 놈이 사람을 죽이나."

거기 모인 친구의 하나인 K군이 그 귀공자다운 흰 얼굴이 조금 푸르러지며 이런 말을 하였다.

"성한 사람 같으면 푹 찌르지만 칼을 들고 남의 목을 겨누며 한참 지랄을 하더니 그대로 퍽 쓰러지데그려.”

“자네 오늘은 운수가 좋았네. 문을 첩첩이 잠그고 그 어둠침침한 방 안에서 정말 찔렀으면 어쩔 뻔했나.” 하고 L군은 아찔아찔한 듯이 몸서리를 친다.

“문을 왜 처잠그는가?” 나는 또 설명을 요구하였다.

“자네는 참 모를 걸세.” 하고 W군은 설명해 주었다. P의 증세는 소위 공인증(恐人症)이란 것이었다. 천연스럽게 앉아 있다가 문득 눈을 홉뜨고 그 백지장 같은 얼굴이 파랗게 질려 가지고,

‘아이구, 저놈들이 또 온다. 아이구, 저놈이 나를 잡으러 온다.’라고 황급하게 중얼거리며 숨을 곳을 찾는 듯이 방 안을 썰썰 매다가 ‘여보게 W군 문 좀 닫아 주게.’라고 비두발괄하는 법이었다. 그러면 W군은 하릴없이 사랑 중문을 닫고, 그들이 있는 방문이란 방문은 미닫이며 덧창이며 바깥문까지 모조리 닫아 걸어야 한다. 그래서 방 안이 침침해지면 개한테 쫓긴 닭 모양으로 방 한구석에 고개를 처박고 있던 미친 이는 고개를 번쩍 들고 사면을 두리번두리번 살핀다. 그러다가 별안간 ‘히, 히, 히, 히.’라고 마디마디 끊어진 웃음을 웃는다.

이 웃음소리를 따라 그의 홉뜬 눈이 점점 번들번들해지자 ‘이놈들아, 너희들이 나를 잡아가. 어림 반푼어치 없어, 히, 히, 히.’ 하면서 소리를 고래고래 지르다가 한 시간 가량 지나면 제풀에 지쳐서 그대로 쓰러지는 법이었다. 그런데 오늘도 법대로 또한 문을 다 잠그고 한참 발광을 하다가 문득 품속에서 창칼을 쓱 빼어들더니 W군에게 달려들어 그 칼을 목에다 겨누며 ‘이 죽일 놈, 네가 나 잡으러 온 것이지. 이놈, 칼에 죽어 보아라.’ 하고 소리소리 지르다가 다행히 그대로 쓰러졌다고 한다.

“자네 오늘 십 년 감수는 했겠네.”

하고 L군이 소리를 떨어뜨린다.

“글쎄, 원장 노릇도 못해 먹겠는걸.”

하고 W군은 또 히히 웃어 보이었다.

　K군의 주최로 그날 밤에 우리는 해동관이란 요리집에 가게 되었다. 일행이 거의 다 외투를 걸쳤건만 W군 홀로 옥양목 겹두루마기 자락을 찬 바람에 날리며 가는 다리를 꼬는 듯이 하며 걸어가는 양이 눈물겨웠다.

　요리상은 벌어졌다. 셋이나 부른 기생의 기름내와 분내가 신선로 김과 한데 서리었다. 장구 소리와 가야금 가락이 서로 어우러지자 한가한 고로 웅장한 단가며 멋지고 구슬픈 육자배기 단 입김과 함께 둥둥 떠돌았다.

　술은 여러 차례 돌았건만 나는 조금도 취해지지를 않았다. W군의 존재가 어쩐지 나의 마음을 어둡게 하였다. 첫째로 그의 주량이 나를 놀라게 하였다. 서울에서 고학하던 시절, 학비를 넉넉히 갖다 쓰는 친구가 청요리집으로 가난한 놀이를 하려면 강권하는 것을 떨치다 못하여 배갈 한 잔에 누른 얼굴이 홍당무로 변하며 그대로 쓰러지던 그였다. 그런데 오늘 저녁엔 비록 정종일망정 열 잔이 넘었으되 조금도 취하는 기색이 보이지 않았다. 빼빼 마른 팔뚝을 반만 걷어 요리상 위에 세운 채 기생이 따라 주는 대로 그는 꿀꺽꿀꺽 들이켜고 있었다.

　“자네 웬 술을 그렇게 먹나.” 마침내 나는 W군을 향해서 의아한 듯이 물었다.

　“왜 나는 술도 못 먹는 줄 알았나.” 하며 W군은 또 히히 웃어 보이었다.

　“여보게 W군, 술이 어떤 줄 알고 그런 말을 하나. 한 동이를 가지고는 못 가도 먹고는 간다네. 식전에 해장도 세 사발은 먹어야 견디네.” S군이 도리어 내 말을 의아하게 여기는 듯이 가로채더니만,

　“여보게 W군, 자네는 자네 말짝으로 그 눈알만한 잔 가지고는 턱이 아니 될 터이니 컵으로 하게.”

　“그것도 좋지. 나만 그럴 것 있나, 우리 모두 컵으로 하세그려.”

　컵은 들여왔다. 처음에는 먹을 듯이 모두들 W군의 말에 찬동을 하더니만 컵에 술을 붓고 보니 끔찍하던지 감히 마시려 들지 않았다. W군 홀로 세 컵을 기울이고 말았다.

"자네들도 들게그려." 하고 한 두어 번 권해 보았으나 잘들 들지 않으매 저 혼자 연거푸 다섯 잔을 들이켰다. 그는 자기의 비색한 신수와 악착한 형편을 도무지 잊은 듯하였다. 그와 반대로 모인 중에도 자기 혼자 유쾌하고 기쁜 듯하였다. 기생 하나가 장구를 메고 일어서자 앞장서서 얼신덜신 춤을 춘 이도 W군이었다. 꽉 잠긴 목으로 남 먼저 '에라만수'를 찾은 이도 W군이었다.

놀이는 끝장날 때가 왔다. 꽹과리 소리가 사람의 귀를 찢었다. 춤 추다가 쓰러지는 사람이 하나씩 둘씩 늘게 되었다.

"인제 그만 가세그려." 술이 덜 취한 L군이 마침내 이런 제의를 하였다. 우리는 그 말에 찬동을 하며 외투를 떼어 입었다.

그때에도 한 팔로 요리상을 짚고 몸을 가누지 못하면서도 아직 술병을 기울이고 있던 W군은 문득 보이를 불러서 신문지를 가져오라 하였다. 신문지를 받아들자 그는 약식이며 떡 같은 것을 주섬주섬 싸기 시작하였다.

"여보게 창피하이, 그만두게." K군이 눈썹을 찡기며 말리었다.

"어떤가. 내 돈 준 것 내가 가져가는데." 하고 W군은 역시 웃으며 벌벌 떠는 손으로 쌀 것을 줍기에 바쁘다.

"인제 그만 싸게, 에이 창피스러워." 하며 K군은 고개를 돌린다. 마침내 W군은 쌀 것을 다 싸 가지고 송편과 약식이 삐죽삐죽 나오는 봉지를 들고 비슬비슬 일어선다.

그때 K군의 '나지미'라는 명옥이가 입을 삐죽거리면서 그 광경을 바라보다가,

"원장 영감댁은 오늘 밤에 큰 잔칠 하겠구먼." 하고 비우적거리었다. 그 말이 떨어지자마자 W군은 나는 듯이 명옥에게 달겨들었다.

"이년, 뭣이 어째." 라는 고함과 함께 W군의 손은 철썩 하고 명옥의 뺨에 올라붙었다. 명옥은 "애고고." 외마디소리를 치고 쓰러지자 W군은 미워서 못 견디겠다는 듯이 "원장댁 큰 잔치? 큰 잔치?" 라고 뇌이면

서 발길로 엎어진 계집의 허리를 찼다. 이 야단통에 W군의 떡 싼 봉지
는 방바닥에 떨어져 흩어졌다. 나는 이 싸움의 원인이요 사랑의 뭉치인
봉지를 얼른 주워서 방 한구석 장구 엎혔던 자리 위에 올려 두었다.

싸움은 벌어졌다. K군이 명옥의 역성을 들며 W군에게 덤빈 까닭이
다. K군은 W군의 목덜미를 잡아 취술레 돌리다가,

"이자식, 미친놈하고 같이 있더니 미쳤나뵈. 왜 사람을 차며 지랄발광
을 하노." 하며 휙 뿌리치자 W군은 비슬비슬 몇 걸음 걸어오다가 방
바닥에 얼굴을 처박고 푹 꺼꾸러졌다. 그럴 겨를도 없이 엎어진 이는 벌
떡 몸을 일으켜서 곧 K군에게로 달겨들었다. 우리는 황망히 그의 팔을
잡아 만류를 하였는데 그때 그의 얼굴은 지금 생각해 보아도 몸서리가 끼
친다. 엎어질 때 다쳤음이라. 악다문 이빨엔 피가 흘렀다. 그 경성드뭇한
눈썹이 알알이 일어섰으며 핏발 선 눈엔 그야말로 불이 나는 듯하였고,
이마엔 마른 가죽을 뚫고 나올 듯이 푸른 힘줄이 섰다. 그러나 그것보다
도 마치 납을 끓여 부은 듯한 그 얼굴, 실룩실룩하는 살점 하나하나가 떠
는 듯한 그 꼴이란 더할 수 없이 무서웠다. 입에 거품을 버글버글 흘리
고,

"미친놈하고 같이 있으면 어쨌단 말이냐. 미쳤으면 어쨌단 말이야.
오! 너는 돈 있다고, 너는 돈 있다고."
하고 이를 빠드득빠드득 갈아붙이며 K군을 향해 몸부림을 쳤다. 순한 양
같은 이 낙천가가 비록 취중일망정 사나운 짐승같이 날뛰며 악마보다도
더 지독한 표정을 할 줄이야 누가 꿈엔들 생각하였으랴.

간신히 뜯어말려서 먼저 K군을 보내고 L군과 S군과 나는 이 W군을
진정시켜서 얼마 만에야 그 요리집 방문을 나오려 하였다. 그때 W군은
무엇을 찾는 듯이 연해 방 안을 살피다가 아까 내가 얹어 둔 봉지를 발견
하자 그의 눈은 이상하게 번쩍이었다. 그의 뜻을 지레짐작한 나는 얼른
그 봉지를 집자 그는 내 손에서 그 봉지를 빼앗듯이 받아 가지고 방바닥
에 태질을 쳤다. 그러자 그는 흩어진 음식 위에 꺼꾸러지며 엉엉 울기 시

작하였다. 그의 얼굴과 손은 약식투성이가 되고 말았다.

"복돌아, 약식 안 먹어도 산다. 복돌아, 송편 안 먹어도 산다." 한동안 그는 제 아들 이름을 부르며 목을 놓고 울었다.

문득 울음을 뚝 그친 그는 무엇을 노리는 듯이 제 앞을 바라보더니만 나를 향하며,

"여보게, 칼로 푹 찔러죽이는 것이 어떻겠나?" 우리는 어리둥절하며 그의 입만 바라보았다.

"아니, 그럴 일이 아니다. 고 어린것을 칼로 찌를 거야 있나. 차라리 목을 눌러 죽이지. 목을 누르면 내 손아귀 밑에서 파득파득하겠지."

"여보게, 누구를 죽인단 말인가?"

마침내 나는 물어 보았다.

"우리 복돌이를 말일세. 하나씩하나씩 죽이는 것보다 모두 비끄러매 놓고 불을 질러 버릴까."

나는 그 말을 듣고 전신에 소름이 끼치었다.

"흥, 내 자식 죽이면 저희들은 성할 줄 알고. 흥, 그놈들도 내 손에 좀 죽어야 될걸."

그 이튿날, S군의 말을 들은즉 W군의 집에서 악마구리떼 같은 어른 과 아이의 울음이 하도 요란하기에 자다가 말고 가 보니 W군의 부인은 어떻게 맞았던지 마루에 늘어진 채 갱신도 못하고, 아이새끼는 기둥 하나 에 하나씩 바로 친친 매어 두었으며, W군은 손에 성냥을 쳔 대로 마당 에 쓰러져 쿨쿨 코를 골고 있었다고 한다.

그 다음날 차로 나는 서울로 올라왔다. W군은 사립 정신병원의 사무 가 바빠 나를 전송도 해 주지 못하였다. 그런 일이 있은 후 다섯 달 가량 지냈으리라. 나는 L군으로부터 편지를 받았다.

……군이 마침내 미치고 말았다. 그는 오늘 아침에 P군을 단도로 찔 러 그 자리에 죽이고 말았네. P군의 미친 칼에 죽을 뻔하던 그는 도리어

P군을 죽이고 만 것일세…….

　나는 이 편지를 보고 물론 놀랐으나 어쩐지 으레이 생길 참극이 마침내
실연되고 만 것 같았다.

현진건의 작품과 현실인식

신 동 욱

1. 머리말

현진건(玄鎭建, 1900~1943)은 경북 대구 출생이며, 필명은 빙허(憑虛)이다. 1912년에 일본 동경의 성성(成城)중학에서 공부하였다. 다음에는 동경 독일어 전수학원에서 수학하고 1917년에 졸업하였다. 이 해에 『거화(炬火)』라는 작문지를 내기 위하여 이상화, 이상백, 백기만 등과 모임을 만들었다. 1918년 중국 상해에서 독립운동을 하던 형 정건을 찾아보고, 그곳 상해에 있는 호강대학의 전문부 독일어과에 적을 두었으나 중퇴하고 1919년에 귀국하였다.

1920년에 단편 「희생화(犧牲花)」를 『개벽』지 11월호에 발표하여 작가로서의 첫 작품을 세상에 선보이고 있다. 1922년에 『백조(白潮)』 동인이 되었다.

이어 1924년에 그의 대표작의 하나인 「운수 좋은 날」(개벽, 6월호)이 발표되었고, 다음해에는 「불」(개벽, 1925. 1), 「B사감과 러브레터」(조선문단, 1925. 2) 등 주목되는 수작들을 발표하여 호평을 받았다. 다음으로 1926년에 단편집 『조선의 얼굴』(글벗집)이 발간되었다.

1936년 동아일보 사회부장으로 재직했던 당시 손기정 선수가 베를린 올림픽 대회에서 마라톤 경주로 우승하자, 그 보도사진에서 일장기를 흐려 신문을 보급한 책임을 지고 동아일보를 떠나게 된다.

그후 서대문구 부암동에서 양계를 하며 역사소설「무영탑(無影塔)」을 동아일보에 연재하였다. (1938)

작품집에는『조선의 얼굴』(1926, 글벗집),『현진건 단편집』(1941, 박문서관),『적도 (赤道)』(1939, 박문서관),『무영탑 (無影塔)』(1939, 박문서관), 번역소설『첫날밤』(1925, 박문서관) 등이 있다.

작가는 광복을 보지 못하고, 1943년 44세의 젊은 나이로 아깝게 세상을 떠났다.

2. 지식인의 부적응 문제

현진건의 작품에는 지식인의 적응문제가 다루어지고 있다. 그의 작품으로 호평을 받은「빈처」(개벽, 1921. 1)는 작가 지망생의 곤궁한 생활상이 제시된다. 서술자인 나는 친척들로부터 착실하다는 평을 받는 동년배인 T와 비교되며, 문학가 지망생인 서술자를 무자각한 인물로 비판함을 잘 알고 있다. T는 한성 은행원으로 정상적인 직업이 있고 경제에도 밝은 사람이다. 할 일 없이 매일 집에 앉아 책을 읽거나 글을 쓰는 자신의 처지와는 판이하게 다름을 알고 있다.

나는 식생활조차 어려운 처지여서 아내가 시집올 때 해온 여러 가지 옷이나 가구들을 전당포에 잡힐 정도로 곤궁하게 지낸다.

이렇게 지내던 어느 날 T는 나의 집에 와 새로 산 양산을 펼쳐 보이게 된다. 그로 인하여 아내는 그러한 T의 처지를 부러워하게 된다. 작가는 이러한 내용을 주인공의 심리적 동향을 포착하여 적절히 묘사하고 있다.

T가 간 다음 아내는 나에게 "당신도 살 도리를 좀 하세요"라고 푸념을 하게 된다. 이러한 아내의 말에 나는 오히려 화를 내어 아내의 눈에서 눈물까지 흘리게 한다. 이러한 첫 장면에서 서술자는 다음과 같이 자신의 처지를 암시하여 그 진실한 의미가 실감되게 하였다.

> 내일 아침거리를 장만하려고 옷을 찾는 아내의 심중을 생각해 보니 말할 수 없는 슬픈 생각이 가을 바람과 같이 설렁설렁 심골(心骨)을 분지르는 것 같다.
> 쓸쓸한 빗소리는 굵었다 가늘었다 의연히 적적한 밤공기에 더욱 처량히 들리고 그을음 앉은 등피(燈皮) 속에서 비치는 불빛은 구름에 가린 달빛처럼 우는 듯 조는 듯, 구차(苟且)히 얻어 산 몇 권 양책의 표제(表題) 금자가 번쩍거린다.
>
> (어문각, 신한국문학전집 5권, 159면, 1979)

이러한 묘사에서, 서술자 화자인 나의 슬픈 심정과 아내의 심경이 잘 보이며 비내리는 밤 풍경과 융합되어 있다. 특히 작가 지망생으로서 실생활에는 아무 능력이 없는, 책의 금자 표제가 빛에 반사하여 번쩍거리는 데서 지식인의 무력함이 반어적으로 잘 묘사되고 있다.

또 가난에 고생하는 아내가 남편인 나를 싫어할까 염려도 하고, 자기 자신의 처지를 서술자 화자 스스로가 비하하기도 한다. 그리고 중국과 일본에서 지식을 탐구하다 경제적 이유로 중단한 사실과 구식 여성과 혼인한 것을 후회하기도 했다. 그러나 서술자 화자는 그의 아내가 구차한 생활을 잘 견디며 서술자 화자인 나를 위로하고 섬겨 주는 훌륭한 여성임을 발견한다.

그 다음에는 장인의 생신에 두 부부가 참석하고, 인천에 사는 처형도 만나게 된다. 여기서 친가 사람들의 눈에는 인천의 언니가 더 젊어보이고 서울 사는 서술자 화자의 아내가 고생이 심하여 오히려 더 늙어보인다고 한다. 그러나, 인천 사는 처형이 비록 비단을 입고 경제적으로는 잘 살지만 얼굴에 퍼런 멍이 든 사실로 미루어 처형 부부 사이가 원만치 못한 사실이 암시된다. 그리고 서술자 화자는 그 아내의 정성어린 협조를 재확인한다.

이러한 내용에서 겉으로는 부유하게 살지만 부부애에는 문제가 있는 처형 부부와 비록 가난하지만 금실이 좋은 서술자 화자 부부의 삶이 서로 반어적 양상으로 대비되고 있음에 주목할 수 있다.

여기서 현진건 소설이 지니는 반어적 구성을 엿보게 된다. 이러한 문제는 현진건의 단편들이 현실에 도사린 여러 문제를 발견하고 해결하는 과정에서 기대했던 바램과 현실적 결과 사이의 모순이나 괴리를 객관적으로 포착한 그의 탐구의 정신에 의한 것이다. 즉 소설 구성의 기교는 작가의 세계관과 미의식에 의한 의미 발견과 연관되고 있음을 알게 한다.

이러한 이야기의 내용에서 1920년대 초의 젊은 지식인들의 현실적 고통이 집약되어 있다. 이 작품과 함께 「술 권하는 사회」 및 「타락자」도 지식인의 부적응의 문제가 실감있게 제시되고 있다.

특히 「술 권하는 사회」에서 동경 유학을 마치고 올 남편에 대한 환상적인 기대를 가졌던 아내가, 매일같이 술을 마시며 직업 없이 소일하는 남편에 대한 실망의 이야기도 실감나게 그려지고 있다.

이 작품에서, "처음은, 민족을 위하느니, 사회를 위하느니" 하며 명분을 중히 내세우지만 막상 사업을 구체화시키지는 못하고 일의 조직 단계에서부터 '명예 싸움'이나 '지위 다툼'으로 인하여 성사가 되지 않는 사회적 분위기의 반어적 현상이 노출되고 있다. 그리고 지식인의 관념적 사고와 무교양한 여성의 지나친 남편에 대한 기대감도 역시 문제가 됨을 알 수 있다.

작품 「타락자」는 아내를 둔 지식인이 춘심이라는 기녀에게 빠져 성병을 얻고 끝내는 아내에게까지 병을 옮겨 그 태아까지도 위험하게 된 사실을 밝혀, 지식인의 허약한 도덕의식을 비판적으로 조명하고 있다.

이처럼, 현진건은 자신과 동시대인의 문제를 가림없이 들추어내어 그 가치의 어긋남을 명백히 밝혀, 이른바 객관적 사실주의의 길을 여는 데 기여하였다. 그리고 그의 문장에서 정확한 세부묘사와 반어적인 이야기 구성의 기교로 러시아 작가 안톤 체홉만큼 뛰어난 기량을 발휘했다는 높은 찬사를 받기도 하였다.

3. 하층민의 고통과 그 고발적 제시

우선 단편「운수 좋은 날」의 내용을 보면 인력거꾼 김첨지의 하루 동안의 과정이 명료하게 묘사되어 있다. 운수 좋은 하루 동안의 수입과는 심히 어긋나게 그의 병든 아내가 바로 그 운수 좋은 날에 주인공 김첨지가 일 나간 사이에 숨을 거둔다는 운명적인 반어현상이 다루어지고 있다.

이런 불행한 사태를 암시하는 미적 장치로써 작가는 겨울비가 "추적추적" 내리는 겨울의 음산한 날씨로 이야기의 배경을 설정하였다. 병든 아내에게 약도 쓰지 못하고 음식조차도 먹이지 못한 김첨지는 "오늘은 나가지 말아요" 하는 아내의 간절한 만류에도 불구하고 인력거를 끌고 일거리를 찾아 집을 나섰던 것이다.

김첨지는 첫째 행운에서, 문안 가는 마나님을 태워 30전을 벌고, 둘째 행운에서 교원인 듯한 양복쟁이를 태워 50전을 아침에 벌게 된다. 김첨지의 현재의 형편으로 보아서는 바로 앓고 있는 아내에게로 되돌아가 그녀에게 약을 사주거나 그녀의 또 다른 소원인 "설렁탕"을 사주는 일이었다. 그리고 그의 마음속에 "오늘은 나가지 말아요" 하는 병든 아내의 간절한 요청이 되살아나 아내에게로 돌아가 보아야 하는 심리적 긴박감이 발걸음을 재촉하는 요인으로 작용하여, 독자들에게도 처지의 다급함을 정서적으로 공감되게 하였다.

이러한 찰라에, 방학이 되어 집에 갈 채비를 한 듯한 고구라 양복을 입은 학생을 태우고 남대문까지 1원 50전에 태우는 흥정이 이루어진다. 작가는 이러한 행운의 연속성을 설정하여 김첨지가 귀가하여 아내를 보살피는 인간적인 자세의 실현을 늦추고 행운의 마력에 끌려 돈을 따라 남대문까지 뛰어가는 이야기의 필연성을 이끌어 내고 있다.

우리는 김첨지의 아내가 위독하고 어떤 사태가 일어날지도 모른다는 위기감과 또 며칠 만에 찾아온 행운의 연속 때문에 귀가하지 못하는 실정 사이의 심리적인 초조감을 이야기의 미적 요체로 느끼게 된다. 즉 작가는 이야기의 사건 설정과 전개에서 두 가지의 서로 다른 힘, 하나는 귀가하는 일이고 다른 하나는 연속되는 돈벌이의 손짓에 말려드는 힘이 서로 어긋나는 것을 이야기의 필연적 논리로 설정한 것이다.

다음과 같은 김첨지의 행동에서 사건의 필연성과 심리적 동기가 서로 어울려 완벽한 통일성과 진실성을 이루고 있는 것을 알 수 있다.

> 이윽고 끄는 이의 다리는 무거워졌다. 자기 집 가까이 다달은 까닭이다. 새삼스러운 염려가 그의 가슴을 눌렀다. 「오늘은 나가지 말아요. 내가 이렇게 아픈데!」 이런 말이 잉잉 그의 귀에 울렸다. 그리고 병자의 움쑥 들어간 눈이 원망하는 듯이 자기를 노리는 듯하였다. (中略) 집이 차차 멀어갈수록 김첨지의 걸음에는 다시금 신이 나기 시작하였다. 다리를 재게 놀려야만 쉴 새 없이 자기의 머리에 떠오르는 모든 근심과 걱정을 잊을 듯이.
>
> (어문각, 신한국문학전집 5권, 219면)

그런 다음에 네 번째의 행운을 맞아 60전을 더 벌게 된다. 그러나 지친 김첨지는 겹치는 행운의 기쁨보다, 그 동안 유예해 온 걱정이 더욱 증대된 고통의 양상으로 인식되고 있다. 집이 가까워질수록 마음이 누그러짐을 느끼고 있지만 사실 내심으로는 "자기를 덮친 무서운 불행을 빈틈없이 알게 될 때가 박두한" 예감에서 오는, 인간의 힘으로는 어떻게도 할 수 없는 비극적 절망감과도 통하는 느낌을 보여 주고 있다.

이야기는 김첨지의 친구 치삼과의 술집 장면으로 전개되고, 여기서 "원수엣 돈!"을 부르짖으며 자신의 경제적 궁핍에서 시달리는 고통을 원망하는 분통을 터뜨린다. 그런 다음 술에 취하여 설렁탕을 사들고 집에 당도했을 때 죽음을 예감케 하는 집안의 "무시무시한 정적(靜寂)"에 김첨지의 다리가 떨리는 묘사가 있고, 이어 아내의 죽음을 확인하는 것으로 작품은 마무리되고 있다.

여기까지 작가는 독자에게 김첨지의 결정적인 불행을 충분히 묘사적 장치로써 여러 번 되풀이하여 김첨지와 함께 예감할 수 있게 마련했다. 이렇게 주제 실현을 위한 작가의 예술적 기량이 살아 있음을 십분 공감하게 된다.

1920년대의 하층민의 가난과 그 비극적 양상은 「고향」에로 이어지고 있으며, 나도향, 최서해, 주요한 등의 작가에게 있어서도 매우 중요한 문학적 과제였고, 동시에 동시대인들의 사회적 과제였기에 되풀이하여 그러한 문제가 발굴되고 탐구되었던 것이다. 말하자면 개인의 삶과 사회적 현실의 상호 연관성에 맞물리고 있는 모순과 고통의 현장을 조명하여 삶 자체의 객관적 의미를 인식시킨 것이다.

이러한 맥락에서 「불」에 설정된 15세의 어린 신부가 극심한 노동에 시달리며 성적으로는 아직도 미숙한 처지에 있으면서도 장성한 남편에 의해 심한 육체적 고난을 겪는 이야기를 다루어 그 왜곡된 삶의 현상을 고발함을 볼 수 있다. 즉 우리 풍속의 한 모순성을 들어 그 어긋남을 예시하고 있다. 이러한 현상 역시 삶에 내재한 모순임을 실감케 한다. 작품의 끝에 이르러 불을 지름으로써 고통의 방을 소멸시킨다는 이야기의 결말은 그 시대가 안고 있었던 여러 인습적 모순을 타파해야 한다는 필연의 논리를 상징적으로 표현한 예술적 함축이 담겨 있다고 이해된다.

그는 「고향」에서 일제의 경제적 수탈에 의해 피폐한 한 작은 마을과 뿌리뽑힌 사람들의 삶을 예리하게 보여 주기도 했다. 여기에 마을이 송두

리째 없어진 한 노무자의 말을 음미함직하다.

한 백호 남짓한 그곳 주민은 전부가 역둔토를 파먹고 살엇는데 역
둔토로 말하면 사사ㅅ집 땅을 부치는 것보다 쩔어지는 것이 후하
얏다. 그럼으로 넉넉지는 못할망정 평화로운 농촌으로 남부럽웁지
안케 지낼 수 잇섯다. 그러나 세상이 뒤박귀자 그 땅은 전부가 동
양텩식회사의 소유에 들어가고 말앗다. 직접으로 회사에 소작료를
바치게나 되엇으면 그래도 나흐련마는 소위 중간 소작인이란 것이
생겨나서 저는 손에 흙 한 번 만져보지도 안코 동텩엔 소작인 노릇
을 하며 실작인에게는 디주(地主…필자주) 행세를 하게 되엿다.
동텩에 소작료를 물고 나서 또 중간 소작인에게 굵히고 보니 실작
인의 손에는 소출의 삼할도 쩔어지지 안핫다. 그후로 「죽겟다」
「못살겟다」 하는 소리는 중이 넘불하듯 그들의 입길에서 오르나리
게 되엇다. 남부녀대하고 타처로 류리하는 사람만 늘고 동리는 쇠진
해 갓다.

(「朝鮮의 얼굴」, 글벗집, 160~161면, 1926)

이처럼 고향을 잃은 한 노무자의 입을 통해 1920년대의 소작농가들의
고난상이, 그 원인과 결과까지 소상히 제시되고 있다. 또한 작중인물로
병든 처녀의 유랑과 그녀의 귀향이 보이나, 고향은 빈터만 남아 있고 아
무도 살지 않는 비참함을 보여준다.
  이처럼 현진건은 그 예리한 관찰력으로 삶 자체의 흔들림과 그 피폐함
을 포착하고 있다.
  현진건의 작품들은 그 이야기의 결말이 해결이 없거나 있어도 비극적으
로 끝나는 특징이 있다.

4. 총화된 민족의식의 제시

현진건은 역사소설 「무영탑」에서 역사적 배경을 신라 시대로 설정하고 한 연애 문제를 다루고 있다. 그 연애 당사자인 아사달과 주만(구슬아기)의 주변 관련 인물들을 동원하여 사당파 금시중과 민족주체성을 지키는 주만의 아버지 유종등과의 사상적 대립을 묘사하고 있다. 이들의 문제를 통하여 현진건은 분열 없는 민족주의 사상을 펼쳐 보이고 있다.

먼저 평민이고 백제의 석수인 아사달의 높은 예술적 창조정신에 매료된 신라 귀족의 딸 주만의 사랑을 통해, 작가는 지역적 편견을 지닌 한국의 한 고질적인 병폐를 바로잡으려 했고, 나아가 평민과 귀족의 사랑을 통하여는 계층을 초월한 진실한 화합을 이루려는 주제를 실현하고 있다. 특히 일제의 침략 하에서 민족 상호간의 내부 분열을 불식해야 한다는 필연적 과업을 소설적 과제로 조명해 보임으로써 민족의 화합이 우선해야 함을 일깨웠다고 보인다.

세력가이고 사당파의 중심인물인 금시중과 그 아들의 부정적 측면의 행동제시에서 일제에 굴종하는 지식인을 비판하려 한 것을 알 수 있다. 즉 역사적 배경을 신라로 선택하면서도 사실은 일제 치하의 지식인 일반의 삶의 자세를 비판하려는 것이었다고 하겠다.

그리고, 아사달의 아내 아사녀를 통해 작가는 애정의 엇갈림에서 유발되는 고통과 비운을 묘사하였다. 그러나 그러한 이룰 수 없는 비운을 예술적으로 승화시키려 한 점은 현진건의 낭만적 지향이 드러나는 창작 경향이라 말할 수 있다.

이 작품에서 가장 이상적인 남아로 묘사된 경신의 늠름함과 대장부의 도량 넓은 기상이 화랑정신의 표본으로 느낄 수 있게 제시되고 있다. 그리고 평범한 한 석수에 의해 불후의 예술적 명작이 제작되어 역사 위에 뚜렷한 자취를 남긴 사실을 귀히 여기는 현진건의 인간주의 사상을 읽을 수 있다.

　이야기의 결말은 아사녀, 주만, 아사달 모두가 죽는 것으로 마무리되어, 이상적 삶의 완성을 위한 현실적 시련의 의미를 일깨우고 있다. 현진건의 작품에 보이는 낭만적 특성이 이상적 세계에 도달하려는 작가의 지향에 의한 것으로 이해할 수 있다.

5. 마무리

　현진건의 소설 기교는 한국에 있어 1920년대 최고봉에 달하여 러시아 작가 체호프의 경지와 맞닿아 있음을 당시의 비평가들에 의해 밝혀진다.

　그의 간결하고 실감있는 문장은 기교로서도 뛰어나지만 작가의 관찰력의 예리함을 보여 주는 뜻이 있다. 작품의 구성에서, 꾸민 이야기라는 느낌보다는 실상을 보는 듯이 선명하게 제시하였으며, 이야기 안에 흐르는 필연성의 논리가 적절하여 독자들에게 뻐근한 긴박성과 함께 진실성을 발견케 했고, 반어적 결말을 통하여 놀라운 감동을 안겨주었다.

　그는 가난하고, 무지하고, 학대받는 사람들에게 각별한 애정을 기울인 듯 작중 인물들의 제시에 있어 평민층이나 노무자층에서 삶의 아픔을 조명해 내고 있는 것도 그의 인간애 의식과 평등사상에 입각한 사상적 지향에 의한 것이라 보인다.

　조연현은 현진건의 문학사적 위치를 규명하는 글에서 "소설사적 형식"을 완성하고, "묘사의 객관적인 표현력"이 탁월했음을 들어 그를 사실주의 작가라고 규정하였다.

　현진건 자신도 다음과 같이 현실에 관한 작가의 자세를 밝힌 바 있다.

　　　朝鮮文學인 다음에야, 朝鮮의 땅을 든든히 디디고 서야 할 줄 안
　　다. 現代文學인 다음에야 現代精神을 힘있게 呼吸해야 될 줄 안다.

(1926, 개벽, 「朝鮮과 現代精神의 把握」에서 인용.)

 현진건은 근대 한국단편소설의 기교와 형식을 완성하였다. 이 점은 작가적 공적으로서 매우 본질적인 것으로 볼 수 있다. 그리고 염상섭과 함께 1920년대 한국 사실주의 문학의 수립에 있어 가장 뚜렷한 업적을 이룬 작가이다.

현진건 연보

1900 경북 대구에서 태어나다.

1915(16세) 향리 부호의 딸 이순득(17세)과 결혼. 상해로 가다.

1917(18세) 도쿄 세이조중학교 편입.

1918(19세) 세이조중학교 4학년 중퇴, 귀국. 중국 상해 후장대학 독일어 전문부 입학.

1919(20세) 귀국. 당숙 현보운에게 입양.

1920(21세) 『개벽』에 처녀작 「희생화」 발표. 조선일보사 입사.

1921(22세) 「빈처」(개벽) 발표. 『백조』 동인. 「술 권하는 사회」 (개벽) 발표.

1923(24세) 『동명』 편집 동인.

1924(25세) 「운수 좋은 날」 발표.

1925(26세) 단편 「불」(개벽), 「B사감과 러브레터」(조선문단) 발표. 동아일보사 입사. 딸 화수(和壽) 태어나다.

1936(37세) 동아일보 사회부장 재직시 손기정 일장기 말살 보도 사건으로 구속 기소. 1년간 복역.

1937(38세) 출옥. 동아일보사 퇴사.

1939(40세) 「적도」, 「무영탑」 동아일보에 연재.

1940(41세) 「흑치상지」 동아일보에 연재. 중단.

1943(44세) 무남독녀 화수, 월탄 박종화 며느리가 되다. 동대문구 제기동에서 3월 21일 죽다.

베스트셀러 한국문학선 5

운수좋은 날

펴낸날 | 1995년 3월 7일 초판 1쇄

지은이 | 현진건
펴낸이 | 이태권
펴낸곳 | (주)태일소담
　　　　서울시 성북구 성북동 178-2 (우)136-020
　　　　전화 | 745-8566~7　팩스 | 747-3238
　　　　e-mail | sodam@dreamsodam.co.kr
　　　　등록번호 | 제2-42호(1979년 11월 14일)
　　　　홈페이지 | www.dreamsodam.co.kr

ISBN 89-7381-175-4　03810

베스트 셀러 월드북 도서목록

....